Richard Auer, Jahrgang 1965, studierte Diplom-Journalistik an der Katholischen Universität Eichstätt und hielt der Stadt auch danach die Treue. Mit seiner Frau und drei Söhnen wohnt er mitten in der barocken Altstadt. Seit über fünfzehn Jahren arbeitet er als Lokalredakteur beim »Eichstätter Kurier«. Im Emons Verlag erschienen seine Kriminalromane »Vogelwild«, »Walburgisöl« und »Hausbock«.
www.autorenwerkstatt-auer.de

Dieses Buch ist ein Roman. Handlungen und Personen sind frei erfunden. Ähnlichkeiten mit lebenden oder toten Personen sind rein zufällig.

RICHARD AUER

Walburgisöl

OBERBAYERN KRIMI

emons:

Bibliografische Information der Deutschen Nationalbibliothek
Die Deutsche Nationalbibliothek verzeichnet diese Publikation in der Deutschen Nationalbibliografie; detaillierte bibliografische Daten sind im Internet über http://dnb.d-nb.de abrufbar.

FSC
www.fsc.org
MIX
Papier aus verantwortungsvollen Quellen
FSC® C083411

Umschlagzeichnung: Heribert Stragholz
Umschlaggestaltung: Tobias Doetsch
Druck und Bindung: CPI – Clausen & Bosse, Leck
Printed in Germany 2013
Erstausgabe 2010
ISBN 978-3-89705-763-0
Oberbayern Krimi
Originalausgabe

SONNTAG

Mike Morgenstern war ein elender Schütze. Deswegen war es ein Fehler, dass er an diesem Sonntagspätnachmittag Anfang September an einer Schießbude auf dem Eichstätter Volksfestplatz stand. Er war umringt von seiner Familie – seiner Frau Fiona und den beiden Söhnen, dem neunjährigen Marius und dem siebenjährigen Bastian. Die Buben hatten ihn durch hartnäckiges Nörgeln genötigt, eine rote Plastikrose für Fiona zu schießen. Morgenstern hatte sich breitschlagen lassen und sich bereits wenige Augenblicke später dafür verflucht.

Breitbeinig stand er mit seinen Cowboystiefeln vor dem Tresen des Schießstandes, der sich großspurig »Schützenhalle Hubertus« nannte. Gute zwei Meter vor ihm war eine ganze Armada von Plastikblumen aufgereiht, die ihm nun so unerreichbar erschienen wie der Mond.

»Jetzt schieß halt, Papa!«, drängelte Marius, denn Morgenstern hielt das antiquierte Luftgewehr nun schon eine halbe Minute mit schweißnassen Händen im Anschlag, ohne abzudrücken. Als er es dann endlich tat, ging der Schuss daneben.

»Du hast mich abgelenkt«, sagte Morgenstern anklagend.

»Wie lange wolltest du denn noch zielen?«, fragte Marius zurück. »Wir möchten ja nicht ewig hier stehen.«

Morgenstern, Kriminaloberkommissar beim Polizeipräsidium Oberbayern-Nord in Ingolstadt, hätte es wissen müssen, dass er sich hier an der Schießbude nur blamieren konnte. Durch die Schießausbildung hatte er sich mehr schlecht als recht durchgemogelt, obwohl seine Vorgesetzten ihm regelmäßig eingebläut hatten, ein bayerischer Polizeibeamter müsse souverän mit der Waffe umgehen können; das gehöre nun mal zum Job.

Der Schießbudenbetreiber nahm Morgenstern den Karabiner ab und lud ihn neu durch. »Bitte sehr, der Herr, Sie haben ja noch neun Versuche«, sagte er mit einem aufmunternden Lächeln. Morgenstern grinste schief zurück. Neun Versuche, das bedeutete im schlimmsten Fall neun weitere Blamagen.

Und genau so kam es. Obwohl er sich alle Mühe gab, traf er nicht ein einziges Mal. Am Ende war er ebenso verzweifelt wie ratlos.

Hatte er nicht schon mal gerüchteweise gehört, dass an diesen Schießbuden die Gewehrläufe absichtlich verbogen waren, um die Trefferquote der Schützen zu senken? Das musste hier der Fall sein, sonst hätte doch zumindest eine Rose fallen müssen.

»Ich mach mir sowieso nichts aus Plastikblumen«, sagte Fiona tröstend.

»Aber wir könnten dir eine schießen«, meldete sich Marius.

»Du? Mit neun Jahren?«, fragte Morgenstern.

»Warum nicht? Weniger Treffer als du geht nicht.«

Jetzt war Morgenstern ernsthaft beleidigt. »Von mir aus«, sagte er verschnupft. »Drei Schuss kriegst du.«

Der Schießbudenbetreiber, der sich bisher diskret zurückgehalten hatte, wandte sich an Marius: »Wenn du willst, darfst du das Gewehr auf dem Tresen auflegen.«

»Nö, muss nicht sein«, gab sich der Junge betont lässig. Er hob das schwere Gewehr, legte an, drückte ab, und eine Rose fiel.

Morgenstern atmete tief durch. »Donnerwetter«, sagte er gepresst. »Da hast du aber Glück gehabt.«

Fiona sah ihn scheel von der Seite an. »Und jetzt darf Bastian mal«, sagte sie.

»Der Bastian ist aber wirklich noch zu klein zum Schießen«, protestierte Morgenstern.

»Das geht schon«, widersprach der Budenbesitzer und lud bereits das Gewehr durch. »Komm, Kleiner. Ich zeig dir, wie es geht.«

Bastian legte das Gewehr auf den Tresen, spähte durchs Visier. Ein leiser Knall, der eher ein knappes, scharfes Zischen war. Zu Morgensterns unendlicher Erleichterung ging der Schuss daneben. Das hätte noch gefehlt, dass ihn auch noch sein Jüngster deklassierte. Doch schon wurde das Gewehr zum zweiten Mal durchgeladen. Wieder knallte es, und dieses Mal hatte Bastian getroffen.

Triumphierend überreichten die Kinder ihrer Mutter die beiden Rosen. Morgenstern lächelte säuerlich. »Jetzt wird es aber Zeit, dass wir weiterkommen. Ich glaube, ich brauche jetzt ein Bier.«

»Freu dich doch wenigstens ein bisschen«, sagte Fiona. »Als so schlechten Verlierer kenne ich dich gar nicht.« Sie zögerte kurz und sah ihn skeptisch von der Seite an. »Mike, ich glaube, ich weiß, was mit dir los ist: Du brauchst eine Brille!«

Morgenstern wurde rot. »Ich – eine Brille? Nie im Leben!«

Fiona hatte an einen wunden Punkt gerührt. Morgenstern fühlte sich als Naturbursche, und in sein Selbstverständnis von kerliger Lässigkeit passte eine Brille nicht. Männer, so wie er sie sich vorstellte, brauchten keine Brille. Charles Bronson, Mick Jagger, James Bond mit Brille? Lächerlich.

Doch Fiona blieb hart. »Ich schicke dich nächste Woche zum Optiker. Der kann dir ganz genau sagen, wie gut oder schlecht du siehst.«

Morgenstern knurrte etwas Unverständliches und hoffte insgeheim, Fiona würde die Sache bis zur nächsten Woche vergessen haben. Das wäre allerdings völlig untypisch für sie.

Zwei Stunden später war es auf dem Eichstätter Volksfestplatz im Osten der Stadt dämmrig geworden. Aus den Fahrgeschäften plärrten Schlager, tausende bunter Lichter blinkten auf. Nach einer Maß Bier und einem halben Grillhähnchen war Morgenstern wieder im Reinen mit sich. Die Blasmusik im Bierzelt hatte ihn zusätzlich versöhnlich gestimmt.

Jetzt war im Festzelt musikalisch Pause. Die Jugendkapelle, die bisher gespielt hatte, räumte das Podium für die »Dollnsteiner Blaskapelle«, die für das Abendprogramm zuständig war.

Familie Morgenstern schlenderte über das Gelände, das mit seinen zwei Budenstraßen mehr als übersichtlich war. An der Ostseite des Geländes stand das einzige Bierzelt; hier wurde das Festbier der Eichstätter Hofmühl-Brauerei ausgeschenkt. Den westlichen Abschluss bildete ein als Almhütte getarntes zerlegbares Gebäude, das als »Weinhäusl« deklariert war. Neben dem Weinhäusl drehte sich mit gleichmäßigem Blinken ein Riesenrad, das weithin sichtbare Wahrzeichen des Volksfestes.

»Schau mal, Papa, jetzt ist am Schießstand richtig was los«, sagte Marius aufgeregt.

Tatsächlich standen in ganzen Trauben Jugendliche um die »Hubertus-Halle«, an der es vorhin noch so beschaulich zugegangen war.

»Ich will noch zuschauen«, sagte Bastian, der ebenso wie Marius durch seinen unerwarteten Schießerfolg offenbar auf den Geschmack gekommen war.

»Wenn's sein muss«, brummte Morgenstern, und schon drängten sich die Buben nach vorne, um alles genau sehen zu können.

Der Standbetreiber erkannte sie wieder und nickte ihnen wohlwollend zu.

»Schaut ruhig mal zu. Da könnt ihr noch was lernen«, sagte er.

Ein Mädchen mit langen braunen Haaren, vielleicht achtzehn Jahre alt, legte hochkonzentriert an und schoss. Piff, nachladen, zielen, piff, nachladen, zielen. Piff, piff, piff. Zehnmal zerplatzten weiße Plastikröllchen, die auf dünne Nägel gesteckt waren. Die Clique des Mädchens johlte. Sie gab das Gewehr zurück und nahm als Preis einen kleinen grauen Plüschelefanten in Empfang. Der Schießbudenbetreiber flüsterte ihr dabei etwas zu und deutete mit süß-säuerlichem Blick auf ein kleines Schild, das in der rechten Ecke des Wagens hing.

Morgenstern entzifferte darauf, dass das Schießbudenpersonal das Recht hatte, bestimmte Gäste nur einmal am Tag für eine Schießserie zuzulassen. Doch auch die anderen Mitglieder der Clique, die anschließend ihr Glück versuchten, waren zielsicher, und wenig später waren sämtliche Plüschelefanten vergeben.

»Die gehören zu einem Schützenverein«, sagte Fiona. »Schaut mal, ein paar haben Vereinssweatshirts an. Jetzt wundert mich nichts mehr.«

Morgenstern hatte genug gesehen. »Los, Kinder, wir gehen«, befahl er unwirsch. Hier schoss offenbar jeder besser als ein Kriminalkommissar. Und überhaupt: Für welchen Unfug die Menschen hier ihr Geld aus dem Fenster warfen! Für Luftballons in Mickey-Mouse-Form und Lose am »Glückshafen« des Roten Kreuzes, für versalzenen Emmentaler und pappsüße Zuckerwatte. Und wenn man Pech hatte, enthielt der Maßkrug mit dem teuren Festbier zu viel Schaum. Es gab keinen Zweifel, dass Morgenstern an diesem Abend nicht mehr zum Wiesnfan werden würde. Diese vermaledeite Schießerei hatte ihm den ganzen Abend verleidet. »Ein Fest zum Gernhaben« stand als Slogan auf den Plakaten, die im ganzen Landkreis ausgehängt waren.

»Mich könnt ihr gernhaben mit eurem Fest«, maulte Morgenstern.

Auf dem Heimweg zur Altstadt, einem Fußmarsch von knapp einem Kilometer, haderte er noch immer mit sich und der Welt.

Als er spätabends im Bett lag und das Licht ausgeknipst hatte, muffelte er: »Ich bin mir sicher, dass mein Luftgewehr einen verbogenen Lauf hatte.«

»Ganz bestimmt«, sagte Fiona mild.

MONTAG

Im Polizeipräsidium Oberbayern-Nord in Ingolstadt war wenig los an diesem Montagmorgen. Es waren noch Schulferien, und viele Kollegen Morgensterns hatten Urlaub. Der Oberkommissar selbst hatte bereits die ersten drei Augustwochen freigehabt und war mit der Familie auf einem Campingplatz am Lago Maggiore gewesen – umzingelt von Württembergern, die ihm mit ihrem schwäbischen Geschwätz und ihrem Ordnungsfimmel, der auch in freier Natur nicht zu bremsen gewesen war, zunehmend auf die Nerven gegangen waren. Rund um die Wohnwagen hatte ein ununterbrochenes Putzen und Fegen geherrscht, waren Satellitenschüsseln justiert und Stellplätze vermessen worden.

Die Morgensterns waren dort mit ihrem preiswert bei Aldi erworbenen Hauszelt aufgefallen, erst recht weil der Familienvorstand beim Camping traditionell auf einem Lagerfeuer bestand, das er zur Not auch im Grill entzündete. Die Größe des Feuers spielte dabei keine Rolle, es ging Morgenstern eher um die Symbolik. Ein freier Mann in einem freien Land durfte unter freiem Himmel Feuer machen – Platzordnung hin oder her. Die Schwaben, diese Denunzianten, hatten das anders gesehen. Der Platzbetreiber auch, dieser spießige Lagerkommandant.

Morgenstern schenkte sich in seinem Büro eine Tasse Kaffee ein und begann, die von daheim mitgebrachte Tageszeitung zu studieren. Im Lokalteil drehte sich alles um das Auftaktwochenende des Eichstätter Volksfests. Wenig Text, viele Bilder: Die »Wiesnkönigin« wurde mit einem Buchsbaumkrönchen auf dem Marktplatz präsentiert, der Oberbürgermeister zapfte das erste Fass Bier an, der Festwirt winkte vom Kutschbock eines von mächtigen Rössern gezogenen Brauereiwagens, Böllerschützen schossen Salven neben dem Festzelt, eine Bedienung im Dirndlkleid hielt dem Fotografen zehn volle Maßkrüge in die Kamera. Außerdem hatte am Sonntagvormittag im Bierzelt offenbar ein Boxkampf stattgefunden, bei dem der Box-Club Eichstätt von einer Mannschaft aus Tschechien Prügel bezogen hatte.

Morgensterns Telefon klingelte. Es war Adam Schneidt, Kriminaldirektor und Morgensterns Chef. »Kommen Sie sofort rüber, Morgenstern.«

»Was gibt's denn Dringendes?«

»Nicht lange fragen – kommen!«, bellte der Chef.

Mit der Kaffeetasse in der Hand eilte Morgenstern über den dunklen Flur zu Schneidts Büro, von der anderen Seite des Flurs kam ihm Oberkommissar Peter Hecht entgegen, ebenfalls mit einer Tasse bewaffnet.

»Ach, Spargel, musst du auch ran?«, fragte Morgenstern. »Hast du eine Ahnung, worum es geht?«

»Nein, aber wir werden es bestimmt gleich erfahren. Er hat es jedenfalls ziemlich wichtig.« Hecht deutete auf die Bürotür des Kriminaldirektors. »Und nenn mich nicht Spargel, das kann ich nicht leiden.«

»Weiß ich, weiß ich. Ist mir halt so rausgerutscht. Sorry.«

Im ganzen Präsidium wurde von Peter Hecht nur als »Spargel« gesprochen. Das verdankte der Kommissar seiner hochgewachsenen, schlaksigen Figur, mehr aber noch der Tatsache, dass er in der Spargelmetropole Schrobenhausen wohnte. Seit Jahren führte er einen Sisyphos-Kampf gegen die Verwendung seines ungeliebten Spitznamens. Es sah nicht danach aus, als ob er ihn eines Tages gewinnen könnte.

Die Tür wurde von innen aufgerissen. »Bisschen dalli, meine Herren!«, schnarrte Schneidt. »Kommen Sie rein, oder sollen wir erst noch auf dem Gang Kaffeeklatsch halten?«

Morgenstern und Hecht zogen die Köpfe ein. So viel schlechte Laune hatten sie nicht erwartet. Der Chef dirigierte sie mit einer knappen Handbewegung auf die speckige Couch, die zur Not als Schlafstätte genutzt werden konnte und eindeutig das Mindesthaltbarkeitsdatum überschritten hatte. Tief versanken die Kommissare in den durchgesessenen Polstern. Es stand für Morgenstern außer Zweifel, dass der Chef die Couch absichtlich in seinem Büro ließ: Wer hier saß, befand sich automatisch in einer unterwürfigen Position. Schneidt machte denn auch keine Anstalten, sich seinerseits zu setzen. Er ging vor seinem Schreibtisch auf und ab wie ein General, der seine Befehle erteilt.

»Vor etwa zwanzig Minuten ist in der Nähe von Eichstätt ein Toter gefunden worden. Die Eichstätter Polizeiinspektion ist bereits vor Ort. Nach dem, was wir bisher wissen, handelt es sich um einen Jäger, der auf einem Hochsitz von einer Kugel getroffen wurde. Sie beide fahren sofort rüber und kümmern sich um diesen Fall. Die Spurensicherung weiß bereits Bescheid.«

»Ich habe aber noch diesen missglückten Raubüberfall auf den Geldboten vom Manchinger Supermarkt auf dem Schreibtisch«, wehrte sich Hecht. »Mir wird das ein bisschen viel.«

»Papperlapapp, Hecht. Sie wissen selbst, dass wir momentan dünn besetzt sind. Soll ich Morgenstern vielleicht alleine losschicken?«

Hecht zuckte gleichgültig mit den Schultern und erhielt von Morgenstern umgehend einen Ellbogenstoß in die Rippen.

»Und wo genau ist das passiert?«, fragte Morgenstern.

Nun war Schneidt endgültig zum General mutiert. Er trat an eine Landkarte, die fast die halbe Wand seines Büros ausfüllte, und deutete mit einem Bleistift auf die Fundstelle. Ächzend wuchteten sich die beiden Kommissare aus dem Sofa.

»Wie mir die Kollegen aus Eichstätt sagten, befindet sich der Hochsitz am Waldrand, direkt an dieser Ecke. Sie sehen hier auf der Hochfläche ein großes freies Gelände. Da befindet sich der Segelflugplatz.« Schneidt tippte auf ein lang gestrecktes Gebäude. »Hier hinten beginnt der Wald, der sich dann über viele Kilometer erstreckt. Das ist der sogenannte Saupark.«

Lesen kann ich selber, dachte Morgenstern, der das in großen Lettern geschriebene »Saupark« bereits entziffert hatte. Aber es war sicher besser, den General jetzt nicht zu unterbrechen.

»Sie fahren umgehend raus und kümmern sich um diese Sache. Wir haben noch nicht den Ansatz einer Ahnung, was da los war. Vielleicht ein Unfall, vielleicht Selbstmord, wer weiß?«

»Aye, aye, Sir!«, sagte Morgenstern und salutierte.

»Geht's Ihnen noch gut, Morgenstern?«, sagte Schneidt scharf. »Raus jetzt. Und noch etwas: keine Eigenmächtigkeiten. Ich will über alles auf dem Laufenden gehalten werden.«

»Logo«, versprach Morgenstern und trank in einem Zug seine Kaffeetasse leer.

Sie hätten sich Schneidts Landkarte wohl besser einprägen sollen, denn es dauerte eine halbe Ewigkeit, bis sie die Unglücksstelle fünfundzwanzig Kilometer nördlich von Ingolstadt gefunden hatten.

Obwohl Morgenstern jetzt schon ein dreiviertel Jahr in Eichstätt lebte, konnte von detaillierten Ortskenntnissen keine Rede sein. Und Hecht als Schrobenhausener kannte sich im Altmühltal erst recht nicht aus.

Als sie endlich ankamen, standen rund um den Hochsitz bereits ein Rettungswagen des Roten Kreuzes und zwei Streifenwagen der Eichstätter Polizei. Vor der hölzernen Leiter des Hochsitzes bildeten Sanitäter, Notarzt und Polizisten einen kleinen Kreis. Morgenstern und Hecht stellten sich kurz als Kriminalbeamte vor, dann näherten sie sich mit einem mulmigen Gefühl der Mitte des Kreises. Sie konnten sich denken, was sie erwartete.

Der Tote lag auf dem Rücken im Gras. Er trug einen grünen Lodenmantel, der von dunklem, getrocknetem Blut durchtränkt war. Etwas abseits lag ein Gewehr mit aufwendig geschnitztem hölzernem Griff und einem schwarz schimmernden Zielfernrohr. Die Augen des Jägers waren weit aufgerissen, das Gesicht verzerrt. Morgenstern hatte einen Mann mittleren Alters erwartet – doch der Getötete war hochbetagt.

Morgenstern wandte sich an die uniformierten Kollegen der Landpolizei. »Kennt jemand von Ihnen den Toten?«

Ein grauhaariger Beamter mit Brille und deutlichem Bauchansatz nickte. »Ja, ich kenne ihn. Das ist der Schreiber Hias. Matthias Schreiber aus Eichstätt. Seiner Familie gehört ein Möbelhaus in Ingolstadt. Möbel Schreiber. Der Schreiber ist, ich meine, war hier Jagdpächter.«

»Wer hat ihn gefunden?«, fragte Hecht.

»Zwei Frauen, um kurz nach acht Uhr. Sie waren beim Nordic Walking und kommen fast jeden Morgen hier vorbei. Sie haben mit dem Handy sofort einen Notruf abgesetzt, aber da war nichts mehr zu machen.«

Morgenstern schaute den Rettungssanitäter, der direkt neben ihm stand, fragend an. »Was sagen Sie dazu?«

»Da gab es für uns nichts mehr zu tun.«

»Haben Sie den Mann bewegt?«

»Ein wenig schon. Aber im Wesentlichen liegt er noch so da, wie wir ihn gefunden haben. Auf dem Rücken.«

Morgenstern beugte sich zu dem Toten hinab. Der Mantel hatte in Höhe des Brustbeins ein kaum erkennbares Loch.

»Absolut tödlich«, sagte Morgenstern.

Hecht nickte. »Sieht so aus. Ich würde sagen, er hat den Schuss oben auf dem Hochsitz abbekommen und ist dann kopfüber mit einer Drehung hinabgestürzt mitsamt seinem Gewehr.« Er wandte den Blick nach oben. »Schau mal, da hängt noch sein Fernglas.«

Behände kletterte er die Leiter hinauf. »Hier ist auch sein Jagdrucksack.«

»Bring ihn runter«, sagte Morgenstern. »Kennen Sie sich mit der Jägerei näher aus?«, fragte er den übergewichtigen Landpolizisten, während Hecht die Leiter wieder herunterkam.

»Ein bisschen schon. Ein früherer Chef von mir war Jäger.«

»Auf was schießt man denn jetzt, Anfang September?«

»Wahrscheinlich auf einen Rehbock«, antwortete der Streifenbeamte. »Oder der Schreiber hoffte auf eine Wildsau. Wildschweine gibt es bei uns haufenweise, sie sind aber schwer zu kriegen, weil sie scheu und schlau sind. Er kann es aber auch auf einen Fuchs abgesehen haben. Die gibt's hier auch.«

»Aha«, meinte Morgenstern. »Und womit schießt man auf dieses Getier?«

»Den Fuchs erwischt man am besten mit einer Schrotpatrone. Auf die Sau und das Reh schießt du mit der Kugel. Ganz normale Gewehrkugel.«

»Da braucht der Jäger aber mehrere Gewehre«, überlegte Morgenstern.

»Nein, eins reicht. Mit zwei Läufen. Einer für die Schrotpatronen, der andere für die Kugel.«

»Hat sich schon jemand die Waffe angesehen?« Morgenstern machte einen Schritt auf das Gewehr des Jägers zu, das seitlich im Gras lag.

»Liegen lassen«, befahl ihm Hecht barsch. Er vermutete wohl zu Recht, Morgenstern könnte in einem unbedachten Impuls die Waffe in die Hand nehmen und Spuren verwischen.

Morgenstern steckte die Hände sicherheitshalber in die Hosentasche und besah sich das Gewehr aus sicherer Entfernung. »Die Knarre hat sogar drei Läufe.«

»Dann ist es ein Drilling«, erklärte der Polizeibeamte und näherte sich nun ebenfalls. »Eindeutig, ein Drilling. Eine echte Mehrzweckwaffe«, sagte er.

Inzwischen war ein Kleinbus mit zwei Kollegen der Spurensicherung eingetroffen. Morgenstern und Hecht erklärten den beiden kurz das Wenige, das sie wussten. Bedächtig nahm einer der Spurensicherer, ein fast kahlköpfiger, etwa sechzigjähriger Mann mit auffälliger Hakennase, die Waffe in die behandschuhte Hand, betrachtete kurz die Mechanik und knickte dann den Lauf ab.

»Alle drei Läufe sind noch geladen«, sagte er schließlich, hielt das Gewehr an seine markante Nase und schnupperte wie ein Hund, der eine Fährte aufnimmt. »Mit dieser Waffe ist in den letzten Stunden nicht geschossen worden.«

»Schade«, sagte Morgenstern.

»Wieso schade?«, fragte der Spurensicherer zurück.

»Ich hatte irgendwie gehofft, der alte Herr hätte seinem Leben selbst ein Ende bereitet. Weil er unheilbar Krebs hatte oder Depressionen oder so etwas. Das gibt's doch immer wieder. Ein Schuss, rasches schmerzloses Ende, wer wüsste das besser als ein Jäger?«

»Nein. So einfach kommen wir in diesem Fall nicht weg. Dieser Mann ist erschossen worden«, antwortete der Spurenexperte.

Alle Umstehenden schwiegen betroffen. Der friedliche, sonnige Morgen – er war entweiht durch einen Mord. Wie zum Hohn zwitscherten im Wald die Vögel. Über eine Minute lang war es das einzige Geräusch, das zu hören war.

Hecht fand als Erster die Sprache wieder: »Wer um alles in der Welt schießt so einen Opa von seinem Hochsitz herunter?«, fragte er in die Runde und deutete auf den Jägerstand, auf dessen Kanzel sich bereits der zweite Spurensicherer zu schaffen machte.

»Fangen wir doch bitte ganz von vorne an«, bat der Spurensicherer. »Aus welcher Richtung kam die Kugel? Die Antwort auf diese Frage würde mir fürs Erste reichen. Ich hätte nämlich gerne die Patronenhülse für die ballistische Untersuchung.«

Alle sahen sich um. Dort, wo sich der Hochsitz befand, bildete der Waldrand einen fast exakten rechten Winkel. Von zwei Seiten kam hier das Wild aus dem Dickicht zum Äsen auf die Wiesen. Ein Jäger konnte ebenfalls von beiden Seiten angegriffen werden.

»Wir müssen die Waldränder absuchen«, entschied Morgenstern.

»Etwa zweihundert Meter auf jeder Seite des Jägerstandes«, fügte der Spurensicherer hinzu. »Ich schließe aus, dass ein Schütze aus einer größeren Distanz so präzise treffen kann.«

»Wäre es denkbar, dass der Mann von hinten erschossen wurde, aus dem Wald heraus?«, fragte Morgenstern.

»Nein, das halte ich für ausgeschlossen. Er wurde von vorne getroffen. Das Loch im Mantel deutet eindeutig darauf hin. Es reicht, wenn wir uns auf den Waldrand beschränken. Auch das wird schon die Suche nach der Nadel im Heuhaufen.«

Hoch konzentriert machten sich die beiden Kommissare auf die Suche, und bereits nach kürzester Zeit jubelte Hecht: »Ich hab sie!«

Der Spurensicherer stürzte heran. »Vergessen Sie es. Die ist doch völlig korrodiert. Die stammt vom Jäger selbst. Rund um den Hochsitz liegen natürlich Dutzende von Hülsen, die in den letzten Jahren runtergefallen sind.«

Der eben noch so eifrige Hecht büßte im Nu sein Jagdfieber ein, und auch Morgenstern fand es plötzlich viel sympathischer, eventuell am Nachmittag die Auszubildenden der Bereitschaftspolizei aus der großen Eichstätter Polizeischule auf die Suche zu schicken.

»Wir müssen jetzt wohl der Familie des Toten Bescheid geben«, brummelte er.

Hecht sah den Inspektionsbeamten fragend an. »Wissen Sie, wo er wohnt?«

»Bin ich hier die Ein-Mann-Filiale vom Einwohnermeldeamt?«, gab der gereizt zurück. »Lasst euch die Adresse doch vom Präsidium raussuchen, die haben das sofort.«

Die beiden Kommissare setzten sich ins Auto und wollten gerade die Daten an die Ingolstädter Zentrale durchgeben, als ein schwerer dunkelblauer BMW mit Ingolstädter Kennzeichen über die Wiesen herangefahren kam.

»Den warten wir noch ab«, sagte Hecht, und sie stiegen wieder aus.

Der Wagen fuhr deutlich zu schnell für das Gelände, setzte auf dem holprigen Feldweg sogar mehrmals mit unangenehmem metallischem Kreischen auf. Mit einer scharfen Bremsung kam er schließlich zum Stehen. Ein korpulenter Mann um die fünfzig stieg aus.

»Was ist denn passiert um Gottes willen?«, fragte er in die Runde. »Was soll der Krankenwagen hier, und vor allem: Was macht die Polizei hier?«

Ehe ihn jemand hätte hindern können, stand er vor der Leiche, die inzwischen abgedeckt worden war, beugte sich hinab und hob nach kurzem Zögern die dünne Plane hoch. Alle warteten auf eine Reaktion, doch der Mann sagte kein Wort. Die Stille, wieder nur durchbrochen vom Vogelgezwitscher, war beklemmend. Dann drehte sich der Mann um.

»Das ist Matthias Schreiber, mein Vater«, sagte er tonlos. »Ich will jetzt sofort eine Erklärung, was hier los ist.«

Morgenstern gab sich einen Ruck und trat auf den Mann zu. »Ich bin Oberkommissar Morgenstern, das ist mein Kollege, Oberkommissar Hecht. Wir sind von der Kripo in Ingolstadt. Unser Beileid.« Er reichte dem Mann die Hand.

»Danke«, sagte der Sohn des Toten kurz angebunden. »Also, was ist mit ihm passiert?«, fragte er eher in Richtung des Rettungssanitäters. »Ich vermute mal, er hatte einen Herzinfarkt?«

»Einen Herzinfarkt? Wie kommen Sie denn darauf?«, fragte der Sanitäter zurück.

»Weil mein Vater schon seit Jahren Herzrhythmusstörungen hatte. Er musste täglich Tabletten nehmen, in einer hohen Dosis. Es war mir immer klar, dass das nicht ewig gut geht.«

»Nein, es war kein Herzinfarkt«, stellte der Sanitäter zögernd klar und blickte hilfesuchend zu Morgenstern und Hecht.

»Was war es dann? Ein Schlaganfall oder so etwas Ähnliches?«, fragte der Sohn. »Nun sagen Sie schon!«

»Nein, auch kein Schlaganfall«, antwortete Morgenstern, dem der Befehlston ganz und gar nicht gefiel. »Aber vielleicht sagen Sie uns erst einmal Ihren Namen. Wir wissen immer gerne, mit wem wir es zu tun haben.«

Der dicke Mann sah Morgenstern verärgert an. »Also gut: Ich heiße Walter Schreiber, und ich wohne mit meiner Frau drüben in Ingolstadt. Mein Vater lebt in Eichstätt, ganz allein, und als er sich heute früh nicht wie jeden Tag am Telefon meldete, hat meine Frau mich bedrängt, dass ich herüberfahre, um nach dem Rechten zu sehen. Ich hatte ehrlich gesagt keine Lust darauf. Er ruft normalerweise mindestens zehnmal am Tag bei uns an, das kann einem ganz schön auf die Nerven gehen.«

»Das hat sich jetzt ja erledigt«, sagte Morgenstern, der sich von Hinterbliebenen in der Regel etwas mehr Pietät erwartete. »Und, weiter?«

»Daheim in seinem Haus war er nicht, deswegen bin ich hierher in sein Revier gefahren. Ich wusste, dass er auf die Jagd wollte, das hat er mir gestern Abend am Telefon erzählt. Aber beim Herfahren hatte ich schon so ein Gefühl, dass etwas nicht stimmt. In seinem Alter, mit achtzig, sollte ein Mann nicht mehr allein auf die Jagd. Aber er war so stur, es war ihm nicht auszureden.«

»Wann wollte er denn aufbrechen?«, fragte Hecht.

»So gegen einundzwanzig Uhr, nach Einbruch der Dämmerung«, sagte Walter Schreiber. »Normalerweise hält er es dann bis Mitternacht auf diesem Hochstand aus, bis es ihm zu kalt wird. Es sei denn, er hat vorher schon was geschossen.« Schreiber schaute in die Runde. »Aber ich will jetzt endlich wissen, was hier los ist«, verlangte er gereizt. »Was soll überhaupt diese ganze Fragerei?«

Morgenstern räusperte sich und versuchte, eine möglichst staatstragende Miene aufzusetzen. »Ihr Vater wurde gestern Abend oder in der Nacht von einer Kugel getroffen. In den Oberkörper. So, wie es für uns bisher aussieht, saß er auf dem Jägerstand und ist dann heruntergestürzt. Um es klarzustellen: Der Schuss kam nicht aus seiner eigenen Waffe.«

Morgenstern hasste solche Situationen. Mehrmals hatte er schon erlebt, dass die Angehörigen vor seinen Augen einen Zusammenbruch erlitten, zu schreien begannen oder hemmungslos in Tränen ausbrachen. Walter Schreiber war von anderem Kaliber. Er blickte Morgenstern lange schweigend an.

»Nicht aus seiner eigenen Waffe«, murmelte er schließlich und drehte sich dann entschlossen um. Ein zweites Mal wandte er sich dem Leichnam seines Vaters zu, beugte sich hinab und zog nun die Plane ganz zur Seite, um sich die tödliche Schusswunde anzusehen.

Ohne sichtliche Reaktion drehte er sich wieder zu Morgenstern um. »Sie leiten also hier die Ermittlungen?«, fragte er und sah ihn prüfend von oben bis unten an. Morgenstern fühlte sich einen Moment lang unwohl in seiner verwaschenen Jeansjacke und seinen hohen Lederstiefeln.

»Es könnte doch auch ein Jagdunfall gewesen sein. Ein anderer Jäger, der seinerseits gerade auf der Pirsch war, könnte meinen Vater versehentlich angeschossen haben. Finden Sie nicht auch?«

Morgenstern nickte. »Kann alles sein. Wir stehen erst ganz am Anfang. Ein Schuss mitten in die Brust eines Jägers, der auf einem

Hochstand sitzt, wäre allerdings ein besonders ungewöhnlicher Unfall, da werden Sie mir recht geben, Herr Schreiber. Und in diesem Fall hätte sich der ... Verursacher« – ein anderes Wort fiel ihm nicht ein – »bestimmt sofort gemeldet. Ein Jagdunfall ist möglich, natürlich. Aber wir können auch nicht ausschließen ...«

»Was können Sie nicht ausschließen?«, fragte Schreiber scharf.

»Es ist denkbar, dass Ihr Vater absichtlich getroffen wurde. Von jemandem, der ein Problem mit ihm hatte.«

»Absichtlich getroffen?«, fragte Schreiber. »Soll das heißen ... soll das heißen, dass Sie an Mord denken?«

»An was würden Sie denn denken, Herr Schreiber? Wir müssen jedenfalls in alle Richtungen ermitteln. Und es ist Ihnen hoffentlich klar, dass wir entscheidend auf Ihre Mithilfe angewiesen sind.«

Schreiber nickte langsam. »Wird wohl nicht anders gehen«, sagte er. »Ich tue, was ich kann.«

»Das ist sehr gut, Herr Schreiber«, sagte Morgenstern. »Dann fangen wir vielleicht gleich an Ort und Stelle an.«

Hecht, Morgenstern und Schreiber gingen langsam den Waldsaum entlang.

»Sie haben vorhin erzählt, dass Sie Ihren Vater nicht mehr gerne allein auf die Jagd ließen«, begann Hecht.

»Stimmt«, antwortete Schreiber. »Genauso wie ich der Ansicht bin, dass alte Männer ihren Führerschein abgeben oder ab einem gewissen Alter regelmäßig eine Fahrprüfung ablegen sollten. Aber bei meinem Vater kommt noch etwas anderes dazu: Er hat mir vor einiger Zeit erzählt, er fühle sich im Wald ... beobachtet.«

»Hat sich Ihr Vater gefürchtet?«, fragte Morgenstern.

»Gefürchtet? Nein. Er war eher verunsichert, glaube ich. Möglicherweise hat er sich selbst Gedanken darüber gemacht, dass er allmählich alt und vielleicht auch ein bisschen verwirrt wird.«

»Inwiefern verwirrt?«, hakte Hecht nach.

»Er hat sein Auto hier oben im Wald nie abgesperrt, das hielt er für unnötig. Aber neulich hat er mir etwas Sonderbares erzählt. Er hatte den Verdacht, jemand habe in seinem Auto herumgeschnüffelt, während er auf dem Hochstand saß.«

»Wie kam er darauf?«, fragte Morgenstern.

»Nun, ich glaube nicht, dass da was dran ist. Aber er dachte, dass ihm ein Päckchen Jagdmunition aus dem Wagen gestohlen worden sei. Er war sich sicher, dass es zuvor noch auf der Mittelkonsole lag. Er hat mir erzählt, er hätte sich nur ein paar Patronen daraus genommen und in die Tasche gesteckt, den Rest habe er im Wagen gelassen. Und als er zurückkam, war die Schachtel weg.«

»Wann soll das gewesen sein?«, fragte Morgenstern.

»Ungefähr vor vier Wochen. Ich habe ihm das nicht geglaubt, sondern mir eher Sorgen gemacht, dass er allmählich schusselig wird. Jedenfalls hat er seither sein Auto im Wald immer abgesperrt.«

»Wo steht denn der Wagen?«, fragte Morgenstern. »Wir haben ihn noch nicht gesehen.«

»Mit Sicherheit da hinten im Wald, ein bisschen abseits neben einer Fichtenschonung, damit das Wild nicht irritiert wird.«

»Hatte Ihr Vater Feinde?«, fragte Hecht.

»Feinde? Das ist ein großes Wort, Herr Kommissar. Mein Vater war sicherlich manchmal ein knorriger Mann. Sehr selbstbewusst. Er hat aus eigener Kraft ein Möbelhaus aufgebaut, das ich inzwischen übernommen habe. Möbel Schreiber in Ingolstadt – das Wohnparadies für die ganze Familie. Riesenauswahl auf zweitausend Quadratmetern. Kennen Sie unser Unternehmen denn nicht?«

Schreiber hörte sich an wie sein eigener Radiowerbespot, dachte Morgenstern und fügte schnell hinzu: »Klar kennen wir das. Ihre Prospekte liegen doch immer in der Zeitung. Meine Frau war sogar schon mal drüben bei Ihnen in Ingolstadt, wenn ich mich recht erinnere. Sie hat einen Kleiderschrank fürs Kinderzimmer gesucht.«

»Und? Sie hat doch bestimmt etwas Passendes gefunden?«, fragte Schreiber.

»Ähm, ich glaube nicht«, gestand Morgenstern kleinlaut. »War ihr ein bisschen zu teuer. Sie ist dann nach Eching zu Ikea gefahren …«

»Seit wann führen Sie denn das Geschäft schon?«, fragte Hecht.

»Seit fünfzehn Jahren. Kurz nach seinem fünfundsechzigsten Geburtstag hat mir mein Vater das Geschäft überschrieben.«

»Lebt Ihre Mutter noch?«, fragte Hecht.

Schreiber schüttelte den Kopf. »Sie ist vor drei Jahren gestorben. Seitdem versorgt sich mein Vater hier in Eichstätt allein. Er hat eine Haushaltshilfe und geht häufig in eine Wirtschaft zum Essen. Sie müssen wissen, dass er trotz des Geschäfts in Ingolstadt immer in Eichstätt gewohnt hat. Im Gegensatz zu mir. Ich bin schon sehr früh nach Ingolstadt gezogen. Meine Wohnung ist ins Möbelhaus integriert. Es hat nichts geschadet, ein bisschen Abstand zu meinem Vater zu halten.« Sie gingen weiter am Waldrand entlang. Schreiber hing seinen Gedanken nach.

Hecht hakte schließlich nach: »Wer könnte Ihren Vater so hassen, dass er ihn mit einem Gewehr erschießt? Wer weiß überhaupt, dass Ihr Vater hier oben jagt?«

»Das wissen viele, er hat das Revier seit vierzig Jahren. Alle anderen Jäger wissen das natürlich. Die Förster vom Staatswald. Und viele, viele andere.«

»Sind Sie selbst auch Jäger?«, wollte Morgenstern wissen.

»Als junger Bursche habe ich den Jagdschein gemacht. Das grüne Abitur.« Walter Schreiber lachte bitter auf. »Eine Wahnsinnsprüfung.« Dann fuhr er fort. »Mein Vater hat darauf bestanden, dass ich in seine Fußstapfen trete. Er hat mich schon als kleinen Buben zum Jägerstammtisch mitgenommen. Er wollte, dass ich ganz genauso werde wie er. Anfangs bin ich noch mit ihm auf die Jagd gegangen, aber ich konnte mich nie richtig dafür begeistern, und so habe ich es bald sein lassen. Mein Vater war enttäuscht von mir. Wie so oft.« Er sah Morgenstern prüfend an. »Aber was quatsche ich da eigentlich? Das geht Sie alles überhaupt nichts an.«

»Aber Sie könnten jederzeit auf die Jagd gehen?«, beharrte Hecht.

»Theoretisch ja, aber ich tue es nicht. Und das wird sich auch nicht ändern. Jetzt erst recht nicht. Mich bringt keiner mehr auf einen Hochsitz.«

»Nehmen wir einmal an, Ihr Vater ist von jemandem gezielt erschossen worden«, sagte Morgenstern. »Dann muss dieser Jemand ein sehr guter Schütze sein.« Er dachte kurz an seine eigene klägliche Vorstellung an der »Hubertus-Halle« des Eichstätter Volksfestes. »Der Täter gab wahrscheinlich nur einen einzigen Schuss ab – wenn er Ihren Vater verfehlt hätte, wäre der sofort geflohen und der Mörder hätte ihn nur noch schwerlich von vorn treffen können, sondern eher von hinten.«

Hecht fing leise, fast unhörbar, zu summen an. Morgenstern erkannte die Melodie sofort: das Jennerweinlied. »Es war ein Schütz, in seinen schönsten Jahren, der wurde weggeputzt von dieser Erd …«

Morgenstern schüttelte unwillkürlich den Kopf. Der Wildschütz Jennerwein war ein Wilderer aus den bayerischen Bergen, der von einem Jäger von hinten erschossen worden war. Doch das Lied passte überhaupt nicht zu ihrem Jäger, der auf seinem Hochstand niedergestreckt worden war. Gemeinsam war den beiden Fällen nur die Heimtücke. Morgenstern kam ins Grübeln: In den riesigen Jurawäldern rund um Eichstätt gab es zerklüftete Felswände, schmale Täler, steile Hänge, fast wie in den Alpen.

»Sagen Sie mal, Herr Schreiber: Gibt es hier in der Region eigentlich …«, er zögerte kurz, weil er fürchtete, sich lächerlich zu machen, »gibt es im Altmühltal Wilderer?« Umso mehr überraschte ihn Schreibers Reaktion.

»Wilderer?«, sagte Schreiber. »Haben wir immer wieder. Aber zum Glück nicht oft.«

»Das ist ja spannend«, sagte Morgenstern erfreut. »So richtige Wildschützen mit geschwärztem Gesicht und Hut und Rucksack?«

»Was weiß ich?«, gab Schreiber zurück. »Es wird ja nie einer erwischt. Aber man findet immer wieder ein angeschossenes Reh, das elend im Unterholz krepiert ist, oder kleine Kitze, denen mitten in der Schonzeit die Geiß weggeschossen worden ist und die dann erbärmlich verhungern.«

»Solche Schweine!«, entfuhr es Morgenstern. »Dieses Altmühltal ist mir ein Rätsel. Hattest du eine Ahnung, dass mitten in Bayern gewildert wird, Peter?«

Hecht nickte. »Rund um Schrobenhausen gibt es nicht so viel Wald wie hier, aber Wilderei haben wir trotzdem.«

Morgenstern wandte sich wieder an Schreiber. »Hat Ihr Vater in letzter Zeit etwas von Wilderei in seinem Revier erzählt?«

Schreiber nickte. »Eigentlich hat mein Vater mit mir nicht viel über die Jagd gesprochen, da war er nachtragend. Aber an eine Sache kann ich mich erinnern. Es gab mal eine Gams hier oben im Revier, bestimmt ein Jahr lang.«

»Eine Gams?«, fragten Hecht und Morgenstern wie aus einem Mund.

»Ja, eine richtige Gebirgsgams, die hat es irgendwie ins Altmühltal verschlagen. So etwas kommt nur alle heiligen Zeiten vor, aber an den steilen Hängen und in den verlassenen Steinbrüchen finden sie anscheinend gute Lebensverhältnisse. Aber es sind immer nur Einzeltiere. Anders sieht es bei den Mufflons aus.«

»Wie bitte?«, fragte Morgenstern.

»Mufflons, das sind Wildschafe aus Korsika. Die hat irgendwer vor Jahrzehnten bei uns angesiedelt. Und jetzt ziehen sie herdenweise durch die Wälder.«

»Aber Braunbären und Wölfe gibt es hier nicht?«, fragte Morgenstern.

»Alles nur eine Frage der Zeit. Wenn man bedenkt, dass Bruno es bis Garmisch-Partenkirchen geschafft hat. Die hundertfünfzig Kilometer nach Eichstätt trabt so ein Bär in drei Tagen.«

»Zurück zu dieser Gams«, sagte Hecht. »Was war damit?«

Schreiber dachte intensiv nach, dann erzählte er: »Die Gams ist vor ungefähr vier Jahren hier oben aufgetaucht. Mein Vater war damals ganz aus dem Häuschen vor Freude und hat es überall rumerzählt. Spaziergänger haben sie gesehen, hier ist ja immer viel los. Wie gesagt: Die Zeitung hat darüber berichtet, es gab sogar ein Interview mit dem Vorstand des Jägervereins.«

»Ein tierischer Popstar«, bilanzierte Morgenstern, und Schreiber nickte.

»Mein Vater hatte eine riesige Freude an dem Vieh, er hatte einen regelrechten Narren daran gefressen. Einen ganzen Winter lang hat er extrafleißig seine Wildfütterungen gemacht, obwohl das die Förster gar nicht gerne sehen. Aber er wollte unbedingt, dass die Gams durchkommt.«

»Kam sie aber nicht«, tippte Morgenstern trocken.

»Stimmt genau. Eines Tages kam mein Vater wieder zu seiner Futterstelle, mit Rübenschnitzeln, Heu und einem Sack altbackener Semmeln und Brezen. Da fand er direkt neben der Futterkrippe einen großen Blutfleck und Schleifspuren im Schnee. Und von diesem Tag an war die Gams verschwunden. Es war, glaube ich, das einzige Mal, dass ich meinen Vater weinen sah. Er hat die Polizei verständigt, aber denen war die Sache nicht wichtig, und dann ist die Sache im Sand verlaufen.«

Schreiber sah die neben ihm her schlendernden Kriminalbeamten an. »Ihre Kollegen haben sich damals nicht gerade ein Bein ausgerissen. Das hat meinen Vater wahnsinnig geärgert.«

Die beiden überhörten den Vorwurf geflissentlich. »Hatte Ihr Vater denn jemanden im Verdacht, hat er vielleicht sogar jemanden konkret beschuldigt?«, drängte Hecht.

»Zuerst nicht, aber er hat in dieser Sache einfach keine Ruhe gegeben, hat sich bei Hinz und Kunz umgehört, ob jemand einen Tipp hat. Irgendwann hatte er einen konkreten Verdacht, wer der Wilderer war. Aber uns hat er den Namen nie genannt. Und er hat auch keine Anzeige mehr erstattet. Vielleicht wollte er die Sache allein klären. Unter Männern sozusagen.«

»Gefährlich«, sagte Hecht. »Mit solchen Leuten legt man sich besser nicht an. Wissen Sie, ob Ihr Vater diesen Mann, den er in Verdacht hatte, bedroht hat?«

»Keine Ahnung, aber es wäre typisch für ihn gewesen. Für uns, also für meine Frau und mich, war das nur so eine Marotte von ihm. Wir haben das nicht ernst genommen. Jetzt, wo Sie mich so fragen, sehe ich das allerdings mit anderen Augen.«

»Falls Ihnen dazu noch etwas einfällt, lassen Sie es uns bitte wissen.«

»Ich wüsste im Moment nicht, wie ich Ihnen weiterhelfen könnte«, sagte Schreiber. »Aber wann immer Sie mich brauchen, rufen Sie mich an.« Er nahm seine Geldbörse aus der Hosentasche, zog eine Visitenkarte heraus und reichte sie Morgenstern. »Warten Sie, ich schreibe Ihnen noch meine Handynummer drauf. Dann können Sie mich jederzeit erreichen.«

»Vielen Dank, wir werden darauf zurückkommen«, kündigte Morgenstern an und blieb stehen.

Die drei Männer hatten sich inzwischen weit vom Hochsitz mit dem Leichnam entfernt und gingen nun schweigend zurück. Strahlend blau wölbte sich der Himmel über der Hochebene; das Herbstlaub leuchtete farbenprächtig. Es hätte ein wunderschöner Tag sein können, wenn nicht ein paar hundert Meter weiter vor ein paar Stunden ein Mensch brutal getötet worden wäre, dachte Morgenstern bitter. Kurz bevor sie den Toten erreicht hatten, fragte er: »Brauchen Sie in irgendeiner Form Beistand, Herr Schreiber?«

»Beistand? Wie meinen Sie das?«

»Äh, es gibt da seit einiger Zeit dieses Kriseninterventionsteam. Das sind Fachleute, die helfen, wenn jemand nach einem Unglücksfall psychische ...« Schreibers Blick ließ Morgenstern verstummen. »War ja nur ein Angebot ...«

»Ich bin mit meinen Problemen immer schon alleine zurechtgekommen, und so werde ich das auch weiterhin handhaben. Dafür brauche ich keinen Seelenklempner.«

Als sie sich getrennt hatten, sagte Hecht zu Morgenstern: »Mir scheint, Schreiber junior hat den Tod seines alten Herrn überraschend gut weggesteckt.«

»Sieht ganz danach aus.« Morgenstern grinste ironisch. »Jäger weinen nicht.«

»Doch«, widersprach Hecht. »Wenn man ihnen eine Gams wegschießt.«

»Wir haben also einen toten Jäger, der sich in letzter Zeit beobachtet fühlte«, fasste Morgenstern zusammen, als sie im Auto saßen. »Und wir haben einen vagen Hinweis auf Wilderei. Das ist nicht viel, aber besser als nichts. Wie machen wir weiter?«

»Wir sollten mit den Kollegen von der Eichstätter Inspektion reden, die kennen sich hier am besten aus«, schlug Hecht vor. »Wie heißt der Inspektionsleiter gleich wieder?«

»Huber, Manfred Huber«, sagte Morgenstern. »Den kenne ich gut, wir spielen zusammen Volleyball, jeden Donnerstagabend hier in Eichstätt beim Polizeisportverein.«

»Der soll mal sein Archiv bemühen«, meinte Hecht. »Wenn es hier Wilderei gibt oder gab, dann hat er den Überblick.«

Sie fuhren an einem einsamen Forsthaus vorbei auf einer steilen, schmalen Straße hinab in die Stadt und auf der Bundesstraße bis zur Polizeiinspektion, die im äußersten Osten Eichstätts lag. Huber, den sie in seinem geräumigen Büro antrafen, war längst über den Tod des Jägers informiert. Er zeigte sich erleichtert, als er sah, dass Morgenstern und Hecht den Fall übernommen hatten.

»Schön, dass sie dich geschickt haben, Mike. Ich kenne bei euch im Präsidium ein paar Typen, die ich nicht unbedingt in meinem Revier sehen will. Die wissen immer alles besser und halten uns hier draußen für einfältige Landgendarmen.«

»Da musst du bei uns keine Sorge haben«, beteuerte Morgenstern. »Im Gegenteil: Wir brauchen dich und eure Kompetenz hier dringend. Was weißt du über Wilderei hier in der Gegend?«

Huber stand von seinem Schreibtischsessel auf, ging zu einem Regal und holte einen Leitz-Ordner heraus. »Jagdfrevel« war mit dickem schwarzem Filzstift auf dessen Rücken geschrieben.

»Ziemlich dünn, die Akte«, sagte Huber, nachdem er ein bisschen darin geblättert hatte. »Die meisten Fälle sind steinalt. 1973, das interessiert heute kein Schwein mehr.« Er hielt den beiden den Ordner hin.

»Hasenjagd mit der Schlinge«, las Hecht und schaute sich interessiert ein Foto an, das auf die Seite geklebt worden war. »Widerlich! Schauen ja scheußlich aus, diese Hasenkadaver.«

»Das war drüben im Anlautertal, bei Titting«, erklärte Huber.

»Kannst du dich an eine Geschichte mit einer Gams erinnern? Eine Gams hier bei Eichstätt, die plötzlich verschwunden ist?«, fragte Morgenstern.

»Vage. Das ist schon ein paar Jahre her. Soweit ich weiß, hat man nie herausgefunden, wer oder was dahintersteckte.« Huber blätterte in dem Ordner, fand aber nur eine kleine Notiz – die Anzeige, die Schreiber senior damals in der Inspektion gemacht hatte.

»Der Sohn von Matthias Schreiber hat angedeutet, dass diese alte Geschichte seinen Vater lange beschäftigte«, meinte Hecht. »Dass er schließlich jemanden in Verdacht hatte. Und dass es nicht gut war, wenn man ihn sich zum Feind machte.«

»Das habe ich auch schon läuten hören«, stimmte Huber zu.

Hecht blieb hartnäckig. »Gibt es hier in der Gegend noch mehr Gerüchte über Wilderei? Es muss nicht gleich was Gerichtstaugliches sein.«

»Ein paar Latrinenparolen würden uns fürs Erste schon reichen«, pflichtete Morgenstern bei. »Als Ansatzpunkt.«

Hauptkommissar Huber zog die Stirn in Falten und dachte nach. Schließlich gab er sich einen Ruck. »Das ist jetzt nichts Handfestes, sondern Klatsch und Tratsch. Angeblich gibt es drüben im Schuttertal ein Sportheim, in das die Einheimischen gerne zum Wildessen gehen. Rehragout mit Spätzle und Preiselbeeren, Wildente mit Blaukraut …«

»Ja und?«, fragte Hecht.

»Man hört munkeln, dass das Wild aus zweifelhaften Quellen stammt. Aber für eine richtige Ermittlung hat das nie gereicht.«

»Wo ist dieses Sportheim?«, fragte Morgenstern.

»Beim TSV Meilenhofen.«

Morgenstern und Hecht informierten wie besprochen Kriminaldirektor Adam Schneidt über den Stand der Ermittlungen und holten sich das Okay, noch am selben Abend nach Meilenhofen zu fahren und im Sportheim auf den Busch zu klopfen. Morgenstern hatte die Idee, die Recherchen auf dem kleinen Dienstweg zu vereinfachen: Er rief im Eichstätter Landratsamt an, ließ sich mit der Lebensmittelüberwachung verbinden und einigte sich mit den Kontrolleuren auf ein gemeinsames Vorgehen. Die Hygiene-Experten sollten die Gaststätte, insbesondere den Kühlraum mit dem Fleisch, penibel unter die Lupe nehmen. Die Kriminalbeamten, zunächst als ganz normale Speisegäste getarnt, würden den Wirt in die Mangel nehmen, sobald Verdächtiges zum Vorschein käme.

Um neunzehn Uhr fuhren die Kommissare nach Meilenhofen. Der Ortsteil von Nassenfels lag romantisch im Schuttertal, umgeben von grünen Wiesen, Stoppelfeldern und halb abgeernteten Kartoffeläckern. Das Sportheim lag am Dorfrand nahe der Schutter, einem schmalen Flüsschen, das sich gemächlich durchs Tal schlängelte und in Ingolstadt in die Donau mündete.

»TSV 1962 Meilenhofen«, las Morgenstern, als sie den dunkelblauen Dienst-Audi vor dem schmucklosen Sportlerdomizil parkten, an das ein Fußballplatz angrenzte. Auf dem Rasen trainierte gerade die Meilenhofener Jugend, dahinter lag ein einzelner Tennisplatz.

»Jetzt ist Tennis sogar schon in Meilenhofen angekommen«, staunte Hecht. »Wenn ich an meine Jugend in Schrobenhausen denke – da war Tennis noch den oberen Zehntausend vorbehalten. Der ›weiße Sport‹! Und heute gibt es neben jedem Rübenacker einen Tennisplatz. Wahrscheinlich würden wir beide heutzutage nicht mal mehr im Wittelsbacher Golfclub drüben in Neuburg-Rohrenfeld auffallen. So ändern sich die Zeiten.«

Morgenstern brummte: »In so einen Angeberclub bringst du mich nur dienstlich, das verspreche ich dir. Da ist mir der TSV Meilenhofen schon lieber.«

Neben der Eingangstür versuchten zwei Waschbetontröge mit kümmerlichen Geranien vergeblich, so etwas wie ländlich-heimelige Atmosphäre zu schaffen. Als weitere vertrauensbildende Maßnahme hatte der Wirt eine mannshohe Sperrholzfigur danebengestellt – ein Koch mit Mütze und Kochlöffel, auf dessen Schürze in dicken Lettern stand: »Hier kocht der Chef!«

»Könnte auch eine Drohung sein«, sagte Hecht. »Aber schau mal hier: Da haben wir's ja schon.«

In einem schmalen Blechkasten hing die Speisekarte. Im Angebot war das übliche Sportheimessen: Currywurst mit Pommes, Bratwürste mit Kraut und Zwiebelrostbraten mit Bratkartoffeln.

»Currywurst, die ist nach meinem Geschmack«, freute sich Morgenstern. »Mir knurrt der Magen.«

»Geht das auf Spesen?«, fragte Hecht.

»Wir können es versuchen. Aber wenn wir den Wirt aufs Kreuz legen, hat er wahrscheinlich keine Lust mehr, uns eine ordentliche Rechnung zu schreiben«, gab Morgenstern zu bedenken.

»Vielleicht vergisst er zu kassieren.«

»Darauf würde ich nicht setzen. Also los, rein mit uns.«

Zur Überraschung der beiden Kommissare herrschte in der Sportheimgaststätte für einen Montagabend reger Betrieb. Fünf Tische waren besetzt, darunter auch der größte, der Stammtisch. Während an den kleineren Tischen vorwiegend Paare saßen, war der Stammtisch exklusiv in männlicher Hand. Morgenstern und Hecht wurden beim Eintreten mit Interesse gemustert, aber nicht mit der unverhohlenen Neugierde, mit der sie eigentlich gerechnet hatten. Auswärtige Kundschaft war hier anscheinend keine Seltenheit – im Unterschied zu vielen anderen dörflichen Wirtschaften, in denen Fremde vom Eintreffen bis zum Aufbruch wie im Zoo begafft wurden.

Sie nahmen an einem Tisch an der Seite Platz, von dem aus sie das Geschehen unauffällig im Auge behalten konnten. Vom Tresen trennte sie ein gläserner Pokalschrank, der als Raumteiler diente und die Trophäen der Meilenhofener Fußballer zeigte: Wimpel, metallene Miniaturfußballer, die in Schussposition auf kleine Marmorsockel montiert waren, und Bleikristallvasen von zeitloser Hässlichkeit. An den Wänden hingen säuberlich gerahmte Mannschaftsfotos, zum Großteil aus längst vergangenen Zeiten, wie an der weit fortgeschrittenen Vergilbung zu erkennen war. Zwei Porträtfotos, beide mit schwarzem Trauerflor versehen, erinnerten an Fußballer, die der Tod zu früh aus der Mitte des TSV 1962 gerissen hatte. Tödlicher Unfall auf der Heimfahrt von der Großdisco in Lenting, vermutete Morgenstern.

Eine Kellnerin kam an ihren Tisch, brachte die Speisekarte und nahm die Getränkebestellung entgegen: eine Cola für Morgenstern, ein Cola-Mix für Hecht. Auf der offiziellen Speisekarte standen keine Wildgerichte. Schließlich entdeckte Hecht eine schwarze Tafel über dem Tresen, auf der mit Kreide stand: »Rehragout frisch vom Schuss – mit Kroketten und Blaukraut: 6,90 Euro«. Direkt daneben hing eine identische Tafel mit dem holprig gereimten Sinnspruch: »Wer meine Küche kennt, der geht nicht fremd!«

»Wild gibt es hier anscheinend bloß auf Zuruf«, raunte Hecht Morgenstern zu. »Und zwar konkurrenzlos billig.«

»Ich würde eigentlich lieber die Currywurst essen«, flüsterte der zurück. »Aber wir sollten beide das Rehragout nehmen.«

»Warum?«

»Das verlangt unsere kriminalistische Sorgfaltspflicht. Wir müssen schließlich wissen, wovon wir reden, wenn wir dem sauberen Herrn Wirt die Daumenschrauben anlegen.«

Es dauerte keine Viertelstunde, dann hatten die Ermittler ihr Essen auf dem Tisch.

»Mahlzeit!«, sagte Hecht und bestaunte den Berg Kroketten, der ihnen in einer eigenen Schüssel gereicht worden war.

»Das nannte man in der DDR Sättigungsbeilage«, sagte Morgenstern. Auch die Fleischportion hätte für eine Holzfällerbrigade gereicht. Eine atemberaubende Essignote stieg von den Tellern auf. »Mit der Soße könnten wir unsere Bürokaffeemaschine entkalken«, moserte Morgenstern.

Doch die anfängliche Skepsis verflog mit den ersten Bissen, und die beiden aßen mit immer größerer Begeisterung. Selbst die Schüssel mit den Kroketten leerte sich zusehends. Morgenstern und Hecht hatten den Zweck ihres »Arbeitsessens« beinahe schon vergessen, als sich die Tür öffnete und zwei Männer mit Aktenkoffern eintraten.

Morgenstern versetzte Hecht mit dem Ellbogen einen Rempler und deutete auf die neuen Gäste. »Das sind unsere Lebensmittelkontrolleure«, flüsterte er. »Jetzt wird's heiß.«

Die beiden Männer wandten sich suchend um. Morgenstern nickte ihnen unauffällig zu; er und Hecht würden ihren Beobachterstatus bis auf Weiteres beibehalten. Die Kontrolleure gingen zur Theke und sprachen leise mit der Kellnerin. Die stutzte kurz, nickte dann mehrmals und führte die Besucher in den rückwärtigen Raum. Wenig später kehrte sie allein zurück – sichtlich nervös.

Nach fünfzehn Minuten, in denen die Kommissare wie auf Kohlen saßen und ihre leeren Gläser in den Händen drehten, hielt Morgenstern die Ungewissheit nicht mehr aus und ging Richtung Toiletten, um eventuell auf dem Gang lauschen zu können. Und tatsächlich: Durch eine Schiebetür mit einem Emailleschild »Privat« hörte er eine laute Frauenstimme.

»Wenn ich es Ihnen doch sage, das ist alles beim Händler gekauft! Ich habe nur die Rechnungen verlegt.«

Morgenstern grinste. Das klang verdächtig nach Täuschung: Vermutlich kaufte die Frau zur Tarnung geringe Mengen Wildfleisch bei einem regulären Händler.

Aus der Küche drang die Stimme eines der Kontrolleure: »Und warum ist dieses Paket ordnungsgemäß mit dem Herkunftsnachweis eines Händlers versehen, während die anderen nicht etikettiert sind? Kommt Ihnen das nicht auch merkwürdig vor? Sie als Chefin müssen mir das erklären können.«

Jetzt erst fiel bei Morgenstern der Groschen: Der Koch war eine Köchin, er hatte sich durch den Pappkameraden irritieren lassen. Hier kochte die Chefin, nicht der Chef.

»Ich habe das Fleisch neu portioniert und umgepackt«, verteidigte sich die Wirtin. »Die Portionen, die mir mein Händler aus Pfaffenhofen liefert, sind viel zu groß.«

»Aber dieses Paket ohne Etikett, das ist Ihnen nicht zu groß? Für meine Begriffe dürfte das ein halbes Reh sein. Und ich werde Ihnen noch etwas sagen: Dieses Tier haben Sie nie und nimmer aus dem regulären Wildbrethandel. Genauso wenig wie diese Wildente, oder was immer das ist, das Sie in diesem Plastikbeutel in den Kälteschlaf geschickt haben.«

Morgenstern grinste erneut. Die Sache lief nach Plan. Höchste Zeit, Spargel zu holen. Er schlich zurück in die Gaststube und fand Hecht vor seinem zweiten Cola-Mix. »Komm, ich brauche dich«, rief er ihm zu und erregte nun doch die Aufmerksamkeit der anderen Gäste, insbesondere der Stammtischbrüder.

»Bringt wohl sein Hosentürl nicht auf, wie?«, sagte einer davon hämisch in die Runde und löste damit eine Lachsalve aus. Morgenstern scherte sich nicht darum. Gemeinsam mit Hecht bezog er vor der Küchentür Posten.

Drinnen hörte man die Stimme der Wirtin: »Ich habe einen Jäger, der mir immer wieder Wild verkauft. Da ist nichts dabei, das machen doch alle.«

»Das können Sie dem Finanzamt erzählen«, hörte Morgenstern und nahm es als Stichwort. Er klopfte energisch an die Küchentür und schob sie noch im selben Moment auf. Vor ihnen stand, in einer grünen Schürze, weißem T-Shirt und Jeans, mit hochrotem Kopf eine etwa vierzigjährige, dralle blonde Frau. Das Haar war hochgesteckt, die Hände hatte sie kampfeslustig in die Hüften gestemmt.

»Und wer sind jetzt bittschön Sie?«, empfing sie die beiden Kommissare in scharfem Ton. »Schauen S' bloß, dass Sie aus meiner Küche rauskommen, Sie sehen doch, dass ich grade beschäftigt bin.« Grimmig deutete sie auf die beiden Lebensmittelkontrolleure, die vor einem weit geöffneten Gefrierschrank standen und angesichts der eintreffenden Kriminalbeamten ein überlegenes Grinsen aufsetzten.

»Frau Hasenbeck, diese beiden werden Sie nicht so einfach rauswerfen können«, sagte der Wortführer. »Die Herren sind von der Kripo Ingolstadt.«

»Kripo? Kriminalpolizei? Ich hör ja wohl nicht recht.« Die Augen der Wirtin blitzten nun aggressiv. »Das wird ja immer schöner. Ein richtiges Rollkommando kommt mir da ins Haus! Ich habe nichts verbrochen, ich bin eine ehrbare Bürgerin.« Sie schaute Hecht und vor allem Morgenstern zweifelnd an. »Sie wollen von der Kripo sein? Lassen Sie mal Ihren Ausweis sehen. Ich will schon wissen, mit wem ich es zu tun habe.«

»Bitte sehr«, sagte Morgenstern und zeigte ihr seinen Ausweis. »Und mit wem haben wir die Ehre?«

»Hasenbeck Isolde«, antwortete die Wirtin schnippisch. »Ich führe schon seit zehn Jahren hier das Sportheim.«

»Und zwar mit einer auffällig guten Wildkarte«, kommentierte Hecht. »Ihr Rehragout ist übrigens hervorragend, ich würde allerdings Spätzle statt der Kroketten bevorzugen. Kroketten sind innen immer so matschig, außerdem verbrennt man sich leicht den Mund, wenn man nicht aufpasst.«

»Passen Sie lieber auf, dass Sie sich hier den Mund nicht verbrennen!«, giftete die Wirtin und stemmte wieder die Arme in die fülligen Hüften. »Ich habe den Herren vom Landratsamt schon erklärt, dass ich mein Wild vom Großhändler kaufe und nur ab und zu von einem Privatjäger.«

»Und wer ist dieser Privatjäger?«, fragte Morgenstern knapp und zog einen Notizblock samt Kugelschreiber aus der Brusttasche seiner Jeansjacke.

»Der Hintermeier, ein Bauer aus Buxheim«, sagte die Wirtin nach kurzem Zögern.

»Vorname?«

»Fällt mir grade nicht ein.«

»Und wenn wir hier und jetzt diesen Jäger Hintermeier anrufen, dann wird der uns das bestätigen?«, fragte Morgenstern. »Denn genau das werden wir jetzt tun. Glauben Sie nur nicht, dass wir Ihnen Zeit lassen, hier noch etwas auszumauscheln.«

Morgenstern sah, wie die Stimmung kippte. Die Wirtin ließ die Hände sinken; der Blick, mit dem sie die vier ungebetenen Besucher in ihrer Küche ansah, war nun nicht mehr kämpferisch, sondern eher resigniert. Schließlich sagte sie seufzend: »Himmelherrgott! Die Woche fängt gut an.«

Hecht und Morgenstern schickten die beiden Lebensmittelkontrolleure nach einem kurzen, leise geführten Gespräch zurück nach Eichstätt und blieben mit der Wirtin in der Küche zurück.

»Frau Hasenbeck, wir müssen wissen, wer Ihnen Ihr Wildbret liefert«, sagte Morgenstern. »Und bevor Sie sich weiter aufregen: Es geht uns nicht so sehr um Sie und das bisschen Gulasch, das Sie hier kochen.« Er deutete auf einen hohen Stahltopf, der dampfend auf dem Herd stand. »Wir sind auf der Suche nach einem Wilderer. Es geht vielleicht um ...«, er machte eine bedeutsame Pause, »... Mord.«

»Aha, daher weht der Wind«, sagte die Wirtin überraschend unaufgeregt. »Es geht um diesen toten Jäger von Eichstätt drüben. Der kommt heute schon den ganzen Tag im Radio, und am Stammtisch reden sie von nichts anderem.« Sie blickte Morgenstern an. »Und die Kripo glaubt jetzt, dass ihn ein Wilderer erschossen hat, und deswegen nehmen Sie mir hier meinen Laden auseinander.«

»Erstklassig kombiniert!«, nickte Morgenstern. »Also, von wem beziehen Sie Ihr Wild?«

Die Augen der Köchin flackerten. Sie begann nervös auf und ab zu laufen, ging schließlich zu ihrem Gulaschtopf, hob den Deckel ab und rührte darin herum. Den Rücken den Kommissaren zugewandt, murmelte sie: »Der bringt mich um. *Der bringt mich um.*«

»Das werden wir zu verhindern wissen«, versprach Morgenstern und legte dabei so viel Verlässlichkeit wie nur möglich in seine Stimme. »Wenn Ihr Lieferant der Mann ist, den wir suchen, werden wir dafür sorgen, dass er von unserem Besuch hier nichts erfährt. Sie bekommen einen Bußgeldbescheid vom Landratsamt wegen nicht deklarierter Lebensmittel, und die Sache ist vom Tisch. Aber das funktioniert natürlich nur, wenn Sie mit uns zusammenarbeiten.«

»Und wenn nicht?«, fragte Isolde Hasenbeck leise und drehte sich immer noch nicht um.

»Dann ziehen wir hier andere Saiten auf«, knurrte Hecht. »Dann sperren wir Ihnen Ihren Laden zu, das verspreche ich Ihnen. Hehlerei, Beihilfe zum Wildfrevel, Berichte in der Zeitung, öffentliche Gerichtsverhandlung. Das wird ganz großes Kino.«

»Das ist Erpressung!«

»Nennen Sie es, wie Sie wollen«, sagte Morgenstern. »Wir suchen einen Mörder, einen Menschen, der mit einem Gewehr herumläuft und andere Menschen kaltblütig erschießt, da können wir auf Empfindlichkeiten keine Rücksicht nehmen.«

Es klopfte an der Tür, die zur Gaststube führte. Die Kellnerin steckte den Kopf herein. »Darf ich kurz stören? Die Fußballer sind mit dem Training fertig und wollen etwas zu essen. Siebenmal Currywurst, zweimal Bratwurst mit Kraut und einmal saure Zipfel.« Argwöhnisch schaute sie auf die beiden Kommissare und die Wirtin, die sich rasch mit dem Schürzenzipfel über die Stirn wischte. »Geht's dir nicht gut, Isolde?«

»Doch, doch, ich kümmere mich gleich darum. Ich muss nur mit diesen beiden Herren noch etwas zu Ende besprechen.« Sie machte eine kurze Pause. »Ihnen hat das Rehragout nicht geschmeckt.«

»Warum haben sie dann alles aufgegessen?«, fragte die Kellnerin kopfschüttelnd und kehrte in den Gastraum zurück.

»Also gut, in Gottes Namen«, seufzte die Köchin. Sie zog einen Rechnungsblock und einen Bleistift aus der Schürzentasche, kritzelte etwas darauf, riss das Blatt ab, knüllte es zusammen und drückte es dem irritierten Morgenstern wortlos in die Hand. »Und jetzt fahren Sie besser«, sagte sie müde. »Sie sehen ja, ich habe zu tun.«

»Wir auch«, entgegnete Morgenstern, und die beiden verabschiedeten sich.

In der Wirtsstube wurden sie von der Kellnerin und den Stammtischbrüdern nun misstrauisch beobachtet. Morgenstern legte säuberlich abgezählt fünfzehn Euro und vierzig Cent auf den Tisch, trank mit einem Zug Hechts Cola-Mix aus, nickte den anderen Gästen vage zu und ging. Als er die Tür hinter ihnen schloss, hörte er die Kellnerin noch sagen: »Nicht mal ein Trinkgeld haben Sie gegeben. Komische Vögel.«

Erst im Auto faltete Morgenstern das zerknüllte Papier auseinander. Unter dem Wappen der Eichstätter Brauerei standen in Großbuchstaben drei Worte: »ZACHINGER ERWIN BIESENHARD«.

»Na also! Von wegen Hintermeier!«, triumphierte er und hielt Hecht den Zettel unter die Nase. »Das klappt doch wie am Schnürchen. Und alles ganz ohne richterlichen Durchsuchungsbefehl.« Er sah erst auf die Uhr, dann auf die Landkarte, die er aus dem Handschuhfach gezogen hatte. »Biesenhard. Das ist ganz in der Nähe. Aber morgen ist auch noch ein Tag.«

»Ganz recht. Wir sollten uns sowieso vorher mit dem Chef abstimmen«, pflichtete Hecht bei. »Ich schätze, beim Wilderer brauchen wir auf jeden Fall einen Durchsuchungsbefehl. Wir müssen schließlich die Waffe finden.«

Es war fast zweiundzwanzig Uhr, als Morgenstern zurück nach Eichstätt kam. Als er mit seinem betagten Landrover die B13 ins Altmühltal hinabfuhr, sah er schon von Weitem den bunten Lichterkranz des Riesenrads auf dem Volksfestplatz und überlegte kurz, ob er nicht noch über die »Wiesn« schlendern sollte. Er kurbelte die Scheibe herunter, atmete die kühle Luft des Septemberabends ein und lauschte der Blasmusik aus dem Bierzelt, die der Wind zur Straße herüberwehte.

Ein anstrengender Tag lag hinter Morgenstern, das wurde ihm erst jetzt richtig bewusst, als er allmählich zur Ruhe kam. Seine beiden Söhne lagen bestimmt schon lange im Bett, und Fiona las wahrscheinlich noch ein Buch. Sollte er nicht tatsächlich schnell noch für eine Maß ins Festzelt gehen? Als Ausklang?

Morgenstern riss sich am Riemen. Nein, besser nicht. Er kannte sich. Wie oft war aus dem geplanten einen Bier ein zweites, drittes, gar viertes geworden. Und morgen, so viel war klar, konnte er sich keinen Brummschädel leisten. Nicht wenn er diesem Erwin Zachinger auf den Zahn fühlen sollte. Außerdem: Das Volksfest ging noch die ganze Woche.

Mit dem guten Gefühl, mannhaft der Versuchung widerstanden zu haben, drückte Morgenstern das Gaspedal bis zum Bodenblech durch.

Zehn Minuten später fand er sich im Irish Pub in der Eichstätter Altstadt wieder – in seiner urgemütlichen Lieblingskneipe, die ohne Weiteres im Herzen von Dublin hätte stehen können. Aber heute bleibt es wirklich nur bei einem einzigen Guinness, schwor er sich, als er umgeben von einem Dutzend gut gelaunter Gäste am Tresen stand, die offenbar allesamt mit dem Volksfest wenig anfangen konnten. Andere Eichstätter Kneipen hatten während der »Wiesn« schlichtweg geschlossen, nicht aber der Pub.

Zufrieden nippte Morgenstern an seinem süßbitteren Bier und hörte der Musik aus den Lautsprechern zu. Die Pogues, stellte er fachmännisch fest und sang vor lauter Freude ein bisschen mit: »Dirty old Town ...« Unwillkürlich musste er daran denken, wie wenig das herausgeputzte, idyllische, barocke Eichstätt mit der heruntergekommenen nordenglischen Industriestadt zu tun hatte, die in diesem melancholischen Lied besungen wurde. Morgenstern sang trotzdem weiter mit, eine Angewohnheit, die ihm regelmäßig die Aufmerksamkeit der anderen Gäste sicherte. So auch dieses Mal. Der junge Mann, der auf dem Barhocker neben ihm saß, sah ihn erstaunt an und sang dann zu Morgensterns Überraschung textsicher die letzte Strophe mit. Es war eine ausgesprochen düstere Strophe, die davon handelte, eine scharfe Axt aus hartem Stahl zu besorgen und damit die »Dirty old Town«, die dreckige alte Stadt, in Trümmer zu hauen. Morgenstern lächelte seinen neu gewonnenen Sangesbruder kameradschaftlich an, und als das Lied zu Ende war, stießen die beiden mit ihren Pints an. »Mike«, sagte Morgenstern. »Jonas«, sagte sein Nachbar.

Sie plauderten eine Weile angeregt, aber als die Frage nach seinem Beruf aufkam, antwortete Morgenstern nur vage, er arbeite als »Beamter« und wohne hier ganz in der Nähe, weswegen er hie und da auf einen Absacker vorbeikomme. Er gab sich im Privatleben nicht gern als Polizist, gar als Kriminalbeamter zu erkennen. Er hatte die Erfahrung gemacht, dass ihn die Menschen dann plötzlich als eine Art Amtsperson sahen, als personifizierte Staatsgewalt. Eine Rolle, mit der er nicht gut zurechtkam. Jonas wiederum war frisch gebackener Abiturient und arbeitete seit zwei Monaten als Zivildienstleistender in einem der beiden Eichstätter Altenheime: im städtischen Heilig-Geist-Spital, gleich hinter dem Dom, auf der anderen Seite der Altmühl.

»Ein Zivi«, sagte Morgenstern und musterte Jonas neugierig. Der junge Mann war ihm sympathisch. Seine Rastafarifrisur versuchte er mit einer selbst gestrickten grün-gelb-schwarzen Wollmütze zu bändigen; dazu trug er einen verwaschenen Pullover mit Ringelmuster, wie ihn Morgenstern zuletzt auf Fotos des legendären Studentenführers Rudi Dutschke gesehen hatte. Weite Jeans und Leinenturnschuhe rundeten das Bild ab. Jonas war ein gut aussehender Bursche mit großen braunen Augen, und Morgenstern war sich sicher, dass ihm die Herzen der Eichstätter Mädchen zuflogen. Vor allem als sich herausstellte, dass der Junge leidenschaftlicher Kletterer war, der im Sommer am Dollnsteiner Burgsteinfelsen oder im Konsteiner »Klettergarten«, am sogenannten Dohlenfelsen, die höchsten alpinen Schwierigkeitsgrade bewältigte.

»Im Winter klettere ich in der Kletterhalle des Alpenvereins, die ist im ehemaligen Getreidelager der Hofmühlbrauerei. Ich leite da eine Kinder-Klettergruppe.«

Morgenstern horchte auf. »Wie alt sind die Kinder denn? Ich habe nämlich zwei Söhne, für die könnte ich mir das gut vorstellen«, erklärte er. »Die brauchen immer Bewegung.«

»Ab acht Jahren können sie mitmachen. Von mir aus können Sie die ruhig mal vorbeischicken, auch wenn die Kurse schon ziemlich voll sind«, meinte Jonas, woraufhin Morgenstern darauf bestand, dass sie sich trotz des Altersunterschieds von fünfundzwanzig Jahren gerne duzen könnten.

»Und was macht man so als Zivi im Altenheim?«, fragte er. »Alten Leuten den Hintern abputzen und solche Sachen?«

»Das kann schon vorkommen«, nickte Jonas. »Ich bin im Spital Mädchen für alles, das geht vom Rasenmähen bis zur Essenausgabe. Ich helfe auch beim Bettenüberziehen und schiebe seit Neuestem manchmal auch Nachtdienst. Die Pflegerinnen können jede Hilfe gebrauchen, und es ist gut, wenn jemand da ist, bei dem nicht jede Minute genau abgerechnet werden muss. Jemand, der auch mal für ein Gespräch mit den alten Leuten Zeit hat.«

»Was willst du nach dem Zivildienst machen? Studieren? Hier in Eichstätt an der Katholischen Universität?«

Jonas lachte leise auf. »Nein, hier in Eichstätt, wo jeder jeden kennt, auf keinen Fall. Ich muss dringend weg aus dem Altmühltal, mir ist es jetzt schon zu eng. Sogar hier im Pub kann es passieren, dass plötzlich mein Vater mit ein paar Arbeitskollegen reinkommt und mich vielleicht blöd anredet. Wir verstehen uns nicht so wahnsinnig gut, musst du wissen. Er motzt dauernd an allem rum. An meiner Frisur, an meinen Freunden, an meinen Abinoten.«

Morgenstern nickte.

»Nein, ich will nach Berlin gehen, Großstadtluft schnuppern. Ich möchte dort an der Uni Soziale Arbeit studieren, ich würde gerne irgendwas mit Kindern und Jugendlichen machen.« Jonas nahm einen großen Schluck Bier. »Aber vorher, wenn ich mit dem Zivildienst fertig bin, fliege ich mit meiner Freundin für ein paar Wochen nach Jamaika, das ist sicher. Das Geld dafür haben wir schon zusammen. Wir brauchen nicht viel.«

In Morgenstern keimte Neid auf. Da war jemand, dem die ganze Welt offen stand. Der entschlossen war, seinen Weg zu gehen, sich seine Träume zu erfüllen, ohne Kompromisse.

Er seufzte sehnsüchtig: »Jamaika …! Ich würde gerne mal nach Kalifornien fliegen, das hab ich mir schon ganz lange fest vorgenommen. Aber mit Familie kann ich mir das einfach nicht leisten. Viel zu teuer und aufwendig. Mal sehen, vielleicht in fünfzehn Jahren.«

Jonas grinste. »Und dann kommst du womöglich wieder bloß bis Bibione.«

Morgenstern fühlte sich ertappt. Andere reisten durch die ganze Welt, und er hatte bisher immer nur davon geträumt. Würde es dabei bleiben, bloß weil er zu träge war, den entscheidenden Schritt zu tun? Er kam sich gegenüber diesem jungen optimistischen Burschen wie ein kleinmütiger Jammerlappen vor. Und so alt mit seinen dreiundvierzig Jahren! War er in seinem Innersten vielleicht ein Spießer? Der bestgetarnte Spießer des Altmühltals? Mit einem Mal hatte er die Lust an diesem Kneipenabend verloren, obwohl der Pub von Minute zu Minute voller wurde. Er trank sein Bier aus, brummelte etwas von einem harten Tag, den er morgen vor sich habe, und verließ die Kneipe. Es war beinahe eine Flucht.

Als er kurz vor Mitternacht die Tür seiner Mietwohnung in der Altstadt aufschloss, brannte im Wohnzimmer noch Licht. Fiona saß auf dem Sofa; vor ihr lag aufgeschlagen der große Schulatlas von Marius, auf einem Schemel stand ein Glas Wein.

»Schönen guten Abend, lernst du noch ein bisschen Erdkunde?«, fragte Morgenstern leichthin.

»Viel, viel besser«, gab Fiona zurück. »Dreimal darfst du raten.«

Neugierig kam Morgenstern näher. »Aha, die Türkei«, sagte er nach kurzem Blick auf den Atlas. »Willst du herausfinden, woher unsere türkischen Nachbarn stammen?«

In Eichstätt lebten viele Türken; etliche von ihnen arbeiteten in den Steinbrüchen der Umgebung und den dazugehörigen Steinschleifereien, und die meisten von ihnen wohnten – wie die Morgensterns – in der Eichstätter Altstadt. Marius und Bastian gingen mit den Kindern in die Grundschule, die Eltern kannten sich vage.

»Falsch.«

»Du willst einen Bauchtanzkurs bei der Volkshochschule belegen, weil dich dein Aquarell-Malkurs nicht ausfüllt?«

»Bei dir piept's wohl! Ganz falsch.«

»Will irgendwer aus unserem Bekanntenkreis in die Türkei fahren?«

»Schon besser. Du bist ganz dicht dran, Mike.«

»Jetzt fällt mir nichts mehr ein.«

»Du hast die drei Versuche sowieso schon versemmelt. Also lüfte ich jetzt das Geheimnis: Ich habe heute Vormittag ganz spontan und extrem billig einen Last-Minute-Kurzurlaub in Antalya gebucht. Du hast doch noch so viel Urlaub, und die Kinder haben ihre letzte Ferienwoche. Am Montagvormittag ist Abflug in München.« Freudestrahlend blickte Fiona ihn an. »Ist das nicht eine tolle Überraschung?«

Morgenstern, dem noch immer Jamaika durch den Kopf schwirrte, war so baff, dass es ihm die Sprache verschlug. Als er sich wieder einigermaßen gefangen hatte, stotterte er: »Aber, aber ... das kannst du doch nicht machen. Der Schneidt bewilligt mir doch nie und nimmer Urlaub.«

Fiona schien ihm gar nicht richtig zuzuhören. »Ich hab die Flugtickets schon hier, Halbpension, alles pauschal. Du hast doch erst letzte Woche erzählt, dass bei euch zurzeit fast nichts los ist und du problemlos noch ein paar Tage freibekommen könntest. In den Sommerferien machen sogar Verbrecher mal eine Pause.« Sie schaute ihn immer noch lächelnd an, doch als sie sein ernstes Gesicht sah, erstarb ihr Lächeln. »Du hast doch nicht etwa einen neuen Fall?«, fragte sie.

Morgenstern nickte stumm.

»Doch nicht diesen Fall hier in Eichstätt, von dem die ganze Stadt redet? Diesen Jäger?«

Morgenstern nickte erneut. »Richtig.«

»Die Bäckerin hat es mir schon erzählt, in der Stadtbücherei haben sie davon gesprochen, und drunten beim Bootsverleih auch.« Fiona arbeitete bei einem Kanuverleih an der Altmühl. »Alle erzählen, dass der Alte mit seinem Sohn ständig im Streit lag. Und mit der Schwiegertochter erst recht. Und dass ihr Möbelhaus drüben in Ingolstadt kurz vor der Pleite steht, seit es diesen riesigen Mega-Möbel-Markt im neuen Gewerbegebiet gibt.«

Morgenstern war immer noch fassungslos, hatte jetzt aber wenigstens seine Sprache wiedergefunden: »Du hast ohne Rücksprache mit mir einfach einen Urlaub gebucht, noch dazu einen Pauschalurlaub! Wie kommst du denn auf so eine Idee?« Er dachte an Jonas und dessen Vermutung, dass er am Teutonengrill von Bibione enden würde. Ein bitterer Kloß stieg in seinem Hals auf.

»Ich wollte dich überraschen. Das Angebot hing im Reisebüro im Schaufenster, unschlagbar billig, und den Kindern fällt daheim die Decke auf den Kopf. Das bekommst du ja gar nicht mit, weil du in Ingolstadt im Büro sitzt«, rief Fiona, jetzt hörbar beleidigt. »Den ganzen Tag soll ich die zwei bespaßen, ständig hängen sie mir am Hosenbein: ›Mama, uns ist so langweilig.‹ Du machst dir keine Vorstellung, wie mir diese endlosen Sommerferien auf den Keks gehen. Wenn es nach mir ginge, würden drei Wochen reichen. Nie denkt jemand an die Eltern.«

Oh weh! Die Debatte glitt ins Grundsätzliche ab, eine Entwicklung, bei der Morgenstern regelmäßig verstummte. Das wusste auch Fiona. »Also gut«, sagte sie energisch. »Ich habe die Tickets, und du hast deinen Fall. Ich gehe jetzt einfach mal davon aus, dass du die Sache bis Sonntag geklärt hast.«

Morgenstern ächzte. »Also gut. Gleich morgen früh beantrage ich meinen Urlaub. Und ab dann heißt es: Zeit läuft.«

Fiona schien zufrieden; sie stand auf, um Morgenstern ein Weinglas zu holen.

»Pauschalurlaub in einem Hotel in Antalya«, brummte der abschätzig, als sie auf ihre Pläne für die kommende Woche anstießen. »Ich bin mal gespannt, ob man da irgendwo ein Lagerfeuer machen kann.«

DIENSTAG

Am nächsten Morgen fuhr Morgenstern schon früh die fünfundzwanzig Kilometer hinüber nach Ingolstadt ins Polizeipräsidium Oberbayern-Nord. »Trödeln verboten!«, schärfte er sich mit Blick auf den heranrückenden Türkeiurlaub ein. Er und Spargel würden dem Wilderer so rasch wie möglich einen Besuch abstatten. Hoffentlich machte der Richter beim Hausdurchsuchungsbefehl in Biesenhard keine Zicken. Morgenstern war sich jetzt auch gar nicht mehr so sicher, ob die Wirtin des Meilenhofener Sportheims tatsächlich, wie er es ihr versprochen hatte, halbwegs ungeschoren davonkommen würde. Das lag nur zum geringen Teil in seiner Hand. Er konnte allenfalls im Rahmen einer kleinen, inoffiziellen Kronzeugenregelung ein gutes Wort für sie einlegen.

Aus München war bereits das Ergebnis der gerichtsmedizinischen und der ballistischen Untersuchungen gekommen: Matthias Schreiber war demnach mit einer Kugel vom Kaliber 7.92 erschossen worden, also mit typischer Jagdmunition. Die todbringende Kugel hatte noch in seinem Körper gesteckt. Über die Waffe ließ sich nur sagen, dass sie bisher noch nicht bei einem Verbrechen zum Einsatz gekommen war. Als Todeszeit war etwa dreiundzwanzig Uhr dreißig festgestellt worden.

Punkt acht Uhr versanken Morgenstern und Hecht im Sofa ihres Vorgesetzten. Adam Schneidt schien mit den ersten Ergebnissen zufrieden und versprach, sich umgehend um den Durchsuchungsbefehl zu kümmern.

»Ein Wilderer in den Jurawäldern, schau mal einer an«, sagte er. »Wenn ich bedenke, dass ich da drüben schon manchmal beim Schwammerlsuchen war ...«

»Wo denn genau?«, fragte Hecht neugierig und rückte auf dem Sofa gespannt ganz nach vorne.

Schneidt sah ihn merkwürdig an. »Ich wäre ja blöd, wenn ich hier leichtfertig meine besten Pilzplätze ausplaudern würde. Nur so viel, Herr Hecht: Ich parke im Tauberfelder Grund.«

Der Tauberfelder Grund, wusste Morgenstern, war ein enges

Wiesental genau zwischen Eichstätt und Ingolstadt, das von der Bundesstraße 13 durchschnitten wurde.

»Sammeln Sie auch Schwammerl, Morgenstern?«, fragte Schneidt.

»Nein, ist mir viel zu gefährlich. Ich möchte ungern meine ganze Familie mit einer einzigen Mahlzeit ins Jenseits befördern.«

»Papperlapapp, Morgenstern. Mit einem kleinen Fachbüchlein für die Hosentasche ist das kein Problem. Was Sie nicht sicher identifizieren können, lassen Sie einfach stehen. Probieren Sie es aus, jetzt ist die beste Pilzsaison. Braunkappen können Sie momentan fast mit dem Rasenmäher ernten, so schießen die seit dem letzten Regen aus dem Boden.« Schneids Augen leuchteten, wie es Morgenstern noch nie zuvor gesehen hatte.

»Das Einzige, das ich zu dem Thema weiß, ist: Die meisten Vermissten, nach denen die Polizei jahrelang vergeblich gesucht hat, findet eines Tages ein Schwammerlsucher im dichten Unterholz. Gut für unsere Aufklärungsquote, schlecht für den Pilzsammler. Diese Überraschung möchte ich mir gerne ersparen. Wenn ich Pilze haben will, kaufe ich sie mir auf unserem Wochenmarkt.«

»Dann sollten Sie aber besser einen Geigerzähler dabeihaben, lieber Herr Morgenstern. Die Pfifferlinge, die sie dort kaufen, kommen alle aus Osteuropa, zum Beispiel aus der Ukraine. Im Umland von Tschernobyl wachsen sie angeblich besonders gut.«

Peter Hecht schaltete sich aus der Tiefe des Sofas ein: »Wenn Sie verstrahlte Lebensmittel suchen, Herr Schneidt, reicht es, wenn Sie sich in nächster Umgebung umsehen. Ich habe neulich gelesen, dass manche Wildschweine aus unseren Wäldern immer noch erhöhte Becquerel-Werte haben. Da bleibe ich lieber beim heimischen Hausschwein: unglücklich aufgewachsen, aber lebensmitteltechnisch einwandfrei.«

»Haben wir's allmählich mit unserem Exkurs?«, fragte Schneidt, obwohl er selbst die Debatte vom Zaun gebrochen hatte. »Sie schreiben mir jetzt bitte Ihre Ermittlungsergebnisse von gestern in den Computer. Bis dahin habe ich den Durchsuchungsbefehl, und dann nichts wie ab zu diesem Wilderer, wenn es denn ein Wilderer ist – was ich sehr für Sie hoffen will.«

»Das wird schon stimmen«, sagte Hecht schnell und schaute Morgenstern auffordernd an. Der nickte eifrig.

Kurze Zeit später waren sie mit einem Durchsuchungsbefehl in der Tasche unterwegs nach Biesenhard. Morgenstern, der den Zivilwagen fuhr, spürte unter der linken Achsel das Schulterhalfter, in dem seine Pistole steckte. Die Sache war ernst und vielleicht auch gefährlich. Mit solchen Leuten war nicht zu spaßen, wenn sie in die Enge getrieben wurden, vermutete Morgenstern.

Die kürzeste Strecke, so hatten sie herausgefunden, führte durch das Schuttertal über Nassenfels hinauf auf die Jurahöhe. Am Ortseingang des nächsten kleinen Dorfes bog Morgenstern in einen Feldweg ab. »Muss mal kurz pinkeln«, sagte er entschuldigend. »Ich vermute, dass der Zachinger nicht begeistert wäre, wenn ich bei der Hausdurchsuchung als Erstes seine Toilette benutzen will.«

»Da schließe ich mich doch gleich an«, verkündete Hecht und stieg ebenfalls aus dem Auto.

»Wenn uns Fiona so sehen würde, wäre was los«, gestand Morgenstern, als sie einträchtig nebeneinander standen. »Sie regt sich immer fürchterlich auf, wenn Männer ihr Geschäft direkt an der Straße verrichten.«

»Jetzt sieht sie uns ja nicht«, entgegnete Hecht pragmatisch. »Außerdem haben wir unser Auto als Deckung.«

Als sie sich erleichtert hatten, deutete Morgenstern auf die andere Straßenseite. »Was ist denn das hier eigentlich, dieses Kreuz und der Stein da? Das ist mir gestern bei der Fahrt zum Sportheim schon aufgefallen.«

»Keine Ahnung«, sagte Hecht und überquerte die Straße. Kurz darauf rief er: »Komm mal her! Das ist ein Soldatenfriedhof. Hier, mitten in der Pampa. Achtzehn Tote, alle umgekommen in den letzten Kriegstagen, erschossen von den Amerikanern«, las er von dem Gedenkstein ab.

Morgenstern ging nun ebenfalls hinüber. »Was sind schon achtzehn Tote in einem Krieg, der fünfzig Millionen das Leben gekostet hat? Merkwürdig, dass die hier so ein Brimborium veranstalten.« Er deutete auf die zwei Reihen blumengeschmückter Gräber mit kleinen Holztafeln, auf denen die Namen, das Geburtsdatum und der Heimatort der Soldaten standen. »Ist doch alles schon eine Ewigkeit her. Wenn ich da an den Friedhof in Nürnberg denke, wo meine Oma beerdigt ist: Da kräht schon nach zwanzig Jahren kein Hahn mehr nach den lieben Verstorbenen. Schwuppdiwupp, läuft die Grabmiete aus, die Friedhofsverwaltung macht das Grab platt, und dann kommt der Nächste rein. Das ist der Lauf der Welt.«

»Bei einem Soldatenfriedhof ist das eben anders«, bremste ihn Hecht. »Wenn die Leute schon so jung fürs Vaterland gestorben sind, dann erweist ihnen die Gesellschaft wenigstens diese letzte Ehre. Das gehört sich so.«

»Ich find das übertrieben«, maulte Morgenstern. »Lass uns weiterfahren. Unser aktueller Todesfall ist wichtiger.«

Erwin Zachinger wohnte in unmittelbarer Nähe des zentral gelegenen Biesenharder Dorfweihers, der sogenannten Hüll. Viele Dörfer auf dem wasserarmen Jura hatten solche Weiher. Früher waren sie in den trockenen Sommermonaten für das Tränken des Viehs unverzichtbar gewesen; heute dienten sie den Feuerwehren als Löschteich, denn das nächste Gewässer war meist erst die kilometerweit entfernte Altmühl.

»Bin mal gespannt, wo wir hier fündig werden«, sagte Hecht, als sie in den gepflasterten Hof einbogen. Das Anwesen war ein stillgelegter Bauernhof mit einem schmucklosen Wohnhaus aus den siebziger Jahren, einer angebauten Scheune und mehreren großen Garagen.

Auf ihr Läuten hin öffnete eine schmale Frau mit langen schwarzen Haaren die Tür.

»Frau Zachinger?«, fragte Morgenstern und zog, als die Frau nickte, seinen Polizeiausweis aus der Hosentasche. Die Frau wurde blass.

»Kriminalpolizei?«, sagte sie zögernd. »Was gibt es denn?«

»Wir haben hier einen Durchsuchungsbeschluss.« Hecht entfaltete den Bescheid des zuständigen Richters vom Landgericht Ingolstadt. »Lesen Sie ihn sich in aller Ruhe durch. Was uns aber als Erstes interessiert: Ist Ihr Mann da?«

»Der Erwin, nein, der ist nicht da. Er ist beim …« Frau Zachinger presste die Lippen zusammen. Dann straffte sie die Schultern und sagte unerwartet selbstbewusst: »Ich glaube nicht, dass ich Ihnen darüber Auskunft geben muss. Und ich tue es auch nicht. Schon gar nicht, wenn ich nicht weiß, was Sie von ihm wollen.«

»Wo ist Ihr Mann? Ist er an der Arbeit?«, fragte Hecht.

»Mein Mann ist Metzger, er macht Hausschlachtungen.«

»Aha«, sagte Morgenstern ohne rechte Vorstellung von Zachingers Arbeit. »Dann ist er jetzt vermutlich gerade bei so einer Hausschlachtung?«

»Ich habe Ihnen doch gesagt, dass Sie von mir nichts erfahren werden«, beharrte die Frau, nahm sich ohne weitere Worte die richterliche Anordnung und las sie sorgfältig durch – einschließlich der im ärgsten Juristenkauderwelsch formulierten Rechtsbehelfsbelehrung. Erst dann winkte sie die beiden mit zusammengepressten Lippen ins Haus.

Im Gang sagte Hecht: »Sie haben es selbst gelesen, Frau Zachinger. Ihr Mann wird der Wilderei beschuldigt. Sie können sich und uns die Sache einfacher machen, wenn Sie uns ...«

Sie schüttelte wortlos, aber vehement den Kopf.

»Ganz wie Sie wollen«, sagte Hecht und öffnete aufs Geratewohl die erste Tür. Sie führte in die Wohnküche.

Die Kommissare sahen sich um, öffneten hier eine Schublade, dort eine Schranktür, gingen in den nächsten Raum, in den übernächsten. Ein Gästezimmer, ein Bad, eine Speisekammer. Nichts Verdächtiges außer diversen geräucherten Würsten, die im Vorratsraum an einer langen Stange baumelten. Das konnte natürlich Wildschweinsalami sein, überlegte Morgenstern. Aber selbst wenn – daraus könnten sie Erwin Zachinger bestimmt keinen Strick drehen.

Als sie ins Schlafzimmer im ersten Stock kamen, stellte Morgenstern erstaunt fest, dass über dem Doppelbett – säuberlich gerahmt und an einem dicken Haken – ein fast lebensgroßes Bild von Jimi Hendrix hing. Hendrix, der Gitarrengott, im vergoldeten Barockrahmen hinter Glas. Morgenstern brauchte nicht viel Fantasie, um sich vorzustellen, dass dieser Rahmen ursprünglich das Bild eines röhrenden Hirsches im Erlengrund geschmückt hatte und von den Zachingers nicht ohne feinen Sinn für Ironie umfunktioniert worden war. Sei es drum.

Gewissenhaft filzten die Kommissare zuerst den Kleiderschrank. Hecht, der seine eigene Dienstpistole vorzugsweise zu Hause im Schrank zwischen seinen Feinripp-Unterhemden aufbewahrte, kontrollierte akribisch Zachingers frische Unterwäsche, während Morgenstern naserümpfend den Korb mit der Schmutzwäsche unter die Lupe nahm, argwöhnisch beäugt von der Hausherrin, die unmittelbar hinter ihm stand. Für Morgensterns Begriffe viel zu dicht.

»Frau Zachinger, halten Sie bitte ein bisschen Abstand«, knurrte er. »Oder ich verweise Sie des Zimmers.«

»Ha, das dürfen Sie gar nicht«, fauchte Frau Zachinger, die offenbar ihre Sprache wieder gefunden hatte. Trotzdem trat sie einen Schritt zurück, war aber immer noch so nahe, dass Morgenstern sich mehr als unwohl fühlte. Die ganze Situation war mehr als unangenehm: Das ist der schlimmstmögliche Eingriff in die Privatsphäre eines Menschen, dachte er und legte den Deckel wieder auf den geflochtenen Weidenkorb mit der muffelnden Schmutzwäsche.

Insgeheim hatten die Kommissare gehofft, im Schlafzimmer eine Waffe, ein Gewehr, zu finden. Doch sie entdeckten nicht einmal eine einzige Patrone. Fehlte noch der Keller – und die ganzen angrenzenden Gebäude. Morgenstern stellte sich auf eine lange, mühsame Suche ein.

Im Keller stießen sie auf ein halbes Dutzend Türen, die von einem dunklen Flur in alle Richtungen abgingen. Lustlos öffnete Hecht die erste. Sie führte in eine große Speisekammer mit Regalen voll eingewecktem Obst und selbst gemachter Marmelade. Interessanter war die große Gefriertruhe: Morgenstern holte sich eiskalte Finger, als er die abgepackten Fleischpakete durchwühlte. Ein beträchtlicher Teil davon war Wildfleisch, wie kleine, handgeschriebene Etiketten bewiesen. Morgenstern hielt Frau Zachinger einen Beutel mit einer tiefgekühlten Rehkeule unter die Nase und warf ihn dann zurück in die Truhe.

»Wo hat Ihr Mann sein Gewehr?«, fragte er.

Frau Zachinger verzog keine Miene.

Weiter ging es in einen kleinen Raum, in dem die Schuhe der Familie Zachinger in zwei Regalen untergebracht waren. Ein Waschraum mit Waschmaschine und Trockner. Danach ein Heizraum mit riesigen weißen Öltanks. Dann ein Raum, dessen Tür versperrt war. Der einzige im ganzen Haus, der nicht offen stand. Hecht drückte die Klinke ein zweites Mal, dann schaute er Frau Zachinger fragend an:

»Was, bitte schön, haben Sie hier drin?«

Frau Zachinger presste die Lippen nun so stark zusammen, dass sie fast weiß wurden. »Das ist die Wurstküche vom Erwin«, rang sie sich schließlich ab.

»Soso, die Wurstküche«, sagte Morgenstern. »Dann holen Sie mal bitte den Schlüssel für die Wurstküche und sperren Sie auf.«

»Das kann ich nicht. Den Schlüssel hat der Erwin.«

»Sie wollen doch nicht im Ernst behaupten, dass Sie hier nicht hereinkommen?«, sagte Morgenstern. »Ich zähle bis drei, dann klappern Sie hier mit dem Sesam-öffne-dich! Wenn nicht, holen wir den Schlüsseldienst aus Eichstätt. Oder noch einfacher und vor allem schneller: Ich trete die Tür ein.«

Morgenstern war sich nicht sicher, ob er mit dieser Drohung tatsächlich ernst machen sollte. Kriminaldirektor Schneidt würde solche brachialen Fahndungsformen gewiss nicht gutheißen. Doch zu seinem Glück traute die Hausherrin ihm offenbar alles zu, wie er so finster blickend in seiner verwaschenen Jeansjacke und mit Cowboystiefeln vor der verschlossenen Tür stand.

Zögerlich zog sie einen Schlüsselbund aus der Rocktasche und besah sich die verschiedenen Schlüssel so lange, bis Hecht die Geduld verlor.

»Ich seh doch auf fünf Meter Entfernung, welcher Schlüssel der richtige ist«, giftete er. »Geben Sie her, los!«

»Das mache ich selbst«, gab die Frau zurück, schob den Schlüssel ins Schloss und drehte ihn um. »So, hoffentlich sind Sie jetzt zufrieden«, sagte sie, bevor sie die Tür weit öffnete.

Hecht und Morgenstern drängten in den überraschend großen Raum und staunten wie die Kinder unterm Weihnachtsbaum.

»Das hätten Sie uns auch gleich zeigen können, dann hätte ich nicht in Ihren alten Socken wühlen müssen«, war das Einzige, was Morgenstern spontan dazu einfiel.

Die Wand, die der Tür direkt gegenüberlag, war über und über mit Jagdtrophäen behängt, jede sorgfältig auf ein geschnitztes, beschriftetes Holzbrett montiert. Dutzende von Rehböcken hatten für diese geheime Privatausstellung ihr Leben verloren, zwei Mufflons hatten im Hause Zachinger ihre mächtigen gedrehten Hörner gelassen. Auf mehreren dunkelbraun gebeizten Brettchen fanden sich die Hauer von Wildschweinen, und in der Mitte der Wand, umgeben von einem Kranz aus blau-silbern schimmernden Eichelhäherfedern, hing ein Brett mit zwei kurzen, an der Spitze stark gebogenen schwarzen »Hörnchen«.

»Da haben wir die Gams«, sagte Hecht und deutete auf die Trophäe, die offensichtlich Zachingers liebstes Stück war. »Und wie schön, dass alles so sorgfältig beschriftet ist.« In das Brettchen war mit einem Lötkolben ein Datum eingebrannt worden: »22. XII. 2005«.

»Das Datum passt zu dem, was uns der Sohn vom alten Schreiber erzählt hat«, folgerte Hecht. »Wir bringen allmählich Licht in die Sache.«

Jetzt erst fanden die beiden Ermittler Zeit, sich weiter umzusehen. Im Gegensatz zur rustikalen Trophäenwand war der Rest des Raumes äußerst funktional gehalten: Der Boden und die drei anderen Wände waren mit weißen Kacheln gefliest, in der Ecke neben der Tür stand ein mit Holz beheizbarer großer Kessel, der offenbar für die Wurstproduktion benötigt wurde. Ein Tisch mit einer speckigen Platte aus Buchenholz dominierte die Mitte des Raumes, auf dem Tisch thronte ein robuster Fleischwolf aus Edelstahl. Eine alte Küchenzeile aus Resopal zog sich eine Wand entlang, daneben hing ein Kalender. Auf dem Septemberfoto mühte sich ein spärlich bekleidetes Fotomodel mit einer Motorsäge ab. Morgensterns – rein berufliches – Interesse war augenblicklich geweckt, was Frau Zachinger nicht entging.

»Nackte Weiber, das müssen Sie sich natürlich ganz genau anschauen«, sagte sie und stellte sich Morgenstern in den Weg. Der errötete und wandte sich ab. Wie peinlich, das hatte er wirklich nicht nötig! Doch Peter Hecht hatte anscheinend weniger Skrupel. Er ignorierte Zachingers Kopfschütteln, trat vor den Kalender und studierte ihn aufmerksam. Dann wandte er sich um.

»Wenn ich das richtig interpretiere, trägt Ihr Mann hier im Kalender seine Termine für die Hausschlachtungen ein, nicht wahr?«

Jetzt schaute auch Morgenstern genauer hin. In krakeliger Schrift standen zahlreiche Namen und der zugehörige Ort in der Datumsleiste.

Er las vor: »Mühlbauer – Konstein, Maisinger – Wasserzell, Hübner – Zell, Rieber – Pietenfeld. Und was haben wir für heute drin? Wenn Sie uns nicht sagen wollen, wo Ihr Mann steckt, tut es eben das Kalender-Girl. Also, was haben wir denn da, erste Septemberwoche, Dienstag, ah ja …«

Morgenstern gab sich alle Mühe, Frau Zachinger aus der Reserve zu locken. Doch sie verzog keine Miene, weshalb Morgenstern weiter säuselte. »Sieben Uhr dreißig: Müller – Ochsenfeld. Dann werden wir wohl mal nach Ochsenfeld fahren und sehen, was Ihr Mann zu unseren Entdeckungen sagt.« Er überlegte einen Moment. »Apropos Entdeckung: Eine entscheidende Frage stellt sich immer noch: Wo hat Ihr Mann seine Waffe versteckt?«

Frau Zachinger schwieg eisern.

»Dann brauchen wir wohl Verstärkung«, folgerte Morgenstern. »Wir können Sie sowieso nicht allein lassen. Zum einen würden Sie umgehend Ihren Mann anrufen und ihm Bescheid geben, dass wir im Anmarsch sind. Zum anderen wäre ich untröstlich, wenn bei unserer Rückkehr diese wunderbare Trophäenschau spurlos verschwunden wäre.« Er deutete auf Erwin Zachingers Wilderer-Lebenswerk.

»Wir könnten Frau Zachinger einfach mitnehmen nach Ochsenfeld«, schlug Hecht vor. »Dann kann hier nichts passieren.«

»Lieber nicht«, sagte Morgenstern. »Wenn wir Zachinger hopsnehmen, können wir seine bessere Hälfte nicht brauchen. Außerdem wird es dann ein bisschen eng im Auto. Ich schlage vor, wir fordern Verstärkung aus Ingolstadt an, am besten mit Metalldetektor, um das Gewehr aufzuspüren. Die sollen ein Auge auf Frau Zachinger haben und zugleich hier alles dokumentieren und einsammeln. Vor allem dieses Gamsgeweih brauchen wir – das kommt in die Asservatenkammer.«

»Das ist kein Geweih, das sind Kruckerl«, korrigierte ihn Frau Zachinger.

»So, die Frau Zachinger kennt sich also auch aus mit dem jagdbaren Wild unserer heimischen Wälder«, sagte Morgenstern spitz. »Wissen Sie was, Frau Zachinger? Diese sogenannten Kruckerl nehme ich jetzt mit, damit Ihr Mann in Ochsenfeld gleich weiß, was die Stunde geschlagen hat.«

Sprach's, pflückte die Trophäe von der Wand – und konnte es sich nicht verkneifen, die Gamshörnchen kurz vor die eigene Stirn zu halten und ein durchdringendes »Määääh!« auszustoßen.

»Von mir aus kannst du auch ›Iah, iah‹ machen«, gab Hecht übermütig zurück, ohne sich um Frau Zachingers Anwesenheit zu scheren. »Ist dir übrigens aufgefallen, dass das arme Tier an einem echten Meisterschuss gestorben ist? Schau mal.« Er bohrte seinen Zeigefinger in ein Loch in der Mitte des Schädelknochens. »Das nenne ich Präzision.«

Von Biesenhard nach Ochsenfeld war es nur ein Katzensprung. Drei Kilometer durch grüne Wiesen und Äcker mit Mais und Zuckerrüben, durch eine sanft gewellte Landschaft, über die die Vormittagssonne ihr mildes, warmes Licht goss.

»Hübsch hier«, kommentierte Hecht.

»Solange dir nachts kein Verrückter mit geladenem Jagdgewehr über den Weg läuft«, gab Morgenstern zurück, den die große Zahl der präparierten Tierschädel nachhaltig irritiert hatte. Dass jemand einen Hasen oder ein Reh jagte, um einen saftigen, wenn auch illegalen Sonntagsbraten zu haben, das konnte er sich vorstellen. Seine Phantasie reichte auch dafür, sich auszumalen, dass die heimliche Jagd in finsterer Nacht bei manchen Männern zu einer fast schon zwanghaften Leidenschaft werden konnte. Aber warum um alles in der Welt nagelte jemand die Hirnplatte von Bambi auf ein Holzbrett und dübelte sich das an die Wand? Und erst diese ausgestopften Tiere, die in so vielen Wirtshäusern von den Wänden glotzten: Füchse, denen man eine Wildente ins Maul geschoben hatte, Marder mit gefletschten Zähnen, und neulich irgendwo in einer Eichstätter Gaststube hatte der Kopf einer riesigen Wildsau auf die speisende Familie Morgenstern herabgestarrt. Dass dem toten Tier ein Zylinderhut aufgesetzt worden war, fand das Zielpublikum dieses Gastronomiebetriebs wohl witzig.

Doch es blieb keine Zeit zum Sinnieren. Sie waren in Ochsenfeld angekommen. Auf der Hauptstraße hielt Morgenstern an, ließ die Scheibe herunter und fragte eine alte Frau nach der Familie Müller. Prompt stellte sich heraus, dass es mehrere Müllers im Dorf gab, aber als Hecht hinzufügte, dass dort soeben der Metzger Zachinger beim Schlachten sei, war der Fall für die Seniorin klar. »Das kann dann eigentlich bloß beim Beckerlenz sein.«

»Wo bitte?«, fragte Morgenstern.

»Beim Beckerlenz. Das ist der Name von dem Hof gleich da drüben, hinter der Hüll.« Sie deutete auf ein gepflegtes Gehöft auf der anderen Seite des Dorfweihers, das zusammen mit der weiß getünchten Kirche ein schmuckes Ensemble bildete. »Ja, ganz bestimmt meinen Sie den Beckerlenz, da lehnt am Stadeltor der Brühtrog.«

Morgenstern spähte Richtung Scheune. Eine große hölzerne Wanne mit Griffen war senkrecht an das Holztor gelehnt. Solche Dinger hatte er neulich erst in der Zeitung gesehen, im Bayernteil. Eine Großbrauerei hatte ein »Sautrogrennen« auf einem See irgendwo in der Oberpfalz veranstaltet. Angeblich eine Riesengaudi. Welchem Zweck der Trog beim Schlachten eines Schweins diente, war Morgenstern, der in einem Nürnberger Wohnblock aufgewachsen war, gänzlich unklar. Wenn sich die Gelegenheit bot, würde er den heimatkundigeren Kollegen Hecht befragen, nahm er sich vor.

»Auf geht's!«, kommandierte Hecht, und Morgenstern umrundete den Dorfweiher und fuhr schwungvoll in den Hof ein. Er parkte den Wagen neben einem alten dunkelblauen BMW, dessen Fahrersitz, wie Morgenstern beim Aussteigen feststellte, mit einer Plastikfolie gegen Schmutz geschützt war. Auf dem Rücksitz stand eine große weiße Plastikwanne, in der sich große Dosen voller Gewürze stapelten. Der Wagen des Hausmetzgers.

Morgenstern klingelte an der Haustür. Nach kurzem Warten öffnete ihnen ein etwa sechzigjähriger Mann in blauer Latzhose und hochgekrempeltem blau kariertem Hemd.

»Grüß Gott, wir suchen den Erwin Zachinger«, sagte Hecht. »Ihren Metzger.«

»Der ist in der Waschküche beim Schlachten«, sagte Bauer Müller. »Aber der hat jetzt überhaupt keine Zeit. Beim Schlachten pressiert es halt immer. Er hat nachmittags schon die nächste Sau. Worum geht es denn?«

»Das müssen wir mit ihm selbst besprechen«, sagte Morgenstern knapp, fügte dann aber hinzu: »Wir sind von der Polizei. Kriminalpolizei.«

Der Mann starrte ihn an. »Mit unserer Schlachtung hat alles seine Ordnung. Die Sau haben wir vom Nachbarn gekauft, und erst vor einer Stunde war der Fleischbeschauer da und hat die Trichinenuntersuchung gemacht.«

»Herr Müller, es geht nicht um Ihren Schlachttag, sondern allein um den Herrn Zachinger«, stellte Morgenstern klar.

Müller brummelte etwas Unverständliches und ließ die Kommissare ins Haus. Auch hier gab es, wie schon in Zachingers Wohnhaus, einen breiten, mit gelbem Juramarmor ausgelegten Flur, an dessen Ende eine ebenfalls mit dem heimischen Stein geflieste Treppe in den oberen Stock und in den Keller führte. Im ganzen Haus hing ein leicht süßlicher Geruch.

Morgenstern ging die Stufen zum Untergeschoss hinab. Die Tür eines gefliesten Vorratsraumes stand weit offen. Hier lagen säuberlich verschiedenste Fleischstücke nebeneinander auf dem blanken Boden, außerdem zwei große Schinken, die wohl im Laufe der Wintermonate geräuchert werden sollten.

Müller führte sie bis zum Ende des Flurs und öffnete eine Tür. Eine von Fettgeruch geschwängerte Dampfwolke schlug ihnen entgegen. Morgenstern stockte einen Moment der Atem, dann trat er ein, dicht gefolgt von Hecht. An einem großen Holztisch arbeiteten nebeneinander die Bäuerin und der Metzger. Die Bäuerin schälte Zwiebeln und viertelte sie. Erstaunt schaute sie die Besucher an. Erwin Zachinger, den Rücken zur Tür gewand, hantierte an einem Fleischwolf. Mit blutverschmierten Händen schob er im Wechsel Speckschwarten, magere Gulaschstücke und geschälte Zwiebelviertel in das Gerät. Es war so laut, dass der Metzger die Kommissare nicht wahrnahm. Erst als sie direkt neben ihm standen, blickte er auf und schaute sie fragend an.

»Suchen Sie mich?«

Morgenstern nickte schweigend und sah sich Zachinger genauer an. Er war knapp fünfzig, hatte ein etwas aufgedunsenes Gesicht mit dunklen, tief liegenden Augen, schwarze, zu einer Tolle gegelte Haare, die für den Geschmack der Ochsenfelder Mehrheit sicher zu lang waren, lange Koteletten und trug einen großen silbernen Ring im Ohrläppchen; die Unterarme waren mit Drachen und runenartigen Zeichen tätowiert. Metzger Zachinger, folgerte Morgenstern nicht ohne eine gewisse Sympathie, war ein Rock 'n' Roller. Ein Elvis mit Fleischwolf.

Der Bauer schaltete sich ein: »Erwin, die beiden Männer sind von der Kriminalpolizei.«

»Was ist denn los, Erwin?«, fragte die Bäuerin neugierig.

»Woher soll ich das wissen?«, gab Zachinger unfreundlich zurück. »Was ist, gehen wir raus?«, sagte er zu den Kommissaren und deutete mit einem Kopfnicken zum Flur. Morgenstern nickte erleichtert; noch ein paar Minuten länger im Geruch des Schlachtraums, und er würde einen Migräneanfall erleiden.

»Um was geht's denn?«, fragte Zachinger, als sie draußen vor dem Haus standen, und verschränkte die Arme vor der Brust.

»Darum.« Morgenstern griff ins Innere seiner Jeansjacke, die sich bis dahin ziemlich unvorteilhaft ausgebeult hatte, und brachte die Gamstrophäe zum Vorschein. Er konnte es sich nicht nehmen lassen, seinen Triumph mit einem kleinen, gemeinen Tusch zu untermalen: »Ta-ta-ta-taaaa!« Er hielt dem Metzger das Gamsgehörn mit spitzen Fingern vor die Nase. »Kommt Ihnen das bekannt vor, Herr Zachinger?«

»Woher haben Sie das?«, fragte Zachinger scharf und kniff seine dunklen Augen zu Schlitzen zusammen. Als er nach der Trophäe griff, zog Morgenstern sie rasch zurück.

»Nein, nein, die brauchen wir noch. Und Sie besitzen ja, wie wir gesehen haben, noch jede Menge andere wunderbare Erinnerungsstücke an Ihre Jagdleidenschaft. Wir haben uns ein bisschen bei Ihnen zu Hause umgesehen.« Zachinger schaute Morgenstern zornig an, doch der machte unbekümmert weiter. »Ihre Frau war zwar trotz unseres Hausdurchsuchungsbefehls nicht sonderlich kooperativ, aber wir haben trotzdem im Wesentlichen gefunden, wonach wir gesucht haben.«

»Bis auf Ihr Gewehr«, schaltete sich Hecht ein. »Aber die Kollegen mit dem Metalldetektor werden es inzwischen vielleicht schon aufgespürt haben. Sie könnten uns allerdings auch einfach sagen, wo es steckt.«

Zachinger entschloss sich nun zu einem schiefen Grinsen. »Ich weiß nicht, wie Sie auf die Idee kommen, dass ich ein Gewehr habe. Fürs Schweineschlachten reicht mir ein Bolzenschussgerät. Und die Jagdtrophäen, die bei mir hängen, habe ich vom Flohmarkt. Sie wissen schon, den der Box-Club jeden Monat auf dem Eichstätter Volksfestplatz abhält. Da gibt es immer wieder schöne, alte Stücke zu kaufen.«

»Wir würden Ihnen gerne glauben, Herr Zachinger, wenn es da nicht noch die Tatsache gäbe, dass Sie hier in der Gegend Wildfleisch verkaufen. Mit anderen Worten: Wir nehmen Sie fest wegen des Verdachts auf Wilderei.« Morgenstern zögerte kurz, ob er die Katze aus dem Sack lassen sollte, beließ es dann aber bei einer Andeutung: »Und Wilderei ist nur der Anfang, da sind wir uns sicher. Aber das besprechen wir im Polizeipräsidium.«

In diesem Moment meldete sich von hinten eine scharfe, hohe Stimme: »Das kommt überhaupt nicht in Frage, dass Sie uns jetzt den Metzger wegholen, wo wir überhaupt noch nicht fertig sind!«

Die Bäuerin hatte das Gespräch unbemerkt verfolgt und stand kampfeslustig mit verschränkten Armen in der Eingangstür. »Erwin, du bleibst da und machst deine Arbeit fertig«, ordnete sie an, und zu den Kommissaren gewandt: »Sie werden doch in Gottes Namen noch eine halbe Stunde Zeit haben, länger dauert es bestimmt nicht mehr« – sie hielt kurz inne – »wenn wir alle zusammenhelfen.« Sie nickte Hecht zu. »Von mir aus reicht es, wenn Sie ein bisschen Speck schneiden. Hauptsache, der Metzger bleibt da. Und ich habe auch noch Kesselfleisch da. Nieren, Herz, ein bisschen Leber. Alles fertig gekocht. Da können Sie Brotzeit machen, bis der Metzger fertig ist.«

Ehe sie sich's versahen, wurden Morgenstern, Hecht und Zachinger von der Bäuerin in den Schlachtraum zurückgedrängt, und fast genauso schnell standen vor ihnen zwei Holzbrettchen voll mit grauen, gesottenen Schweineinnereien und ein Schüsselchen mit rohem, scharf gewürztem Hackfleisch-Zwiebel-Gemisch, dazu riesige Scheiben Bauernbrot.

»Ähm«, sagte Morgenstern. »Peter, findest du das jetzt gut, was wir gerade machen?«

»Weiß auch nicht recht, aber es schmeckt jedenfalls prima.« Hecht schob sich schmatzend ein kleines Stück Niere in den Mund. »Hab ich schon lange nicht mehr gehabt. Hatte fast schon vergessen, wie gut das schmeckt.« Er wandte sich dem Metzger zu. »Herr Zachinger, machen Sie rasch und lassen Sie sich bloß keine Dummheiten einfallen. Ich garantiere Ihnen, dass Sie das bereuen würden.« Demonstrativ klopfte er unter seine linke Achsel, wo die Dienstpistole ihren Sitz hatte. Zachinger nickte grimmig.

Die Bäuerin war offensichtlich sehr zufrieden mit sich. »Möchten die Herren vielleicht einen kleinen Schluck Bier?«, fragte sie.

»Sie haben vielleicht Nerven – auf keinen Fall«, knurrte Morgenstern.

»Wie Sie wollen«, sagte sie schulterzuckend. »Der Metzger trinkt auch keins.«

Morgenstern sah zu Zachinger, der so ungerührt am Fleischwolf weiterarbeitete, als wäre nichts gewesen. Auf einem Wandbord stand, offenbar eigens für ihn, eine Flasche süßen Weißweins, Marke Oppenheimer Krötenbrunnen, daneben ein tiefer weißer Teller mit einer Bahlsen-Gebäckmischung. Zachinger hatte wohl im Lauf der Jahre seinen Appetit auf Schweinefleisch verloren.

Der Metzger schmeckte die Wurstmischung ab, gab noch Salz, Pfeffer und Majoran dazu, rüstete den Fleischwolf um und begann, die Masse in meterlange Därme zu füllen. Ochsenfelder Haushalte benötigten anscheinend riesige Mengen an hausgemachten Bratwürsten, dachte Morgenstern. Sorgfältig schichtete Zachinger die Bratwürste in eine Plastikwanne.

»Schön sind sie, unsere Bratwürste«, lobte die Bäuerin.

Zachinger wusch sich seine Hände am Waschbecken, hob für einen letzten prüfenden Blick den Deckel des Wurstkessels, gab der Bäuerin Anweisungen, wie lange die Blut- und Leberwürste, der weiße und der rote Presssack im heißen Wasser ziehen müssten, und sagte dann: »Ich wäre so weit. Ich pack noch meine Sachen ins Auto, dann können wir los.«

Morgenstern nickte, woraufhin Zachinger den Fleischwolf und seine langen, abgewetzten Messer säuberte und alles in eine große Wanne packte.

Hecht, noch mit vollem Mund, erkannte die Gefahr rechtzeitig. »So, Herr Zachinger. Sicherheitshalber geben Sie mir bitte Ihren Autoschlüssel. Damit Sie erst gar nicht in Versuchung kommen.«

Der Metzger kramte in seiner Hosentasche und händigte Hecht einen dicken Schlüsselbund aus.

Gemeinsam verließen sie die Waschküche und hatten schon die Treppe nach oben erreicht, als die Bäuerin sie noch einmal aufhielt. »Beinahe hätt ich's vergessen. Sie bekommen natürlich beide noch Bratwürste mit. Das gehört sich so bei uns am Schlachttag. Außerdem ist das ein kleines Vergeltsgott dafür, dass Sie uns den Metzger nicht vor der Zeit mitgenommen haben.«

Morgenstern und Hecht blieben stirnrunzelnd stehen und warteten, bis die Bäuerin die frischen Würste brachte. Zachinger ging derweil nach oben, um seine Ausrüstung ins unversperrte Auto zu laden. Sie hörten, wie er den Kofferraumdeckel zuschlug.

Morgenstern beschlich ein ungutes Gefühl. »Peter, schau doch bitte mal nach dem Metzger«, raunte er Hecht zu. Doch da kam die Bäuerin bereits zurück, überreichte jedem eine Plastiktüte mit dem Hinweis, die milde Gabe zu Hause möglichst bald zu verzehren. Hastig traten die Ermittler mit ihren Tüten auf den Hof.

Der Metzger war nirgends zu sehen.

»Herr Zachinger?«, rief Morgenstern. »Jetzt hat sich der Depp versteckt«, schimpfte er und rief laut über den ganzen Hof: »Herr Zachinger, kommen Sie sofort her. Wir spielen hier nicht Räuber und Gendarm. Sie machen alles nur noch schlimmer.«

Sie erhielten keine Antwort. Inzwischen war auch die Bäuerin auf den Hof getreten. »Was gibt's denn?«

»Der Metzger ist weg, und das bloß wegen Ihnen und Ihren saudummen Bratwürsten«, erläuterte Hecht unsensibel. »Aber weit kann er nicht sein.«

Die Bäuerin schaute sich um, ging dann mit schnellen Schritten zu einer Scheune, hinter deren halb geöffnetem Tor ein roter Traktor zu sehen war. Sie schob das Tor ganz auf, drehte sich zu den Kommissaren um und sagte: »So ein Verbrecher! Der hat mein Radl mitgenommen! Das hab ich mir immer schon gedacht, dass dem alles zuzutrauen ist. So wie der ausschaut, mit seiner komischen Frisur und den Tätowierungen. Aber mein Mann hat es immer nicht wahrhaben wollen.«

Morgenstern und Hecht standen fassungslos neben Zachingers BMW.

Schließlich murmelte Morgenstern: »Ladies and Gentlemen, Elvis has left the Building!«

***

Der Elvis von Biesenhard war wie vom Erdboden verschluckt. Natürlich hatten Morgenstern und Hecht mit ihrem Dienstwagen sofort die Verfolgung aufgenommen, in der Hoffnung, den Metzger auf Frau Müllers weinrotem Dreigangdamenrad der Marke Göricke rasch einholen zu können. Aber sie hatten keine Ahnung gehabt, in welche Richtung er geflüchtet war, noch dazu stand auf den Äckern rund um das Dorf der Mais zwei Meter hoch und bot optimale Versteckmöglichkeiten. Und hinter den Maisäckern begann der Wald. Ochsenfeld war, wie Morgenstern mit einem verzweifelten Blick auf die Straßenkarte erkannte, umgeben von gewaltigen Wäldern.

Spät erst meldeten die Ermittler ihren groben Schnitzer nach Ingolstadt ins Polizeipräsidium. Wie erwartet war Adam Schneidt alles andere als amüsiert, vor allem als auch der Hubschrauber mit Wärmebildkamera, der wenig später über der Ochsenfelder Flur seine Kreise zog, Erwin Zachinger nicht ausfindig machen konnte.

Stattdessen stöberte er mehrere Wildschweinrotten auf, die es sich in den Maisäckern paradiesisch eingerichtet hatten.

Mit hängenden Köpfen fuhren die Kommissare schließlich zurück nach Ingolstadt, um das weitere Vorgehen zu beraten.

»Der taucht schon wieder auf«, sagte Hecht im Auto. »Spätestens wenn er Hunger bekommt. Oder wenn es ihn friert. Er kann sich ja schlecht mit seinem Fahrrad zudecken, da zieht es so durch die Speichen.«

»Deinen Humor möchte ich haben«, fauchte Morgenstern und starrte düster nach draußen. »Aber wenigstens ist jetzt klar, dass er in der Sache drinhängt. Bloß wegen Wilderei wär der nie und nimmer getürmt. Was hätte er schon zu befürchten gehabt? Eine Geldstrafe, vielleicht eineinhalb Jahre Haft auf Bewährung? Da zuckt ein Rock 'n' Roller doch nur mit den Schultern. Nein, jetzt hat er sich selbst verraten: Zachinger hat richtig Dreck am Stecken.«

Schon an der Pforte des Präsidiums wurden sie angewiesen, sich sofort bei Adam Schneidt zum Rapport zu melden.

»Das hätte ich auch so gewusst«, giftete Morgenstern den diensthabenden Polizeibeamten am Informationsschalter an. Der grinste nur vielsagend zurück. Die Kunde von der missglückten Festnahme hatte offenbar schon die Runde gemacht.

»Und nun, meine Herren?«, donnerte Schneidt, nachdem er seine beiden Untergebenen auf die Couch genötigt hatte. »Soll ich Ihretwegen eine Hundertschaft der Eichstätter Bereitschaftspolizei den Wald durchkämmen lassen? Bin ich denn hier nur von Stümpern umgeben? Sehen Sie sich mal die Landkarte an.« Er deutete auf die riesige Karte an der Wand. »Da finden wir den Mann nie. Und wenn ich Sie richtig verstanden habe, hat er auf seine Flucht auch noch ein Schlachtermesser mitgenommen.«

Die beiden Kommissare schwiegen. Die Hälfte des Landkreises Eichstätt bestand aus Wald, und im Westen, wo der Metzger sich vermutlich versteckte, war das Gelände auch noch von zerklüfteten Tälern und steilen, von Felsen übersäten Hängen durchzogen. Und es gab keinen Zweifel, dass der Wilderer die Gegend kannte wie seine Westentasche. Morgenstern hatte plötzlich eine unangenehme Assoziation: Die Situation kam ihm merkwürdig bekannt vor. Ein Mann, der vor seinen Häschern in die Wälder flüchtet. Mit nichts bewaffnet als einem Messer.

»Allmecht!«, entfuhr es dem gebürtigen Nürnberger, als der Groschen gefallen war. »Das ist ja wie bei ›Rambo‹!«

Schneidt sah Morgenstern verständnislos an. »Wie bitte?«

»Der Erwin Zachinger, der ist jetzt so unterwegs wie Sylvester Stallone in ›Rambo I‹.«

»Morgenstern! Ich will so einen Quatsch nicht hören«, schimpfte Schneidt. »Sie haben in Ihrer Jugend offenbar zu viele schlechte Filme gesehen, auf solche Vergleiche kommt sonst bloß die Bild-Zeitung. Stellen Sie sich mal die Schlagzeile vor: ›Polizei jagt Jura-Rambo!‹ Auf so was warten die nur.«

»Ich hab ja bloß gemeint«, sagte Morgenstern entschuldigend und fügte dann beschwichtigend hinzu: »Außerdem war der echte Rambo nicht mit dem Radl unterwegs.«

»Der Radl-Rambo von Biesenhard, das wird ja immer schlimmer!« Schneidt raufte sich die Haare. »Schluss jetzt mit diesem Unsinn. Erzählen Sie mir lieber, was Sie gegen diesen Zachinger in der Hand haben, wenn wir ihn fassen.«

Morgenstern fummelte die Gamstrophäe hervor und hielt sie Schneidt hin. »Mit dem passenden Datum«, erklärte er. »Das ist mit Sicherheit das Tier, das er damals dem Schreiber vor der Nase weggeschossen hat. Das ist die Verbindung zwischen Zachinger und Schreiber. Deswegen hatten die beiden noch eine Rechnung offen. Wir wissen doch, dass Schreiber eines Tages herausgefunden hatte, wer seine Gams erschossen hat.«

»Vielleicht haben andere Jäger, Kollegen von Schreiber, Näheres über einen konkreten Konflikt zwischen Zachinger und Schreiber gehört«, schaltete sich Hecht ein. »Wäre doch denkbar?«

»Gehen Sie der Sache nach«, befahl Schneidt. »Rufen Sie den Vorsitzenden vom Jägerverein an, hören Sie sich um. Und was diesen Erwin Zachinger angeht: Den lassen wir jetzt einfach mal ein bisschen im Wald sitzen. Der wird schon nach Hause schleichen, wenn es ihm da draußen zu ungemütlich wird. Und dann schnappen wir ihn.«

Morgenstern nickte erleichtert. »Und ich hatte schon befürchtet, Sie würden uns auf die Suche nach Rambo in die Wälder schicken.«

»Was nicht ist, kann ja noch werden«, knurrte Schneidt.

Martin Beyer, der Vorsitzende des Jägervereins Eichstätt, dessen Namen Hecht beim Landratsamt erfragt hatte, war nicht zu erreichen. Ihr Mann sei auf dem Volksfest, sagte seine Frau am Telefon, wie so viele andere Jäger auch.

»Am Dienstagnachmittag auf dem Volksfest?«, fragte Hecht zweifelnd. Aber natürlich, der Dienstag sei auf der Wiesn traditionell der Tag des Landvolks, der sogenannte »Bauernerchta«, mit einer großen Kundgebung des Bauernverbands im Bierzelt, einem Bauernmarkt und einem Treffen aller Menschen, die sich der Land- und Forstwirtschaft zugehörig fühlen. »Also auch der Jäger.«

»Perfekt«, sagte Hecht. »Dann haben wir ja die gesamte Jägerschaft auf einem Haufen.«

»Aber vorher rufe ich noch beim Ballistiker im Landeskriminalamt an«, sagte Morgenstern und wählte auch schon die Nummer.

»Wir haben da eine Jagdtrophäe mit einem Einschussloch. Ein glatter Schuss durchs Hirn einer Gämse. Können Sie herauskriegen, ob es dasselbe Kaliber war wie der tödliche Schuss auf Schreiber?«, fragte er, als sich sein Gesprächspartner gemeldet hatte.

»Das können Sie sogar selbst«, antwortete der LKA-Kollege. »Holen Sie sich eine 7.92er-Patrone, irgendwo im Präsidium werden Sie wohl eine finden, und stecken Sie das Ding einfach probeweise durch dieses Loch im Knochen. Kleiner Tipp vom Fachmann: Wenn die Kugel nicht durchpasst, wurde Ihre Gämse mit einem kleineren Kaliber erlegt.«

»Vielen Dank für den Rat«, sagte Morgenstern spitz. »Ich hatte von der Ballistikabteilung allerdings ein bisschen mehr Hightech erwartet, nicht so ein Steckspiel für Kleinkinder.«

»Alles zu seiner Zeit«, sagte der Experte. »Wir tun, was wir können, aber manchmal wäre es uns schon recht, wenn die Kollegen draußen bei der Kripo ein bisschen mitdenken würden. Das Rätsel mit dem passenden Kaliber lasse ich Sie jetzt jedenfalls mal selbst knacken. Wenn Sie nicht weiterkommen, dürfen Sie mich gerne wieder anrufen.« Der Hörer klackte, der Ballistiker hatte grußlos aufgelegt.

»Kann das sein, dass der sich über mich lustig machen wollte?«, fragte Morgenstern ungläubig und starrte den Hörer an.

»Sieht so aus«, sagte Hecht grinsend. »Aber mach dir nichts draus. Die sind halt ein bisschen überlastet im LKA, und wenn du jetzt auch noch mit einem Gamskopf daherkommst ...«

Morgenstern zog die Trophäe aus der Plastiktüte, in der er sie zwischenzeitlich verstaut hatte, und schaute sie nachdenklich an. Mit dem kleinen Finger bohrte er in das Einschussloch, dann suchte er in allen Schreibtischschubladen nach einem Lineal. Schließlich fand er einen alten Zollstock und vermaß das Loch in dem ausgebleichten Schädel.

»Pi mal Daumen würde ich sagen, das ist ein halber Zentimeter«, sagte er, wusste aber selbst nicht recht, was er mit dieser Erkenntnis anfangen sollte.

»Na gut, ich frag später mal den Schneidt, ob er so eine Jagdpatrone für mich hat«, meinte Morgenstern. Siedend heiß fiel ihm ein, dass er noch eine sehr viel wichtigere Frage an Schneidt mit sich herumtrug: Er musste seinen Chef noch um Urlaub bitten. Verdammt, das hatte er völlig vergessen. Und nachdem der Wilderer in die Wälder entwischt war, sah es überhaupt nicht so aus, als ob dieser Fall bis Sonntag geklärt sein könnte. Wütend ballte er die Fäuste.

»Spargel, wir müssen los«, sagte er energisch. »Sonst kriege ich Stress mit Fiona.«

»Wie bitte?«, fragte Hecht irritiert, doch Morgenstern stand schon in der Tür. »Glaub mir, wir stehen unter unheimlichem Erfolgsdruck.«

Die Bauernkundgebung war in vollem Gange, als die Ermittler ins Eichstätter Festzelt kamen. Das etwa zweitausend Menschen fassende Zelt war zu zwei Dritteln besetzt. Je weiter es nach hinten ging, desto lauter und ungenierter wurden Geraune, Geschwätz und Gelächter. Der Redner, so schien es Morgenstern, war alles andere als ein begnadeter Bierzeltagitator. Gelangweilt saßen die Mitglieder der Pollenfelder Blaskapelle hinter ihren Notenständern und warteten auf das Ende der weitschweifenden Ausführungen über die Verdienste der bayerischen Agrarpolitiker, denen in Brüssel unablässig Knüppel zwischen die Beine geworfen würden. Morgenstern hörte Begriffe wie Milchmengenregelung und Kulturlandschaftsprogramm und musste auf seinem Weg durch die Bierbänke hindurch herzhaft gähnen.

Sie hatten einen langen Tisch im hinteren Bereich ausfindig gemacht, an dem ihrer Einschätzung nach die Waidmänner saßen, erkennbar an ihren grünen Lodenjoppen und den Hüten, die sie neben ihren Maßkrügen abgelegt hatten. Lautes Gelächter dröhnte zu den Ermittlern herüber: Die Jäger hatten anscheinend für die Milchpolitik der EU-Kommission noch weniger übrig als der Rest des Bierzeltes.

»Grüß Gott, die Herren. Wir suchen den Jägerpräsidenten, den Herrn Beyer«, sagte Hecht, als sie den Tisch erreicht hatten.

»Das bin ich«, meldete sich ein groß gewachsener, hagerer Mann mit grauen, über den Kopf gekämmten Haaren und stechendem Blick. »Worum geht's denn?«

»Wir sind von der Kripo in Ingolstadt und ermitteln im Mord an Matthias Schreiber«, erläuterte Morgenstern und stellte sich und Hecht vor.

»Schrecklich, diese Sache mit dem Hias«, sagte der Jägerchef, und alle umsitzenden Männer nickten. »Wir reden schon die ganze Zeit von nichts anderem.«

»Dafür geht es aber recht lustig zu an Ihrem Tisch«, sagte Morgenstern und schaffte es nicht ganz, seine Missbilligung zu verhehlen.

»Ja mei, das ist halt unsere Art, mit solchen Dingen umzugehen. Das ist hier schon eine Art Leichentrunk«, stellte der Oberjäger klar. »Wenn wir jetzt alle weinen, erweckt das den Hias auch nicht wieder zum Leben. Außerdem hat er doch eigentlich ein schönes, langes Leben gehabt, wenn man vom Ende einmal absieht. Wie heißt's bei uns, wenn so ein alter Mensch stirbt: ›Die Hebamme war nicht mehr schuld.‹«

Beyer grinste über seinen vermeintlich gelungenen Scherz und nahm einen großen Schluck aus seinem Maßkrug. Die anderen taten es ihm nach, und dann erst rückten sie zusammen und machten Platz für Hecht und Morgenstern.

»Wir haben einen Hinweis bekommen, dass Herr Schreiber vor einigen Jahren, genau genommen an Weihnachten 2005, Ärger mit einem Wilderer hatte. Es ging da um eine Gämse. Wir haben diesen Wilderer ermittelt, gehen aber natürlich auch noch anderen Spuren nach.« Morgenstern blickte aufmunternd in die Runde und passte sich dann dem Stil des Oberjägers an: »Wie heißt's bei uns von der Kripo: ›Auf einem Bein steht man nicht gut.‹«

Der laue Witz zündete, die Jägerschaft lachte dröhnend, woraus

Morgenstern folgerte, dass die Herren nicht die erste Maß Bier vor sich stehen hatten. Jedenfalls hatte er das Eis gebrochen, und einer nach dem anderen erzählte Episoden über Matthias Schreiber, der im Rückblick ein besonders erfreulicher Kamerad und Zeitgenosse gewesen sein musste, und noch dazu ein großer Geschichtenerzähler beim monatlichen Jägerstammtisch, bei dem er sorgfältig darauf geachtet habe, dass ihm kein Jungjäger versehentlich seinen Stammplatz besetzte.

»Das hat den dann gleich eine Runde Himbeergeist gekostet«, erzählten die Jäger amüsiert. Morgenstern erinnerte sich an die Charakterisierung, die ihm Schreibers Sohn gegeben hatte, dachte an Generationenstreit, Engstirnigkeit und lautstark polternde Auseinandersetzungen. Hier am Tisch galt aber wohl der alte römische Grundsatz, dass man über die Toten ausschließlich Gutes zu berichten und andernfalls den Mund zu halten habe.

»Wer bekommt denn jetzt das Jagdrevier da oben?«, fragte Hecht.

»Das wird spannend«, sagte der Jägerpräsident. »Das ist eines unserer besten Reviere. So nah an der Stadt und trotzdem ruhig, mit viel Buchenwald und viel Äsung fürs Rehwild. Hoffen wir, dass keine Auswärtigen reindrücken. Irgendwelche reichen Herren aus Ingolstadt oder gar aus München, die viel Geld zahlen, aber sich dann nicht kümmern. Da gibt es schon welche, die nur schießen wollen und sich nicht um Hege und Pflege kümmern, vom Vereinsleben ganz zu schweigen.«

Morgenstern erhob sich von der Bank, sah Beyer mit feierlichem Blick an, dann psalmodierte er mit getragener Stimme: »Das ist des Jägers Ehrenschild, dass er beschützt und hegt sein Wild, waidmännisch jagt, wie sich's gehört, den Schöpfer im Geschöpfe ehrt.«

Hecht starrte seinen Kollegen mit offenem Mund an, auch die Jäger reihum nickten beifällig. Morgenstern setzte sich wieder und hinterließ den gewünschten Eindruck, dergleichen Zitate seien für ihn völlig selbstverständlich.

»Und Matthias Schreiber, der war ein guter Heger und Pfleger?«, fasste er nach.

»Einer unserer besten«, sagte Beyer. »Der hat da oben einen vorbildlichen Rehbestand. Alles prächtige Tiere, starke Böcke, gesunde Geißen. Der Hias war halt noch ein Vertreter der alten Schule: Kümmerer hat der rigoros ausgemerzt. Ri-go-ros.«

Ein Jäger mit Vollbart und geröteten Wangen ergänzte: »Nach gutem deutschen Brauch«, hob seinen Maßkrug und nahm einen tiefen Schluck.

Eine Kellnerin brachte den Kommissaren ihre bestellten zwei Flaschen Orangenlimonade mit Strohhalmen. Morgenstern nuckelte kurz und fragte dann in die Runde: »War Herr Schreiber denn auch politisch engagiert?«

»Aber natürlich«, sagte der Jägervorsitzende. »Er war in der CSU, im Vorstand des Ortsverbands. Jahrzehntelang, schon seit den fünfziger Jahren. Lange war er der Schatzmeister, aber zuletzt nur noch Beisitzer. Und dann war er auch noch in verschiedensten Vereinen hier in Eichstätt aktiv. Wir haben immer gesagt: Hias, du bist überall, bloß nicht beim Katholischen Frauenbund.« Die Jäger lachten.

»Wenn ich das richtig sehe, dann haben ihn alle Menschen hier gern gehabt«, fasste Hecht zusammen. »Oder gab es da doch den ein oder anderen Zwist?«

»Mei, in der CSU waren nicht alle glücklich mit ihm«, sagte einer der Jäger, der bisher still gewesen war. »Er war halt manchmal ein bisserl kompromisslos mit seinen Ansichten. Wenn es um Asylanten und Hartz-IV-Empfänger gegangen ist, war der Hias richtig radikal. Und wenn er übers Finanzamt geschimpft hat, dann hat er gar kein Ende mehr gefunden. Dann haben wir ihn am Stammtisch immer bremsen müssen. Der Hias, der war in der Eichstätter CSU die Ein-Mann-Stahlhelmfraktion.«

»Es wird ihn aber kein beleidigter Finanzbeamter erschossen haben?«, fragte Morgenstern.

Die Jägerrunde lachte so dröhnend, dass am Rednerpult auf der Bühne ein deutlich verunsicherter Referent fast flehentlich ins Mikrofon rief: »Wenn ich noch ein paar Minuten um Aufmerksamkeit bitten dürfte, wir sind gleich fertig, dann geht es zum gemütlichen Teil über.«

Hektisch blätterte er in seinem umfangreichen Redemanuskript; es war unverkennbar, dass er mehrere Seiten übersprang. Nach allenfalls drei Minuten beendete er die Rede sichtlich erleichtert mit einem Franz-Josef-Strauß-Zitat, das für Morgenstern keinen erkennbaren Bezug zur Rede aufwies, aber als patriotischer Abschluss unverzichtbar war:

»Bayern ist unsere Heimat, Deutschland unser Vaterland und Europa unsere Zukunft. Ich danke für Ihre Aufmerksamkeit.« Und schon setzte die Blaskapelle mit einem schmissigen Marsch ein, der den entmutigten Festredner von der Bühne hinab in die Niederungen des gemeinen Volks trieb.

»Sag mal, wo hast du eigentlich dieses schrille Jägerzitat hergezaubert?«, fragte Hecht, als sie am Zeltausgang standen. Sie hatten die Befragung der Jäger beendet, nachdem die Waidmänner begonnen hatten, sich wortreich und lautstark zu wiederholen. »Manchmal entdecke ich Seiten an dir, die mir völlig unbekannt sind.«

Morgenstern grinste breit. »Eigentlich sollte man solche Geheimnisse für sich behalten. Aber dir kann ich es ja verraten. Der Spruch steht auf jeder Jägermeisterflasche. Und wenn du von frühester Jugend an am Kneipentresen gesessen und lange genug auf Jägermeisterplakate geschaut hast, dann kannst du diese wunderbaren Verse zu jeder Tages- und Nachtzeit abrufen. ›Das ist des Jägers Ehrenschild ...‹«

Hecht schüttelte ungläubig den Kopf. »Und mit so einem Unsinn schindest du bei unseren Jägern Eindruck.«

Morgenstern strahlte wie ein Honigkuchenpferd und kündigte an: »Meinen nächsten Jägermeister stelle ich dem Polizeipräsidium in Rechnung.«

Als sie auf dem Parkplatz am Rande des Volksfestplatzes im Auto saßen, rückte Hecht nach einigem Zögern mit einem Anliegen heraus: »Du, Mike ... Ich muss mal kurz ins Kloster.«

»Wie bitte?«

»Ja, ihr habt hier in Eichstätt doch dieses Kloster St. Walburg, die Benediktinerinnen, du weißt schon ...«

»Ich habe gar nichts, das haben meinetwegen die anderen Eichstätter. Was willst du denn da?«

Hecht druckste herum. »Es geht um meine Mutter. Die hat gestern Abend mitbekommen, dass ich dienstlich in Eichstätt zu tun habe, und sie hat schon seit Jahren schreckliches Rheuma, ich glaube ja eher, dass es Arthrose ist ...« Morgensterns Blick war ein einziges Fragezeichen. »Jedenfalls soll ich beim Kloster St. Walburg vorbeifahren und für sie Walburgisöl holen«, schloss Hecht hastig.

»Ich verstehe bloß Bahnhof. Was für ein Öl?«

»Walburgisöl. Meine Mutter sagt, dass man das von den Klosterschwestern bekommt, in ganz winzigen Glasfläschchen.«

»Ah, dann weiß ich Bescheid«, nickte Morgenstern. »So ein Schnaps für äußere und innere Anwendung. Klosterfrau Melissengeist. Den hatte meine Oma auch immer neben dem Bett stehen.«

»Nein, kein Alkohol. Das ist irgendein Wasser oder eben Öl, etwas ganz Heiliges, sagt meine Mutter. Und dass es angeblich Wunder wirkt.«

»Wer's glaubt, wird selig.« Morgenstern startete den Motor. »Aber bitte, auf geht's zu den Nonnen. Ist ja nicht weit. Eines sag ich dir allerdings gleich: Ins Kloster gehst du alleine rein. Zu den Pinguinen bringen mich keine zehn Pferde.«

»Brauchst ja nicht mitzukommen. Aber schaden würde es dir bestimmt nicht.« Hecht grinste.

»Ich habe kein Rheuma«, sagte Morgenstern und parkte den Wagen in der Westenstraße. Er deutete auf eine breite, repräsentative steinerne Treppe, die mit etwa fünfzig Stufen zwischen zwei hohen Häusern nach oben führte. »Da geht's hoch«, sagte Morgenstern und blickte zu der strahlend weiß gestrichenen Kirche, die am Ende der Treppe zu sehen war.

Hecht stieg aus, ging die endlose steinerne Treppe hinauf und war wenige Augenblicke später verschwunden.

Morgenstern wartete ... und wartete ... und wartete.

»Wo bleibt der Spinner bloß?«, schimpfte er schließlich. »Das darf doch nicht wahr sein.«

Verärgert stieg er aus dem Wagen und stieg nun seinerseits die Treppe hinauf. Er ging auf den Klosterhof und schaute ratlos in alle Richtungen. Ringsum standen dreistöckige Gebäude, in freundlichem Gelb gestrichen; eines davon war, wie ein Schild zeigte, eine städtische Grundschule. Von Hecht fehlte jede Spur. Ein Schild wies auf die Klosterpforte samt Klosterladen hin. Da würde es vermutlich dieses Öl geben. Links davon war eine steinerne Freitreppe, die zu einer hölzernen Tür führte. »Gruft der heiligen Walburga. Ort der Stille und des Gebets. Bitte Ruhe«, stand auf einer Metalltafel.

Gerade als Morgenstern die Tafel studierte, öffnete sich quietschend die schwere Holztür. Hecht kam heraus und fand sich unvermittelt Auge in Auge mit seinem ziemlich ungnädigen Kollegen.

»Mensch, Spargel, geht's noch! Das hat über eine Viertelstunde gedauert«, schimpfte Morgenstern. »Wollten die Pinguine dich gleich dabehalten, oder was war los?«

Hecht wurde rot. »Entschuldige, ich hab gar nicht gemerkt, dass die Zeit so schnell vergangen ist. Ich war erst drüben im Klosterladen und habe bei den Benediktinerinnen das Öl geholt« – er wedelte mit einer kleinen Papiertüte – »und dann noch kurz am Grab der heiligen Walburga.«

Morgenstern verdrehte die Augen. »Ich sitze mir im Auto den Hintern wund und denke, du bist gleich wieder zurück – und du bist hier beim Beten!«

Hechts Gesichtsfarbe näherte sich mittlerweile dem Rot überreifer Tomaten. Aber dann ging er in die Offensive.

»Ich weiß ja, dass du für so etwas überhaupt keine Ader hast, Mike. Aber es gibt ein paar Dinge zwischen Himmel und Erde, die über unsere kleine menschliche Intelligenz hinausgehen. Meine Mutter glaubt daran. Und ich manchmal auch. So wie gerade. Wenn du weißt, dass keine drei Meter von dir die heilige Walburga liegt, dann berührt mich das. So eine berühmte Heilige mitten in Eichstätt. Da wird man sich doch wohl mal ein paar Minuten Zeit nehmen dürfen.«

Morgenstern schüttelte immer noch fassungslos den Kopf, und Hecht sah sich gezwungen, sich weiter zu rechtfertigen. »Manche Leute kommen eigens wegen ihr Hunderte von Kilometern hierhergefahren. Das steht alles in dem Buch, in das die Leute ihr Anliegen eintragen.«

Morgenstern sah seinen Kollegen misstrauisch an. »Und du hast dein Anliegen dann auch in dieses Buch eingetragen?«

»Jetzt reicht's«, befahl Hecht in einer Schärfe, die Morgenstern bisher noch nie bei ihm erlebt hatte. »Du hast kein Recht, dich über mich lustig zu machen, bloß weil du an gar nichts glaubst.«

»Bleib locker, Spargel. Ich bin gar nicht so schlimm, wie du denkst. Aber wir haben einen Fall zu lösen. Und auch wenn du an Wunder glaubst: Deine heilige Walburga wird uns dabei bestimmt nicht helfen.«

»Ich weiß gar nicht, was du hast«, gab Hecht zurück. »Mit unserem Fall kommen wir heute sowieso nicht mehr weiter.« Er warf einen Blick auf seine Uhr. »Wir haben schon fünf Uhr. Ich schlage vor, wir machen für heute Schluss. Oder hast du eine bessere Idee?«

Morgenstern verneinte, auch wenn ihm angesichts seines privaten Zeitdrucks nicht wohl dabei war. Am nächsten Morgen würden sie sich im Möbelhaus Schreiber treffen. Hecht, so beschlossen sie, sollte heute noch einen Termin mit dem Ehepaar Schreiber vereinbaren. Als Hecht den Wagen startete, um zum Ingolstädter Polizeipräsidium und von dort heim nach Schrobenhausen zu fahren, machte Morgenstern vom Straßenrand aus mit päpstlicher Miene ein großes Kreuzzeichen in die Luft. Hecht ballte drohend die Faust und ließ die Reifen quietschen.

Eigentlich wollte Morgenstern nun zu Fuß nach Hause gehen, doch auf halbem Weg zu seiner Wohnung blieb er stehen: Was mochte Kollege Spargel wohl in dieses sonderbare Wunschbuch am Grab der heiligen Walburga geschrieben haben?

Keine drei Minuten später zog er die schwere Tür auf, die laut Hinweistafel zur Gruft führte. Er warf noch einmal einen schnellen Blick auf den Klosterhof, ob ihn irgendjemand beobachtete, aber es war niemand zu sehen. Vorsichtig trat er durch die Tür und erkannte, dass das hier keine gruselige unterirdische Gruft war, wie er eigentlich erwartet hatte, sondern eher eine hoch aufragende Kapelle mit zwei Stockwerken. Das hatte wohl den Vorteil, dass viele Gläubige gleichzeitig am Grab der Heiligen beten konnten. Doch jetzt war Morgenstern ganz allein. Vor ihm standen vor einer leuchtend blauen Wand fünf hölzerne bemalte Heiligenfiguren: In der Mitte, das erkannte sogar er sofort, die heilige Walburga als schwarz gewandete Klosterfrau mit einem Buch, auf dem ein Fläschchen stand. Das Buch, so überlegte Morgenstern, war die Bibel, und die Flasche sollte dann wohl das Walburgisöl darstellen, um das sein Kollege Hecht so ein Theater gemacht hatte. Direkt unter der Statue der Heiligen befand sich ein reich vergoldetes Türchen, das vom Obergeschoss genauso gut gesehen werden konnte wie von der unteren Etage der Kapelle. Da lag sie wohl, die Heilige, folgerte Morgenstern.

Die Wände ringsum waren über und über mit Votivtafeln bedeckt: naive Darstellungen von Menschen, denen auf dem Krankenbett oder sonst wo angeblich himmlische Hilfe zuteil geworden war. »Walburga hat geholfen« stand fast auf jedem Bild, und Morgenstern sah überrascht, dass die Tafeln nicht nur aus längst vergangenen Jahrhunderten stammten, sondern einige erst in den letzten

Jahren hinzugekommen waren. Auf einem Täfelchen war ein Kind abgebildet, das unter einen Traktor geraten, den Unfall aber anscheinend überlebt hatte.

»Schwein gehabt«, murmelte Morgenstern, doch die Eltern des Kindes sahen das wohl anders. »Danke, Walburga« hatten sie den Maler auf das Bild pinseln lassen, und über dem Traktor schwebte die heilige Nonne mit ihrem kleinen, bauchigen Ölfläschchen.

Aber wo war dieses Buch mit Hechts geheimen Wünschen? Morgenstern ging über eine schmale steinerne Stiege hinab in den unteren Teil der Kapelle, und dort, auf einer unbequem aussehenden hölzernen Kniebank, lag ein schlichtes Buch im DIN-A3-Format. Morgenstern fühlte ein sonderbares Kribbeln im Magen, als er sich hinabbeugte: Neugierde vermischt mit dem Gefühl, unbefugt im Tagebuch eines anderen zu lesen.

Dann hätte er halt nichts reinschreiben dürfen, wischte er seine Skrupel beiseite. Schließlich ist das Buch öffentlich.

Das Buch war mit einer kurzen Schnur an der Bank befestigt, und Morgenstern war gezwungen, sich in die Bank zu knien, um Hechts Anliegen lesen zu können. Es war das letzte des heutigen Tages, natürlich. Murmelnd las er: »Heilige Walburga! Bitte hilf meiner Mutter mit ihren Schmerzen und mach, dass sie ihre Lebensfreude wiedergewinnt. Erhalte uns alle gesund und hilf mir, dass ich zu A. wieder ein besseres Verhältnis bekomme. Hilf mir und M., dass wir Erfolg in unserer Arbeit haben, und schütze M. und seine Familie. Vielen Dank. P., Schrobenhausen«.

Morgenstern fühlte sich, als hätte ihm jemand mit einem Hammer vor die Brust geschlagen. Jetzt war es eindeutig, dass er diese Zeilen nicht hätte lesen dürfen. Das hatte ihm noch gefehlt, dass sich Spargel im Himmel für ihn einsetzte. Überhaupt: Verrückt, was die Menschen alles über sich verrieten. Da predigten die Medien unablässig, man solle keine persönlichen Daten preisgeben, im Internet vorsichtig sein und fremden Leuten am besten nicht einmal das Geburtsdatum nennen – und dann schrieben manche ihre intimsten Wünsche und Hoffnungen einfach so in ein Buch –, zum Nachblättern für Jedermann. Was war bloß in Spargel gefahren hier unten in der Gruft? Das konnte nur eine Frömmigkeitsattacke aus heiterem Himmel gewesen sein, denn bisher hatte Morgenstern seinen Kollegen nicht als eifrigen Kirchgänger kennengelernt.

Allmählich gewann Morgenstern seine Fassung wieder, und die Neugierde erlangte erneut Oberhand. Gespannt blätterte er zurück, um zu lesen, was andere Walburga-Fans zu Papier gebracht hatten. Die meisten, so stellte sich rasch heraus, hatten gesundheitliche Anliegen. Erstaunlich, wie viele Menschen an Krebs erkrankt waren und neben Chemotherapie und Bestrahlung auch noch auf die Hilfe von oben setzten. Oft waren es engste Angehörige, die ihre Not ganz still in der Gruft niederschrieben. Auch junge Leute hatten in dem Buch ihre Spuren hinterlassen. Morgenstern hätte vermutet, dass sich der Nachwuchs in erster Linie mit Unfug im Stil von »Leon und Marvin sind doof!« verewigt hätte, stattdessen las er flehentliche Hilferufe vor Schul- und Uniprüfungen. Immer wieder übernahmen das auch sorgenvolle Mütter oder Großmütter: »Liebe Walburga! Stehe meinem Enkel bei seiner schweren Prüfung bei! Verleihe ihm Gelassenheit und Kraft. Z.W., Eichstätt.«

Morgenstern hielt inne und überlegte, ob seine Mutter einst bei seiner Führerscheinprüfung einen ähnlichen Stoßseufzer zum Himmel geschickt hatte. Wenn ja, dann hatte es zumindest im ersten Anlauf nichts geholfen, denn der junge Mike war in der Fahrprüfung vor Aufregung in falscher Richtung in eine Einbahnstraße eingebogen.

Er blätterte weiter, bis er fast das ganze bisherige Jahr studiert hatte. Manche Menschen waren aus England oder Holland hierher in die Gruft gekommen, viele Touristen hatten sich eingetragen, und etliche Gläubige kamen offenbar regelmäßig mit ihren Anliegen an das Grab der heiligen Walburga.

»Wegen jedem Schmarrn«, brummte Morgenstern, der allmählich seine gewohnte Distanz wiedergefunden hatte.

»I.S. aus Pollenfeld« fand alle paar Wochen einen Grund zum Jammern und Wehklagen, und »Z.W.« gehörte ebenfalls zu den Seelen, für die das Leben nur aus Schmerz und Sorgen zu bestehen schien. Alles Leute, so sinnierte Morgenstern, die nicht an ihre eigenen Stärken und Fähigkeiten glaubten.

»Gruftis«, murmelte er und grinste breit über sein Wortspiel. Mit einem lauten Knall klappte er das Buch zu und ging hinaus aus dem kühlen, dämmrigen Raum ins fast grelle, warme Sonnenlicht, das den Klosterhof aufgeheizt hatte wie einen Backofen. In der düsteren Gruft konnte man ja nur auf trübe Gedanken über Krankheit,

Leid und Tod kommen, dachte er und fröstelte dabei ein wenig. »Die sehen mich nie wieder.«

***

Zu Hause fand Morgenstern einen Zettel von Fiona auf dem Küchentisch: »Sind im Freibad. Komm doch nach, wenn du Lust hast!«

Er packte rasch seine Badehose und ein Handtuch ein und marschierte los. Das Freibad lag nah am Stadtzentrum auf einer Altmühlinsel, und nach dem Volksfest endete dort die Saison. Die Eichstätter sahen deshalb den schönen Sommertag zu recht als einen der letzten Badetage dieses Jahres und bescherten der Einrichtung einen späten Besucherrekord.

Morgenstern brauchte eine Weile, bis er seine Familie gefunden hatte. Fiona lag allein auf der Liegewiese und las ein Buch, die Jungs, so berichtete sie, tummelten sich am Sprungbecken.

»Was macht dein Urlaub?«, fragte sie.

Morgenstern wurde rot. »Äh, ich habe noch nicht gefragt.«

Fiona schüttelte den Kopf. »Viel Zeit hast du nicht mehr, morgen ist schon Mittwoch. Wehe, wenn wir ohne dich in die Türkei fliegen müssen!«

»Nein, nein, das wird schon klappen«, brummelte Morgenstern.

Fiona schaute ihn zweifelnd an. »Manchmal bist du ein ziemlicher Hasenfuß, Mike. Weißt du das? Und jetzt schlüpf mal in die Badehose und sieh nach deinen Jungs.«

Gehorsam zog Morgenstern seine knallbunt gemusterten Bade-Bermudas an und trabte zum Springerbecken. Marius winkte ihm schon von Weitem zu und alarmierte Bastian. Strahlend empfingen ihn die beiden. »Hey, Papa, wir sind beide vom Dreier gesprungen! Das musst du dir anschauen.«

»Toll!«, lobte Morgenstern. »Wisst ihr, wann ich zum letzten Mal vom Drei-Meter-Brett gesprungen bin? Als ich fünfzehn oder sechzehn war, seitdem nicht mehr.«

»Dann könntest du doch heute mal wieder springen, Papa!«, schlug Marius vor. »Das geht ganz leicht.«

Bastian pflichtete ihm bei. »Wenn du Angst hast, musst du bloß die Augen zumachen.«

»Nein, kommt gar nicht in Frage. Ihr springt mal schön alleine, und ich schaue zu.«

Morgenstern blickte nach oben zum Fünfer. Eine Gruppe älterer Jugendlicher versuchte sich in gewagten Sprüngen. Zwei davon schafften sogar einen Salto. Der Dreier kam ihm nun recht unproblematisch vor.

»Also, was ist jetzt, Papa«, drängelte Marius. »Springst du?«

Morgenstern warf sich demonstrativ in die Brust und sagte so lässig wie möglich: »Wenn euch so viel daran liegt, dann will ich euch den Gefallen mal tun. Aber ihr springt zuerst.«

Freudestrahlend liefen die beiden Kinder zu der schmalen Metallleiter, die zum Drei-Meter-Brett führte. Marius war als Erster oben, blickte voll Eifer zu seinem Vater herab, nahm kurz Anlauf und sprang mit am Körper angelegten Armen ins Wasser. Prustend tauchte er wenige Augenblicke später wieder auf, und Morgenstern klatschte Applaus.

»Schau mal, Papa, jetzt komm ich!«, rief Bastian, der schon an der Vorderkante des schmalen Sprungbrettes stand. Er zögerte kurz, hielt sich dann mit der rechten Hand die Nase zu, schloss die Augen und machte entschlossen den entscheidenden Schritt nach vorne. In letzter Sekunde zog er schnell die Beine an.

»Arschbombe«, jubelte Marius, als das Wasser hoch aufspritzte und Morgenstern, der bislang noch völlig trocken gewesen war, von einem Guss eiskalten Wassers erwischt wurde. Seine Begeisterung für das Drei-Meter-Brett war binnen Sekunden abgekühlt.

Zaudernd ging er auf die Leiter am Sprungturm zu und ließ erleichtert einem höchstens sechsjährigen Knirps den Vortritt, der sich todesmutig mit einem missglückten Salto ins Wasser stürzte. Der Junge schlug breit mit dem Rücken auf dem Wasser auf, schien sich aber nichts daraus zu machen, sondern kletterte eilends aus dem Becken, um den nächsten Versuch zu wagen.

Verflixt, ein Verfolger, dachte Morgenstern, der die letzte Sprosse der Leiter erreicht hatte. Gott, war das hoch! Er stieg auf das Sprungbrett, ging langsam nach vorne und blickte ins Becken hinab: ein Abgrund. Instinktiv wich er einen Schritt zurück.

»Los, spring!«, rief Bastian.

Morgenstern drehte sich um: Auf der Leiter kam bereits der Knirps von eben hoch, der Rückweg war abgeschnitten. Aber konnte es hier überhaupt einen ehrenvollen Rückzug geben? Er sah wieder nach vorne, und ihn beschlich das grauenhafte Gefühl, dass ihn sämtliche Jugendlichen rund um das Springerbecken anstarrten. Als wäre er binnen Sekunden zum geheimen Mittelpunkt des Freibads geworden. Sein Herz begann wie wild zu schlagen.

»Was ist jetzt? Springen Sie?«, fragte eine Stimme hinter ihm. Der Knirps war bis auf zwei Meter herangerückt, triefnass und mit verschränkten Armen, die wohl signalisieren sollten, dass hier am Sprungbrett Trödler die Ausnahme waren.

Morgenstern schaute wieder aufs Wasser, und zu seinem Kummer bemerkte er, dass aus dem Nirgendwo nun auch Fiona aufgetaucht war und zu ihm hochblickte. Seine Jungs hatten bereits erkannt, dass der Vater in einem Gewissenskonflikt steckte. Jedenfalls rief Bastian mit verschwörerischer Miene herauf: »Mach's wie ich. Mach die Augen zu und spring einfach.«

Fiona hielt sich demonstrativ eine Hand vor die Augen, als könne sie es nicht mit ansehen, wie ihr Mann sich blamierte. In Morgensterns Hirn schlugen die Gedanken Funken. Ein endloser Sturz in die Tiefe: Das war der Alptraum, der ihn seit seiner Kindheit immer wieder heimsuchte. Und überhaupt: War es nicht viel mutiger, wenn man seine Angst offen eingestand? Wenn er sich den Erwartungen seiner Mitmenschen frank und frei widersetzte? So würde er das seinen Kindern erklären, mit dem Hinweis, das sei eine Lektion, die sie erst noch lernen müssten. Wahre Größe zeige sich erst in der Verweigerung. Nur Dummköpfe sterben den Heldentod. Basta.

Morgenstern wollte sich eben umdrehen, um zur Leiter zurückzukehren, hinabzusteigen zu seiner Familie, festen Boden unter den Füßen zu bekommen – da spürte er einen leichten Druck an seinem Hintern. Den Druck von zwei kleinen Handflächen, die einen winzigen Schubs ausführten. Der Knirps hatte die Geduld verloren. Morgenstern kam aus dem Gleichgewicht, geriet in Schräglage, ruderte noch kurz mit den Armen und stürzte dann in die Tiefe. Drei Sekunden später schlug er in grotesk verwinkelter Körperhaltung auf dem Wasser auf.

»Ich wäre sowieso gesprungen«, erklärte er seiner Familie, als er aus dem Becken stieg. »Man muss mir nur ein bisschen Zeit lassen.« Und zu den Kindern gewandt meinte er: »In der Ruhe liegt die Kraft.«

»Dann kannst du ja gleich noch mal springen, wenn du dich traust«, forderte Marius.

Fiona schaltete sich ein. »Ich denke, wir sollten den Papa nicht überfordern. Unseren *Helden*.«

Das konnte Morgenstern nicht auf sich sitzen lassen. Er warf Marius und Fiona einen zornigen Blick zu, und ehe noch jemand etwas sagen konnte, war er schon beim Sprungturm und kletterte die Leiter hoch. Er umrundete das Drei-Meter-Brett, nahm die nächste Leiter, ignorierte das Schild mit der Aufschrift »Gesperrt!«, stieg weitere zwei Meter nach oben, erreichte die Fünf-Meter-Rampe und ging entschlossenen Schrittes an den Rand. Dann machte er die Augen zu, trat einen Schritt nach vorne und sprang, ohne auch nur einen Blick auf seine Familie oder auf das tief unter ihm liegende Becken geworfen zu haben, ins Bodenlose.

MITTWOCH

Am nächsten Morgen kam Morgenstern leicht verkatert im Polizeipräsidium an – es war keine gute Idee gewesen, seinen Turmspringertriumph mit mehreren Flaschen Bier zu feiern. Zumal er am frühen Vormittag ins »Wohnparadies Schreiber« im Ingolstädter Gewerbegebiet sollte. Hecht hatte den Termin mit dem Ehepaar Schreiber für neun Uhr dreißig vereinbart. Es blieb also gerade noch Zeit für einen Kaffee.

Morgenstern trank seinen schnell und gierig – und wie immer schwarz, aber mit extra viel Zucker. Hecht sah sich seinen angeschlagenen Partner von der Seite an.

»Passiert relativ oft bei dir, wenn ich das mal so sagen darf. Ich würde fast meinen: regelmäßig.«

Morgenstern errötete. »Nein, nein, es war gestern nur so gemütlich zu Hause, und ich hatte außerdem was zu feiern: Bin im Freibad vom Fünfer gesprungen.«

Hecht schüttelte ungläubig den Kopf. »Kann es sein, dass du in der Midlife-Crisis steckst und dir irgendwas beweisen musst?« Er sah Morgenstern nachdenklich an. »Wenn ich dir einen Tipp geben darf: Pass mal ein bisschen besser auf dich auf und nimm hin, dass du keine achtzehn mehr bist. Im Klartext: Kauf dir mal eine Kiste Hofmühl alkoholfrei und schau, ob du die leer kriegst. Und falls du daheim noch Jägermeister-Restbestände hast, kippst du sie in den Ausguss. Versuch mal einen Monat lang, abends ohne Alkohol zu entspannen. Ganz im Ernst: Wer kennt schon die Flaschenaufschrift vom Jägermeister auswendig?«

Morgenstern wollte protestieren, aber Hecht hatte für den Augenblick die besseren Argumente. Schweigend trank er seinen Kaffee aus.

»Ich werde darüber nachdenken«, sagte er schließlich. »Aber erst ab Montag«, fügte er hinzu. »Nach dem Volksfest.« Oder nach dem Urlaub, dachte er.

Sie waren deutlich zu früh dran, als sie in die Manchinger Straße einbogen, das große Ingolstädter Gewerbegebiet im Süden der Stadt, direkt neben der Autobahn. Die Media-Markt-Konzernzentrale war hier draußen angesiedelt, ebenso die große Brauerei Herrnbräu; es gab Elektromärkte, Möbelhäuser, Fast-Food-Restaurants und, wie Morgenstern von den Kollegen der »Sitte« wusste, auch das ein oder andere Rotlicht-Etablissement. Den Abschluss dieses Kommerz-Konglomerats bildete das neue Fußballstadion des FC Ingolstadt 04. Bis vor wenigen Jahren hatte auf dem Gelände eine Erdölraffinerie gestanden.

Morgenstern steuerte den Wagen auf den Parkplatz des Möbelhauses, der bis auf wenige vereinzelte Autos leer war. »WOHNPARADIES« stand in riesigen Neonbuchstaben über dem Eingang, daneben war in Kursivschrift, ebenfalls mit Neon beleuchtbar, »Schreiber« zu lesen. Das große »W« des Wohnparadies war allerdings kaum noch zu entziffern.

»Ohnparadies«, las Hecht. »Ohne Paradies – das ist die glatte Antiwerbung.«

In allen Fenstern hingen »Reduziert«-Schilder oder Hinweise auf einen sogenannten »SALE«. »Sale« – Morgenstern hasste dieses Wort, das im Laufe weniger Jahre jedes deutsche Schaufenster erobert hatte. Sogar der kleinste Tante-Emma-Laden versuchte inzwischen mit diesem Begriff seinen Sonderangeboten einen Anstrich von Weltläufigkeit zu geben. Nicht viel besser schien ihm das »Schnäppchen«, das in den Auslagen des Schreiber'schen Möbelhauses ebenfalls eine zentrale Stellung einnahm und die Kunden zum Konsumieren animieren sollte. Bloß: Welche Kunden? Die wenigen Autos auf dem Parkplatz gehörten anscheinend dem Personal, nicht auszuschließen, dass sich auch der ein oder andere Dauerparker auf dem Gelände der Schreibers eingefunden hatte.

»Sieht nicht gut aus für den Laden«, fasste Hecht seinen ersten Eindruck zusammen. »Wenn das das Paradies sein soll, was erwartet den Kunden dann in der Hölle?«

»Übertreib mal nicht, wir sind vielleicht ein bisschen früh dran«, entgegnete Morgenstern. Gemeinsam schlenderten sie zum Eingang, dessen Glasflügel sich vor ihnen automatisch zur Seite schoben. Der Eingangsbereich war vollgeramscht mit Nippes: weinende Clowns aus Porzellan, Blechlaternen mit rustikaler Rostpatina, Blumenvasen aus Bleikristall, ausladende Kerzenleuchter, die über und über mit Strassklunkern behängt waren. Aus unsichtbaren Lautsprechern schallte Synthesizermusik, die auf die Kunden vermutlich entspannend wirken sollte, bei Morgenstern aber augenblicklich Aggressionen auslöste. Er überlegte, weshalb ihm diese Musik bekannt vorkam, und nach einigen Augenblicken fiel es ihm ein: Bei der Geburt von Marius hatte die Hebamme die werdenden Eltern mit solchen meditativen Sphärenklängen beschallt, bis Fiona sich das esoterische Gedudel entnervt verbeten hatte.

An der Kasse etwas abseits saß ein Mitarbeiter und telefonierte leise. Die Kommissare wollten nicht stören, also zogen sie einigermaßen ziellos durch die Abteilungen – Schlafzimmer, Wohnzimmer, Esszimmer. Sie waren tatsächlich die einzigen Besucher im ganzen Haus. Als sie in der Matratzenabteilung ankamen, an deren Eingang großspurig das Schild »Schlummer-Paradies« hing, hörten sie laute Stimmen. Ein Streit. Ganz in der Nähe. Hecht und Morgenstern sahen sich an, dann gingen sie in Richtung der Stimmen und standen unvermittelt vor einer Tür mit der Aufschrift »Büro«. Sie war nur angelehnt.

»Keinen Cent stecke ich noch in diesen Schuppen«, keifte eine weibliche Stimme. »Das ist alles rausgeschmissenes Geld.«

Eine dunkle männliche Stimme hielt dagegen – die Kommissare kannten diese Stimme. Es war die Walter Schreibers. »Mit diesem Geld kann ich anfangen, was ich will. Und ich sage: Wir machen hier weiter. Es kann nicht immer nur abwärts gehen, eines Tages wendet sich das Blatt.«

»Da wendet sich gar nichts. Wir müssen die offenen Rechnungen bezahlen, und danach sind wir wieder pleite.«

»Nein, meine Liebe. Ich rechne mit einer halben Million, die wir für das Haus in Eichstätt bekommen. Damit sind wir saniert. Ich werde diesen Heuschrecken die Stirn bieten. Die werden mich kennenlernen. Und dann sind wir wieder wer in Ingolstadt, das garantiere ich dir. Dann sehen sie mich nicht mehr scheel an, die Herren Kollegen im Stadtrat.«

»Oh nein. Wir sperren hier zu, und mit der halben Million machen wir uns ein schönes Leben. Reisen, Golf, reiten, ein neues Auto, eine schöne Wohnung, und zwar nicht mehr hier, sondern in der Stadt, gleich in der Ludwigstraße. Neulich war ein Loft in der Zeitung ausgeschrieben, zweihundertfünfzig Quadratmeter, dritter

Stock. Und wenn du unbedingt arbeiten willst, kannst du ja in Immobilien machen oder so etwas.«

»Ich bleibe, was ich bin, und ich bleibe hier, und zwar mit dir.«

»Nein, ich werde nicht zusehen, wie du hier weiterhin Geld verbrennst. Das Haus des Alten in Eichstätt ist für uns ein Geschenk des Himmels. Ich werde in dieses Loft in der Ludwigstraße einziehen.«

Eine kurze, gefährlich stille Pause entstand.

Dann hörten die Kommissare die scharfe Stimme der Frau wieder: »Und wenn du nicht mitkommst, gehe ich allein.«

Sie hatte kaum zu Ende gesprochen, da hörten sie ein lautes Klatschen, gefolgt von einem weiblichen Aufheulen, das in lautes Schluchzen überging. Wenige Sekunden später fiel im Büro ein Gefäß zu Boden und zersprang, soweit sich das von außen beurteilen ließ, in tausend Teile.

Die Kommissare sahen sich an. »Wir sollten eingreifen«, sagte Morgenstern. Hecht nickte.

In diesem Moment flog die angelehnte Tür auf, und Walter Schreiber stürmte mit hochrotem Kopf heraus. Die Ermittler hatten keine Zeit mehr, sich diskret zurückzuziehen, sondern standen unvermittelt vor dem Firmenchef.

»Grüß Gott, Herr Schreiber«, sagte Hecht. »Wir haben einen Termin bei Ihnen und Ihrer Frau, jetzt um halb zehn. Aber wenn es gerade nicht passt ...«

Schreiber sah die Kommissare misstrauisch an. Offenbar fragte er sich, ob die beiden den Streit mitgehört hatten.

Dann flötete er Richtung Büro: »Irmgard, kommst du mal bitte. Die Herren von der Polizei wären jetzt da.« Er stellte sich breitbeinig vor die Tür, um Morgenstern und Hecht die Sicht ins Büro zu verstellen, dessen Boden, so vermutete Morgenstern, mit Scherben übersät war.

Irmgard Schreiber brauchte eine kleine Weile, bis sie aus der Tür trat. Auf ihrer linken Wange zeichnete sich deutlich ein großer roter Fleck ab, und es war unverkennbar, dass sie geweint hatte.

»Ach, die Kripo!«, sagte sie dennoch, als sei nichts gewesen, und gab erst Hecht, dann Morgenstern die Hand. »Ich würde sagen, wir gehen in eines unserer Wohnzimmer und unterhalten uns dort. Im Büro ist es ... ein bisschen zu eng.«

Irmgard Schreiber war Anfang fünfzig und eine auffällige Erscheinung: groß, gut aussehend, schlank, lange blonde Haare, die zu einem Pferdeschwanz gebunden waren. Über eine eng anliegende weiße Bluse hatte sie lässig einen hellblauen Kaschmirpullover geschlungen. Dazu trug sie eine hautenge schwarze Hose, und selbst hier im Möbelhaus trennte sie sich nicht von einer großen Sonnenbrille, die sie sich ins Haar geschoben hatte. Morgenstern war beeindruckt, sogar ein wenig eingeschüchtert, wie immer, wenn er solchen Frauen begegnete. Und mit einem Blick hinüber zu Spargel sah er, dass es dem Kollegen ähnlich ging. Das musste ein typischer Männerreflex sein, dachte Morgenstern, denn seine eigene Frau beurteilte diesen Typus grundsätzlich als »blonden Alptraum« – und Morgenstern musste ihr zugestehen, dass sie mit dieser Einschätzung meistens richtig gelegen hatte.

Sie gingen in die Wohnzimmerabteilung und nahmen auf einer schwarzen Ledercouchgarnitur Platz. An der Wand stand eine Schrankwand voller Bücher. Morgenstern stand noch mal kurz auf, um sich die Bücher anzusehen. Er entdeckte Kriminalromane, Liebesschnulzen und sogar ein Handbuch der Astrologie. Die Schreibers hatten die Ramschware vermutlich im modernen Antiquariat zum Meterpreis erstanden.

»Erzählen Sie mir doch bitte noch etwas mehr über Ihren Vater, Herr Schreiber«, sagte Morgenstern und blätterte in einem dicken Wälzer mit dem Titel »Die Schlacht um Stalingrad«. Er dachte daran, was ihm die Jäger am Eichstätter Volksfest-Stammtisch erzählt hatten: Sie hatten Schreiber als Mann mit reaktionären Ansichten geschildert. »War Ihr Vater denn noch im Krieg?« Er hielt Schreiber junior den Landser-Schinken vor die Nase. Einen Augenblick lang durchzuckte ihn ein Gedanke: Auf welcher Seite der alte Herr wohl damals gestanden hatte? War er ein junger Soldat gewesen, der tapfer mitmarschierte, weil es ihm befohlen worden war? Oder war er ein glühender Anhänger Hitlers gewesen?

Aber er lag falsch, denn der Tote war, wie sich herausstellte, deutlich jünger.

»Vater war damals noch ein Bub. Er hat erzählt, wie er mit der ganzen Nachbarschaft im Luftschutzkeller gesessen ist und wie die Jugendlichen später in der Altmühl nach versenkter Munition getaucht haben. Und dass die Amerikaner damals alle Jagdgewehre konfisziert und vernichtet haben. Das hat ihn noch Jahrzehnte später aufgebracht. Auch sein Vater war schon ein begeisterter Jäger. Es gab damals wohl mehrere schöne Jagdwaffen im Haus, aber davon blieb nichts übrig.«

Morgenstern legte den Wälzer weg, weigerte sich aber beharrlich, wieder auf der Ledercouch Platz zu nehmen. Das erinnerte ihn zu sehr an die »Arbeitsgespräche« bei seinem Vorgesetzten. Hecht dagegen saß mit gezücktem Block und eifriger Miene dicht neben Irmgard Schreiber.

Walter Schreiber übernahm die Initiative. »Haben Sie schon irgendwas herausgebracht?«, fragte er in einem Ton, der Morgenstern patzig vorkam. Er erklärte kurz, es gebe einen ersten Verdächtigen, stellte aber klar, dass sie auch noch anderen Spuren nachgehen müssten.

»Lassen Sie uns über Geld reden«, gab er schließlich das Thema vor. »Herr Schreiber, wenn wir uns hier so umsehen, ist es offenbar nur noch eine Frage von Monaten, bis Sie zusperren müssen.« Er machte eine kurze Pause. »Haben Sie eigentlich Geschwister?«

»Nein, ich bin der einzige Sohn.«

»Dann sind Sie also der alleinige Erbe Ihres Vaters?«, fragte Morgenstern schonungslos. »Hat Ihr Vater überhaupt etwas zu vererben?«

Er kannte die Antwort bereits, er hatte es eben selbst durch die Bürotür mitgehört: Das Haus in Eichstätt würde direkt in das Eigentum des Sohnes übergehen. War nicht von einer halben Million Euro die Rede gewesen? Aber er wollte es noch einmal offiziell hören. Umso überraschter war er, als sich Irmgard Schreiber energisch zu Wort meldete: »Nein, da werden wir nicht viel bekommen. Mein Schwiegervater hat alles, was er hatte, immer ins Geschäft investiert.«

Morgenstern nickte Hecht zu, der die Aussage sorgfältig auf seinem kleinen Notizblock festhielt. Irmgard Schreiber ließ sich dadurch nicht irritieren, sondern sah Morgenstern unverwandt an. Ihre Augen waren strahlend blau – was sonst, dachte Morgenstern. Aber er würde sich hier nicht um den Finger wickeln lassen. Plötzlich kamen ihm diese Schreibers äußerst verdächtig vor. Irmgard Schreiber log wie gedruckt, ihr Gatte ließ sie gewähren. Irgendetwas stimmte hier nicht.

»Wie war denn Ihr Verhältnis zu Ihrem Schwiegervater? Ihr

Mann hat neulich angedeutet, dass es da manchmal ... atmosphärische Störungen gab.« Er fixierte sie mit einem harten Blick.

»So, hast du das?«, wandte sich Irmgard Schreiber mit ironischem Unterton an ihren Gatten. »Also gut, wir sind uns, soweit das möglich war, aus dem Weg gegangen. Meinem Schwiegervater hat es nicht so gut gefallen, dass ich meinen eigenen Kopf habe. In den ersten Jahren nach unserer Hochzeit hat er versucht, mich bei meinem Mann schlechtzumachen. Vor allem nachdem klar wurde, dass wir keine Kinder bekommen würden.« Ihr Mund wurde schmal. »Machen Sie einmal einem alten Patriarchen klar, dass sein Name ausstirbt.«

Hecht nickte verständnisvoll, und Morgenstern hatte den Eindruck, dass sein kinderloser Kollege ähnliche Erfahrungen gemacht hatte. Einen Augenblick lang herrschte peinliche Stille. Dann legte Morgenstern nach.

»Herr Schreiber, ich würde mir gerne einmal Ihre Waffe ansehen. Ihr Jagdgewehr«, sagte er.

Schreiber war fassungslos, wie Morgenstern mit Genugtuung sah. »Sie wollen doch nicht etwa andeuten ...«

Morgenstern murmelte die altbewährte Floskel »Reine Routine« und ließ sich zusammen mit Hecht in die Schreiber'sche Privatwohnung führen, die in das Möbelhaus integriert war. »Mal sehen, welche Leichen die Schreibers im Keller haben«, flüsterte er Hecht zu.

Der Waffenschrank, ein lindgrün lackiertes Blechgehäuse mit Vorhängeschloss, stand in einer Putzkammer in der Wohnung, umringt von Bügelbrett, Staubsauger und Putzeimern. Den Schlüssel für das Schloss fischte Walter Schreiber aus einer alten Blumenvase. Morgenstern hob irritiert eine Augenbraue. Welcher Geschäftsmann versteckte einen so wichtigen Schlüssel in einer Blumenvase?

Im Schrank standen ein Jagdgewehr, daneben ein Luftgewehr, das viel moderner war als das, das Morgenstern von der »Hubertus-Halle« kannte, und mehrere Päckchen Patronen. Nichts Auffälliges. Morgenstern war enttäuscht. Alles ordnungsgemäß, auch der Waffenschein befand sich im Schrank. Schreiber bestand darauf, er habe zuletzt vor vielen Jahren mit dem Jagdgewehr geschossen. Und das Luftgewehr? Zu Morgensterns Bedauern hatte Schreiber auch dafür eine Erklärung.

»Das gehört meiner Frau. Sie schießt hobbymäßig bei der Königlich Privilegierten Feuerschützengesellschaft Ingolstadt. Allerdings nur noch sehr unregelmäßig. Wir haben uns inzwischen beide dem Golfsport zugewandt.«

Die Schreibers, so stellte sich heraus, waren Mitglied im noblen Wittelsbacher Golfclub auf Gut Rohrenfeld zwischen Ingolstadt und Neuburg.

Morgenstern ließ sich das Jagdgewehr geben, betrachtete es ausführlich und reichte es dann dem Besitzer zurück. Da kam ihm eine Idee. Er deutete auf die Patronenschachtel: »Kaliber 7.92« stand auf dem Pappkarton.

»Könnte ich davon eine haben?«, fragte er. »Ich muss etwas ausprobieren.« Auch diese Frage irritierte Schreiber nicht.

»Gerne. Wie schon gesagt, ich brauche sie nicht mehr.« Schreiber reichte Morgenstern ein messingglänzendes Geschoss. »Eigentlich können Sie die Waffe auch gleich mitnehmen. Ich will sie nicht mehr haben.«

Irmgard Schreiber, die das Gespräch bisher eher gelangweilt verfolgt hatte, mischte sich plötzlich ein und sagte scharf: »Kommt überhaupt nicht in Frage.« Als sie realisierte, dass alle drei Männer sie erstaunt ansahen, fügte sie, nun sanfter, hinzu: »Walter! Wir könnten das Gewehr doch verkaufen, wenn du es nicht mehr im Haus haben willst. Du willst doch nicht im Ernst dein gutes Gewehr einfach verschenken?«

Doch Schreiber blieb dabei. »Nein, aus den Augen, aus dem Sinn.«

»Walter, wir behalten die Waffe!« Irmgard Schreibers Ton wurde schrill, ihre Wangen glühten. Morgensterns Blick wanderte aufmerksam zwischen den Eheleuten hin und her. Wieso waren sich die beiden nie einig?, überlegte er. Was wusste sie, was er nicht wusste? Oder war es umgekehrt? Er beschloss, das Ehepaar Schreiber nicht aus den Augen zu lassen. Und das Gewehr, das Irmgard Schreiber so ungern aus der Hand geben wollte, würde er umgehend beim Landeskriminalamt untersuchen lassen.

»Wenn Sie das Ding loswerden wollen, bitte sehr.« Morgenstern nahm Walter Schreiber das Gewehr ab. »Wir von der Polizei sind froh um jeden Schießprügel, der aus dem Verkehr gezogen und verschrottet wird. Und die Rehe draußen im Wald auch.« Grinsend fügte er hinzu: »Schwerter zu Pflugscharen, Gewehre zu Golfschlägern.«

Auf der Rückfahrt zum Polizeipräsidium angelte sich Hecht Schreibers Gewehr und begutachtete es von allen Seiten. Wie Schreiber erzählt hatte, hatte er das Gewehr mit neunzehn Jahren als Geschenk zur bestandenen Jägerprüfung von seinem Vater bekommen, vor über dreißig Jahren also. Und vor mindestens zwanzig Jahren habe er damit den letzten Schuss abgegeben.

»Steck die Knarre lieber wieder weg, sonst glauben die Leute noch, wir fahren zu einem Überfall«, warnte Morgenstern, der wie immer am Steuer saß. »Außerdem ruinierst du alle Fingerabdrücke, die drauf sind.«

Doch Hecht sah kein Problem. »Was sollen denn da für Fingerabdrücke drauf sein?« Er strich über den handschmeichlerisch glatten hölzernen Kolben, befühlte den schwarz glänzenden Lauf und schnupperte an der Mechanik. »Komisch«, sagte er schließlich. »Dafür dass die Knarre angeblich seit Jahrzehnten nicht mehr im Einsatz war, stinkt sie noch ziemlich heftig nach Pulver.«

Morgenstern, der den Zivilwagen gerade auf einer doppelspurigen Ringstraße Richtung Präsidium steuerte, schaute wie elektrisiert zu Hecht, der immer noch an der Waffe herumfummelte, den Lauf zwischen den Beinen nach unten gerichtet. »Was hast du da gesagt?«, fragte er.

»Ich sagte …«, murmelte Hecht und fingerte am Abzug.

Es gab einen ohrenbetäubenden Knall. Morgenstern verriss das Steuer, der Wagen schleuderte über die zweite Spur, verfehlte dabei nur knapp einen anderen Wagen, dessen Fahrer hupend und wild gestikulierend seinen Zweifel an Morgenstern Geisteszustand bekundete. Morgenstern machte eine Vollbremsung, was wiederum beinahe einen Auffahrunfall ausgelöst hätte, zog den Wagen auf die rechte Seite, hielt an und sprang beinahe fluchtartig heraus. Der völlig verdatterte Hecht, kalkweiß um die Nase, blieb regungslos sitzen. Morgenstern atmete dreimal tief durch. Dann hatte er seine Sprache wiedergefunden.

»Du Volltrottel! Du Hornochse! Du Granatendepp!«, brüllte er und trommelte mit beiden Fäusten auf das Autodach. »Wie kann man bloß so blöd sein? Das lernt man doch schon im ersten Ausbildungsjahr, dass in einem Gewehrlauf noch eine Patrone stecken kann!«

»'tschuldigung«, flüsterte Hecht tonlos. »Ich wäre nie auf die Idee gekommen, dass das Ding geladen sein könnte. Nach all den Jahren.«

Nach zwei Minuten hatten sich die beiden so weit beruhigt, dass sie das Auto inspizieren konnten. Der Wagen stank erbärmlich nach Pulverdampf, doch bis auf ein überraschend kleines Loch im Bodenblech hatte er anscheinend keinen Schaden erlitten. Hecht verschob kurzerhand die Gummi-Fußmatte, das Loch war verschwunden.

»War was?«, fragte er harmlos, und die beiden einigten sich darauf, den peinlichen Vorfall im Präsidium zu verschweigen. Es blieb nur zu hoffen, dass nicht einer der anderen Autofahrer das Missgeschick so deutlich gesehen hatte, dass er seinerseits bei der Polizei Alarm schlug. Morgenstern und Hecht hielten dieses Restrisiko allerdings für kalkulierbar.

»Was wolltest du mir vorhin eigentlich sagen, ich meine, bevor du hier den Pistolero gegeben hast?«, fragte Morgenstern, als sie wieder fuhren.

»Ich hatte den Eindruck, dass die Knarre nach frischem Pulverdampf gerochen hat. Aber das kannst du jetzt vergessen.«

»Das kann man laut sagen«, maulte Morgenstern. »Frischeren Pulvergestank als den, den du eben produziert hast, gibt es nicht. Lass uns nicht vergessen, das Auto gründlich durchzulüften, wenn wir es am Präsidium abstellen, sonst wittert noch einer der Kollegen was. Und was das Gewehr angeht: Das lassen wir überprüfen. Irgendwie traue ich diesem Schreiber nicht über den Weg.«

***

Ein Kurierfahrer des Polizeipräsidiums brachte Schreibers Gewehr am frühen Nachmittag zur Analyse ins Landeskriminalamt nach München. Der Ballistiker des LKA versprach am Telefon, sich die Waffe noch am selben Tag anzusehen. Im Übrigen, so teilte er dem erstaunten Morgenstern mit, werde die Waffe vielleicht ziemlich genau an ihren Herkunftsort zurückkehren, nämlich nach Eichstätt, in die große Kaserne der Bereitschaftspolizei. Zu Ausbildungszwecken für den bayerischen Polizeinachwuchs gebe es dort eine bedeutende, öffentlich nicht zugängliche Sammlung verschiedenster Schusswaffen »quer durch alle Jahrhunderte«, wie der Ballistiker mit unverhohlener Begeisterung schilderte.

»Die haben da ein Arsenal, damit könnte man eine ganze Armee ausrüsten«, sagte er. »Ist aber sicherheitshalber alles funktionsuntauglich. Es geht da nur ums Anschauen, nicht ums Schießen. Schade drum.« Und er redete so lange auf Morgenstern ein, bis der versprach, sich die Sammlung zeigen zu lassen. »Da können Sie noch was lernen.«

Morgenstern brauchte nicht lange, bis er bemerkte, wie gut ihm dieser Vorschlag ins Konzept passte. Hecht würde den ganzen Nachmittag damit beschäftigt sein, irgendwelchen Papierkram zu erledigen. Da konnte er selbst ganz gut nach Eichstätt fahren – vorgezogener Feierabend inklusive. Er kündigte sich telefonisch bei der Bereitschaftspolizei an und meldete sich dann bei Kriminaldirektor Adam Schneidt ab.

Sein Vorgesetzter war beeindruckt von der Idee. »Fleißig, fleißig, der Herr Morgenstern bildet sich in Waffenkunde fort«, lobte er. »Das hätte ich gar nicht erwartet von Ihnen. Ich habe mir erst neulich Ihre Akte angesehen und war überrascht, dass meine Männer so schlecht schießen. Auch Sie haben die Prüfungen immer nur mit Ach und Krach bestanden. Das ist gar nicht gut, wenn es einmal zu einer Notwehrlage kommt, und damit müssen Sie als Kriminalbeamter doch täglich rechnen.«

»Ich bin bisher eigentlich immer ganz gut klar gekommen«, wiegelte Morgenstern ab. »Musste im Einsatz noch nie auch nur einen einzigen scharfen Schuss abgeben. Das nennt man wohl deeskalierendes Verhalten. Steht dazu auch irgendwas Positives in meinen Akten, Herr Schneidt?«

»Nicht dass ich wüsste. Da steht vielmehr drin – aber das wissen Sie selbst am besten –, dass Sie sich in bestimmten Situationen nicht im Griff haben. Deswegen sind Sie schließlich auch von Nürnberg zu uns nach Ingolstadt versetzt worden.«

»Ein Mal, ein einziges Mal«, stellte Morgenstern kleinlaut klar.

»Sie machen es sich zu leicht, Morgenstern«, beharrte Schneidt. »Jetzt holen Sie sich mal einen Kaffee, und dann müssen wir uns unterhalten.«

Morgenstern sah Schneidt mit großen Augen an. »Was soll denn das werden?«

»Sie kennen doch bestimmt unser neues Personalführungskonzept mit dem Titel ›Polizei – Futur hoch drei‹?«, lächelte Schneidt.

Morgenstern erinnerte sich vage. In der Monatszeitschrift der Polizeigewerkschaft war neulich etwas darüber gestanden, ziemlich kritisch, soweit er sich erinnerte. »Der gläserne Polizist« hatte die Überschrift gelautet. Gehorsam holte er sich seine Pfandtasse vom Nürnberger Christkindlesmarkt, Schneidt seinerseits füllte sich seine Tasse, auf der sein Vorname stand, umgeben von romantisch rankenden Rosenblüten. Morgenstern durfte sich zu seiner großen Erleichterung auf einen Stuhl setzen – die durchgesessene Psycho-Couch blieb ihm erspart. Schneidt nahm an seinem Schreibtisch Platz und blätterte in einem Ordner. Morgenstern wurde den Eindruck nicht los, auch sein Vorgesetzter müsste sich ins Modell »Futur hoch drei« erst noch einarbeiten.

»Wie geht's?«, fragte Schneidt nach einer peinlich langen Pause.

»Äh ... Danke, ganz gut, so weit.«

Schneidt starrte angestrengt auf ein Blatt Papier, das Morgenstern als Fragebogen identifizierte. Das konnte ja heiter werden. Schneidt räusperte sich: »Herr Morgenstern, wo sehen Sie sich in fünf Jahren?«

Sollte er ehrlich sein? Dann konnte die Antwort nur lauten: Sicher nicht hier in Ingolstadt, sondern am liebsten wieder in Nürnberg. Aber im Moment war Diplomatie gefragt. Also antwortete er: »Ich fühle mich hier pudelwohl, würde mich aber auch jeder Herausforderung an einer anderen Dienststelle stellen.«

Schneidt nickte wohlwollend und notierte sich die Antwort auf seinem Fragebogen.

»Welche Ziele wollen Sie kurzfristig und mittelfristig erreichen?«

Morgenstern überlegte, dann antwortete er: »Ich will kurzfristig den Mörder von Matthias Schreiber fassen, mittelfristig will ich dazu beitragen, diese Region zur sichersten in Bayern zu machen. Wir arbeiten daran, und wir wollen jeden Tag ein bisschen besser werden.«

Wo hatte er das nur her? Morgenstern war sich selbst nicht mehr geheuer. »Jeden Tag ein bisschen besser« – war das der Slogan von McDonald's? Oder sagten das chinesische Rotgardisten bei der Verteidigung des Platzes des Himmlischen Friedens in Peking?

Schneidt schien mit der Antwort jedenfalls hochzufrieden. Bingo!

»Wo sehen Sie noch Verbesserungsbedarf bei der Ausrüstung?«

Morgenstern dachte an den betagten Dienstwagen, mit dem er und Hecht in den vergangenen Tagen durch die Region geeiert waren und der seit Kurzem ein Loch im Bodenblech hatte. Zweihundertfünfzigtausend Kilometer hatte die Kiste auf dem Tacho. Keiner wusste das besser als Schneidt selbst. Aber der Feigling hatte es noch nie gewagt, an höherer Stelle auf den Putz zu hauen und einen besseren Fuhrpark fürs Fußvolk einzufordern. Er selbst, der Herr Polizeidirektor, fuhr schließlich bereits einen nagelneuen Audi A6. Ein moderner Kaffeeautomat wäre auch nicht schlecht anstatt der privat mitgebrachten Billigmaschinen, die für die Produktion einer kleinen Tasse Filterkaffee röchelten und ächzten wie ein an chronischer Bronchitis leidender Seniorenheimbewohner der Pflegestufe IV.

Morgenstern ging auf Nummer sicher. »Mittelfristig könnte man an die Einführung von Navigationsgeräten denken, auch wenn die Kollegen die Region natürlich kennen wie ihre Westentasche. Ich selbst habe mit dem guten alten Shell-Atlas noch überall hingefunden.«

Was für eine scheußliche Schleimspur zog er hier durch Schneidts Büro, grübelte Morgenstern.

Doch schon ging es weiter. »Was würden Sie ändern, wenn Sie Vorgesetzter wären?«

Wie aus der Pistole geschossen kam Morgensterns Antwort: »Ich würde Ihre alte Couch ausmustern. Wer sich da reinsetzt, kommt nicht ohne Bandscheibenschaden wieder heraus.«

Schneidt blickte von seinem Blatt auf und begann lauthals zu lachen. »Sie mögen meine Couch nicht? Mein gutes altes Ausziehsofa! Wissen Sie, wie lange ich das schon habe? Das stand schon in meiner allerersten Wohnung, damals in den frühen Siebzigern. An diesem Sofa hängen schöne Erinnerungen.«

»Und ich möchte gar nicht wissen, was sich sonst noch alles im Lauf der Jahrzehnte angepappt hat«, konterte Morgenstern. Das Gespräch lief allmählich in seinem Sinne. Er bekam Oberwasser.

Auch Schneidt entspannte sich, und es dauerte nicht lange, dann war er bei der abschließenden Frage angekommen: »Haben Sie einen speziellen Wunsch?«

Morgenstern atmete tief durch. »Ja, habe ich.«

Schneidt blickte überrascht auf. »Dann schießen Sie mal los«, sagte er gönnerhaft.

»Ich brauche eine Woche Urlaub. Und zwar ab Montag. Meine Frau hat alles schon gebucht, leider ohne Rücksprache mit mir. Türkische Riviera.« Jetzt war es endlich raus, und Morgenstern hielt seine Chancen für ganz passabel, denn Schneidt schien in Spendierlaune zu sein.

Doch weit gefehlt: Von einer Sekunde auf die andere wechselte Schneidt Tonlage und Gesichtsfarbe. Er wurde rot und zischte: »Haben Sie noch alle Tassen im Schrank, Morgenstern? Das kommt überhaupt nicht in Frage! Soll ich Hecht vielleicht allein in diesem Mordfall ermitteln lassen, weil sich der Herr Kollege am Mittelmeer bräunen muss? Ich muss schon sagen, ich bin enttäuscht von Ihnen, Morgenstern, sehr enttäuscht. Diese Frage lässt auf eine mehr als unterentwickelte Arbeitsmoral schließen. Wenn man als Vorgesetzter nicht aufpasst wie ein Schießhund, dann würden Leute wie Sie machen, was ihnen gefällt. Ganz nach dem Motto: Komm ich heut nicht, komm ich morgen.«

Er kritzelte etwas auf seinen Fragebogen, und Morgenstern wurde klar, dass das Ergebnis dieser Prüfung keine Eins mit Stern mehr werden würde. Er glaubte, das Wort »Minderleister« auf Schneidts Blatt entziffern zu können. Und der Chef hatte sich noch lange nicht beruhigt.

»Die ganze Region wartet darauf, dass wir diesen Mord aufklären, und Sie werden diese Nuss knacken, Morgenstern. Aber solange der Fall offen ist, bekommen Sie von mir keinen Tag, ach, was sag ich: keine *Stunde* Urlaub! Ich erwarte Samstags-, Sonntags- und Feiertagsdienst, bis der Täter hinter Gittern ist. Danach können Sie von mir aus wieder einen Urlaubsantrag stellen – und ich werde ihn prüfen, ganz nach Vorschrift.«

Morgenstern zog den Kopf ein, nahm seine Kaffeetasse, nickte kurz und verließ dann wortlos das Büro.

Schneidt rief ihm nach: »Schicken Sie mir als Nächsten gleich den Spargel rein, dann machen wir das in einem Aufwasch mit diesem psychologischen Personalführungsquatsch.« Wiehernd fügte er hinzu: »Polizei – Futur hoch drei.«

Geknickt fuhr Morgenstern nach Eichstätt. Den Urlaub in der Türkei konnte er nun endgültig abhaken. Wie sollte er Fiona erklären, dass sie und die Kinder ohne ihn fliegen mussten?

Die Kaserne der Bereitschaftspolizei lag am östlichen Ende der Stadt, direkt gegenüber dem Volksfestplatz. Morgenstern war regelmäßig hier; in der Sporthalle der Polizeischule fand jeden Donnerstagabend das Volleyballtraining des Polizeisportvereins statt. Morgenstern war gleich nach seinem Umzug nach Eichstätt Mitglied geworden, um neue Freundschaften zu knüpfen. Er musste sich allerdings eingestehen, dass ihm das bisher nur zu einem kleinen Teil gelungen war. Aber immerhin kannte die Wache am Schlagbaum der Kaserne seinen alten Landrover und winkte ihn problemlos durch.

Morgenstern fuhr durch eine Allee von Lindenbäumen, mehrere Trupps von Polizeischülern kamen ihm auf dem Weg zu irgendeinem Lehrsaal oder zum Sport zu Fuß entgegen. Ganz unmilitärisch, ohne Gleichschritt, stellte Morgenstern neidvoll fest. Als er vor weit über zwanzig Jahren seine Ausbildung absolviert hatte, war militärischer Drill noch gang und gäbe gewesen. Und heute? Heute bestand die Hälfte des Polizeinachwuchses aus jungen Frauen. Frauen! Davon hatte man damals, Mitte der Achtziger, nur träumen können. Und vom Personalführungskonzept »Polizei – Futur hoch drei« war auch noch keine Rede gewesen. Kein Wunder, dass ältere Polizeibosse wie Adam Schneidt ihre liebe Not mit den Anforderungen der modernen Zeit hatten.

Morgenstern stellte seinen Wagen am Ende der Allee vor einem unscheinbaren Zweckbau ab. An der Tür wartete bereits der Hüter der Waffensammlung, Herbert Holzmann. Holzmann war ein knorriger, kurz vor der Pensionierung stehender Polizeiausbilder mit einem riesigen grauen Schnurrbart, der Morgenstern umstandslos duzte. Wie er gleich zur Begrüßung erzählte, hatte er auf seine »alten Tage« die Pflege und Betreuung der Waffensammlung übernommen. Die Besichtigung dieser Sammlung gehöre seit einigen Jahren zur Ausbildung der meisten bayerischen Jungpolizisten.

»Schön, dass du auch den Weg hierher gefunden hast«, sagte Holzmann. »Du wirst sehen, es lohnt sich.«

Die Waffensammlung befand sich im Keller und erstreckte sich über mehrere Räume.

»Donnerwetter«, staunte Morgenstern, als er sich umsah. »Damit kannst du jeden Krieg gewinnen.«

»Kommt darauf an, in welchem Jahrhundert«, sagte Holzmann und begann mit der für Sammler typischen Begeisterung die Gewehre und Pistolen, Revolver und Karabiner, Messer und asiatischen Wurfsterne, Handgranaten, Würgehölzer und Maschinengewehre zu erläutern, die an den Wänden hingen oder in Vitrinen lagen.

»Hier, schau dir mal das an«, Holzmann deutete auf ein Gewehr, das hinter Glas lag, »eine Kalaschnikow. Die hatte das palästinensische Terrorkommando 1972 beim Olympia-Attentat in München dabei.«

Morgenstern war beeindruckt.

»Und hier, das Maschinengewehr kennst du vielleicht noch aus deiner eigenen Ausbildung?«

Morgenstern verneinte.

»Ach, dann bist du wohl jünger, als du aussiehst«, sagte Holzmann uncharmant. »Das Ding hier«, er klopfte liebevoll auf das schwarz glänzende Metall, »gehörte bei der Bayerischen Bereitschaftspolizei früher zur Standardausrüstung. War damals halt alles noch ein bisschen militärischer organisiert hier. Damals hatte man noch Angst, dass kommunistische Überfallkommandos in die Bundesrepublik eindringen und am Siegestor in München die rote Fahne hissen.«

Nachdem sich Morgenstern gründlich umgesehen hatte, kam er zur Sache: »Es geht mir um den Mord hier in Eichstätt, dieser Jäger oben am Berg, du weißt schon.« Er kramte in seiner Tasche nach einem Notizzettel, auf den er zwei Zahlen gekritzelt hatte. »Wir wissen bisher nur, dass er mit einer Patrone vom Kaliber 7.92 mal 57 Millimeter erschossen wurde, der Ballistiker beim LKA sagte mir, dass das typische Jagdmunition sei. Zeig mir doch mal die Waffen, die dafür in Frage kommen.«

Jetzt war Holzmann ganz in seinem Element. Endlich einmal konnte er sein ganzes Wissen ausspielen, und Morgenstern musste schnell einsehen, dass seine Vorstellung vom vorgezogenen Feierabend eine Illusion gewesen war.

»Jagdwaffen«, schwärmte Holzmann, »da haben wir wirklich wunderschöne Stücke hier. Alles, was das Herz begehrt. Aber sie sind natürlich alle ein für allemal schießunfähig gemacht worden. Für einen Waffenfreund ist das ein Jammer.«

Ein Stück ums andere nahm er aus den hölzernen Wandhalterungen, wog es in Händen, erklärte die Details und die Besonderheiten. Und es dauerte nicht lange, da kroch in Morgenstern eine bleierne Müdigkeit hoch. Seine Beine wurden schwer, die Augenlider ebenso. So genau hatte er es nun auch nicht wissen wollen. Er gähnte. Doch Holzmann nahm von diesem Signal keine Notiz, sondern zog Morgenstern zu einer Vitrine, in der Munition ausgestellt war.

»Hier haben wir auch die 7.92er, ein Klassiker unter den Kalibern«, erklärte er. »Die wird von Jägern schon seit Jahrzehnten verwendet. Wenn du damit auf einen kapitalen Hirsch schießt, hat er keine Chance. Und das Beste: Die Kugel geht glatt durch. Dein Wildbraten bleibt also einigermaßen heil. Manch andere Munition liefert dir dagegen das Rehragout schon fertig geschnetzelt. Eine Riesenschweinerei, wie du dir vorstellen kannst.«

Morgenstern nickte und dachte daran, wie Matthias Schreiber am Fuße des Jägerstands in seinem Blut gelegen war – einigermaßen heil, um in Holzmanns Sprache zu bleiben.

Holzmann führte Morgenstern zu einer anderen Vitrine. »Hier haben wir sogenannte Wildererwaffen. Schnell zerlegbar, oft mit einem aufschraubbaren Schalldämpfer. Das meiste ist Marke Eigenbau: Am Ende geht es immer nur darum, dass man das Ding unauffällig transportieren kann. Und dass der Schuss möglichst leise ist.«

Morgenstern nickte.

»Wilderer verwenden deswegen so gut wie nie die 7.92er«, stellte Holzmann fest. »Das ist für sie ein viel zu schweres Kaliber, viel zu laut.«

Morgenstern hatte genug gesehen und gehört, doch Holzmann fand kein Ende. »Schau mal hier: Ist das nicht eine tolle Parade? Darum beneidet uns sogar das bayerische Armeemuseum im Neuen Schloss in Ingolstadt.«

Stolz zeigte er auf mehrere große Holzgestelle, in denen Dutzende von fast gleichartigen Gewehren dicht an dicht standen. Wie im Büro eines Sheriffs im Wilden Westen, fand Morgenstern.

»Das sind Infanteriegewehre, also Karabiner. Mauser Modell K 98«, erklärte Holzmann. »Die wurden schon im Ersten Weltkrieg verwendet und haben sich so gut bewährt, dass sie unverändert auch im Zweiten Weltkrieg die Standardwaffe waren.« Er streichelte über eines der Gewehre. »Darf ich vorstellen – die Braut des Soldaten.«

Morgenstern verzog das Gesicht. Solche Sprüche lösten bei ihm fast reflexartig Brechreiz aus. Fehlte bloß noch, dass Holzmann aus irgendeiner seiner Vitrinen einen Packen Landser-Groschenromane zog und ihm daraus vorlas. Missmutig sah er sich die Gewehre an. Holzmann nahm eines aus dem Ständer und drückte es ihm in die Hände.

»Fühl mal! Damit haben unsere Väter und Großväter an allen Fronten gekämpft. Die K98, ein echter Klassiker. Wir haben hier noch eines mit abnehmbarer Schulterstütze, speziell für die deutschen Fallschirmjäger.«

Morgenstern stellte den Karabiner angewidert zurück und wandte sich zum Gehen. »Ich denke, ich habe für heute genug gelernt«, brummte er. Doch Holzmann palaverte unverdrossen weiter.

»Du wolltest doch etwas über die verschiedenen Kaliber wissen? Die NATO-Staaten haben heute bei ihren Gewehren alle ein einheitliches Kaliber: 7.62. Das ist praktisch, wenn es gegen einen gemeinsamen Feind geht, da kann man sich prima gegenseitig mit Munition aushelfen.«

Morgenstern stellte sein Gehör auf Durchzug und sah sich einen originalen Revolver der Marke Colt aus dem Jahr 1861 mit Griffschalen aus schimmerndem Perlmutt an. Wie gerne würde er einmal in die Vereinigten Staaten fahren, auf der Route 66 immer nach Westen bis nach Kalifornien. Stattdessen stand er hier im Keller der Eichstätter Bereitschaftspolizei und musste sich den drögen Vortrag eines Mannes anhören, der offenbar von Waffen besessen war.

»... die deutschen Infanteriegewehre in den beiden Weltkriegen hatten bekanntlich noch Kaliber 7.92, knapp acht Zentimeter also«, plätschert Holtmanns Stimme. »Das hieß damals der Einfachheit halber 8 Mal 57 IS. Das IS steht für Infanterie Spitz, weil es die Standardmunition der Infanterie war, mit ganz spitzen Geschossen, natürlich auch ein Klassiker. Aber es gab auch verschiedene andere ...«

Morgenstern, mental immer noch mit einer Harley Davidson in

der endlosen Weite auf der Route 66 unterwegs, vollführte eine Vollbremsung auf dem Highway. »Was hast du da eben gesagt?«, fragte er langsam. »Das mit dem Kaliber.«

»Ich habe gesagt, dass es im Weltkrieg auch verschiedene andere Kaliber gab.«

»Nein, ich meine, die Standardmunition, die mit der Spitze.«

»Ach so. Ja, das war Kaliber 7.92.«

»7.92, das ist genau das Kaliber, das heute überall als Jagdmunition verwendet wird«, folgerte Morgenstern überrascht.

»Stimmt.«

Morgenstern pflückte sich einen der Mauser-Karabiner aus dem Holzständer und sah ihn sich an, nun mit ganz neuen Augen. Er legte an, nahm die Wand ins Visier und fragte dann: »Wenn ich ein solches Gewehr habe, eines aus dem Zweiten Weltkrieg, würde das noch funktionieren?«

»Logisch, wenn es hin und wieder geölt wird, fehlt sich da nichts. Diese Gewehre sind unverwüstlich. Aber ihr Besitz ist natürlich strengstens verboten. Sind ja Kriegswaffen.«

»Und wäre die alte Munition auch noch funktionstüchtig?«, fragte Morgenstern gespannt.

»Nur wenn sie sehr sorgfältig gelagert worden ist. Aber dann könntest du es auf den Versuch ankommen lassen. Es besteht aber die Gefahr, dass dir dabei das ganze Gewehr um die Ohren fliegt.«

»Mir fliegt gar nichts um die Ohren«, stellte Morgenstern klar. »Ich ermittle nur. Ich schieße nicht.«

»Ich hoffe für dich, dass du das immer schön trennen kannst.«

Als Morgenstern vor seinem Haus hielt, sackte ihm das Herz in die Hose. Ihm stand ein schwerer Gang bevor. Er musste Fiona beichten, dass sie den Flug in die Türkei mit größter Wahrscheinlichkeit ohne ihn antreten musste. Vielleicht konnte sie ja eine andere Begleitung finden. Eine Freundin? Aber so kurzfristig würde sich das wohl nicht machen lassen. Auf jeden Fall lag familiärer Ärger in der Luft.

Übellaunig stieg Morgenstern die Treppe zur Wohnung hinauf. »Ich bin daheim«, rief er in den Flur.

»Du kannst die Schuhe gleich anlassen«, tönte es aus der Küche zurück. »Wir beide haben nämlich einen Termin«, rief Fiona.

»So? Davon weiß ich ja gar nichts.«
»Dann weißt du es eben jetzt. Wir gehen zum Optiker.«

Morgenstern hatte sich mit Händen und Füßen gewehrt, aber Fiona war hart geblieben und hatte ihn zum nächstbesten Eichstätter Optikergeschäft geschleppt. Vergeblich hatte er dafür plädiert, wenn es denn schon sein müsse, wenigstens nach Nürnberg zu fahren und dort die Filialen der großen Billigoptiker abzuklappern. Da könne er bestimmt viel Geld sparen, außerdem mal wieder seine Heimatstadt besuchen und – das sagte er natürlich nicht laut – die ganze Aktion auf den Sankt-Nimmerleins-Tag verschieben. Aber Fiona hatte darauf beharrt, den Eichstätter Einzelhandel zu unterstützen und zudem in Zukunft unkompliziert dessen Serviceleistungen zu nutzen. »Da kannst du dir deine Brille im Vorbeigehen immer wieder zurechtbiegen lassen.«
»Es ist überhaupt noch nicht klar, ob ich eine Brille brauche.«
»Wir werden sehen.«
Eine Viertelstunde später war die Sache glasklar: Morgensterns rechtes Auge hätte einem Maulwurf gehören können. Viereinhalb Dioptrien, stellte der Optiker erstaunt fest. Dass Morgenstern dennoch nicht ständig gegen Laternenpfähle lief, hatte er seinem treuen linken Auge zu verdanken, das eines Adlers würdig war.
»So einen Unterschied habe ich selten erlebt«, wunderte sich der Optiker. »Wie war das noch mal mit dem Schießen, Frau Morgenstern?«
Fiona erzählte noch einmal wortreich von den Fehlschüssen ihres Gatten, und das Rätsel war schnell gelöst. Morgenstern kniff beim Anvisieren des Ziels automatisch das linke Auge zu und bremste sich damit selbst aus.
»Sie müssten einfach nur das gute Auge zum Zielen verwenden«, empfahl der Optiker. »Aber unabhängig davon brauchen Sie dringend eine Brille. So kann das nicht weitergehen.«
Morgenstern hatte, wenn schon, denn schon, klare Vorstellungen: Es gebe da einen Film mit Steve McQueen mit dem Titel »Thomas Crown ist nicht zu fassen«, da trage McQueen diese unfassbar lässige hellblau getönte Brille.
»Geht's dir noch gut«, schimpfte Fiona. »Dann siehst du die ganze Welt nur noch himmelblau.« Energisch zog sie Morgenstern von

einer Vitrine zur nächsten und nötigte ihn, Dutzende von Gestellen, am Ende waren es wohl knapp fünfzig, anzuprobieren. Morgenstern moserte unablässig vor sich hin, sodass sich der Optiker ziemlich rasch aus der Beratung zurückzog und die Morgensterns nur noch aus sicherer Entfernung beobachtete.

Mittlerweile war es kurz vor achtzehn Uhr, und das bedeutete Feierabend in der Eichstätter Innenstadt. Verlängerte Öffnungszeiten betrachteten die örtlichen Geschäftsleute seit Jahren vor allem als Zumutung. Nur mit Mühe hatten sich die Einzelhändler darauf verständigen können, die geheiligte Kleinstadt-Siesta zu opfern und ihre Läden zumindest über Mittag geöffnet zu halten. Doch am Abend war um achtzehn Uhr fast überall pünktlich auf die Minute »Zapfenstreich«.

So drängte denn auch der Optiker allmählich auf einen Abschluss der endlosen Anprobe. Demonstrativ hängte er ein trendiges Türschild mit der Aufschrift »Sorry, We're Closed« in die Eingangstür und begann mit viel Geklapper, die von den Morgensterns ausgemusterten Brillengestelle wieder wegzuräumen.

Fiona ließ sich von diesen Signalen jedoch nicht beeindrucken, ebenso wenig wie von Morgensterns Gemaule. Der war inzwischen auf die Argumentationslinie umgeschwenkt, dass auch Kontaktlinsen eine Möglichkeit sein könnten. Davon bräuchte er angesichts seines Befundes nur eine einzige, nämlich fürs rechte Auge. Und außerdem könnte man dann jetzt das Brillenprobieren beenden.

Doch Fiona blieb hart. »Eine Brille brauchst du trotzdem. Doppelt genäht hält besser.« Sprach's und drückte Morgenstern ein modisches Gestell mit breitem schwarzen Rand und ebensolchen Bügeln auf die Nase. »Na bitte, das nenne ich eine Brille«, sagte sie freudig.

»Damit sehe ich aus wie eine Eule«, meuterte Morgenstern und machte laut »Schuhuhuh«, wobei er mit den Armen Flügelschläge simulierte.

»Die nehmen wir«, entschied Fiona, und ehe Morgenstern protestieren konnte, war der Geschäftsinhaber bereits erleichtert herbeigeeilt, um das Geschäft perfekt zu machen. Am Samstagvormittag könnten sie die Brille bereits abholen, kündigte er an, dann schob er die beiden unter Dankesworten zur Ladentür hinaus und drehte den Schlüssel zweimal im Schloss.

»Ich finde, Steve McQueen sah mit seiner Brille irgendwie cooler aus«, kartete Morgenstern auf der Straße nach.

»Aber nur im Film«, tröstete ihn Fiona.

Der Abend war angenehm mild und sonnig, und so entschied Morgenstern, Fiona zu Hause abzusetzen und selbst noch ein wenig zu ermitteln. Er wusste, dass er sich nur davor fürchtete, Fiona über den verpatzten Urlaub aufzuklären, aber er fuhr tatsächlich lieber noch mal mit dem Auto an den Waldrand, an dem Matthias Schreiber sein Leben ausgehaucht hatte. Nicht dass er mit einem konkreten Ergebnis gerechnet hätte, aber es tat ihm gut, zwischen den Bäumen herumzuschlendern, dem Spiel von Licht und Schatten zuzusehen und einen klaren Kopf zu bekommen. Der Wald, so viel war ihm klar, war der denkbar schlechteste Ort für eine Spurensuche jeglicher Art. Ein Auto zum Beispiel müsste schon durch eine schlammige Pfütze gefahren sein, um hier brauchbare Reifenabdrücke zu hinterlassen, für Fußabdrücke galt dasselbe, und es war auch nicht anzunehmen, dass der Mörder seine Jacke samt Personalausweis an einem Baum hängen gelassen hatte. Wonach suchte er also, außer vielleicht nach einer nagelneuen, messingglänzenden Patronenhülse? Nach einem alten Tempotaschentuch mit brauchbarer Nasenpopel-DNA?

Morgenstern stromerte von Schreibers Jägerstand aus zunächst am Waldrand entlang, wandte sich nach zweihundert Metern um und ging wieder zum Hochstand zurück, diesmal allerdings etwas weiter zwischen den Bäumen hindurch. Das raschelnde Laub zu seinen Füßen roch nach Pilzen und Moder, nicht unangenehm, dachte Morgenstern.

Etwa fünfzig Meter hinter dem Hochstand blieb er stehen. Kein Ort für den Mörder, dachte er. Der Schuss musste von der gegenüberliegenden Seite, von vorne, gekommen sein. Er wollte schon weitergehen, da fiel ihm zwischen dem gelb glänzenden Laub ein kleines Stück Papier auf. Er beugte sich vor und sah es sich an, ohne es anzufassen. Dann griff er in seine Jackentasche, holte ein sauberes Papiertaschentuch heraus und griff damit nach dem bedruckten Blättchen. Vorsichtig hob er es gegen das Licht, kniff ein Auge zusammen und pfiff dann leise durch die Zähne.

»Was haben wir denn hier?«, fragte er leise und las sich selbst die

Antwort vor: »Freundschaftskampf Box-Club Eichstätt gegen Ústí nad Labem (Tschechische Republik). Sonntag, 2. September, zehn Uhr. Volksfest Eichstätt. Festzelt.«

Eine Eintrittskarte – in der Mitte eingerissen. Und sie konnte nur einem gehören, dachte Morgenstern euphorisch: dem Mörder! Ja, genau so musste es gewesen sein: Der Mörder war vormittags im Bierzelt auf dem Volksfestplatz gewesen, um sich den Boxkampf anzusehen. Und nachts war er hier oben im Wald knapp hinter Matthias Schreibers Hochstand herumgeschlichen. Er hatte die eingerissene Eintrittskarte noch in der Tasche gehabt und sie dann dummerweise verloren, vor oder nach dem Mord an dem Jäger. Ja, so musste es gewesen sein.

Wer aber war der Mörder? Auf der Eintrittskarte würden sich zweifellos brauchbare Fingerabdrücke finden. Das Ding musste schleunigst ins Labor im Polizeipräsidium. Eine warme Woge durchflutete Morgenstern. Ich bin ein Glückspilz, jubelte er innerlich. Nein, viel besser: Ich bin ein Spürhund, ein Terrier! Vorsichtig schob er die Eintrittskarte in seine Jackentasche.

Auf dem Weg zurück zu seinem Wagen kam ihm ein unangenehmer Gedanke: Konnte es nicht sein, dass Jäger Schreiber selbst unter den Zuschauern des Boxkampfs gewesen war und das Ticket später hier im Wald verloren hatte? Aber wie auch immer: Morgenstern musste sich die Zuschauer des Boxkampfs vornehmen.

»Der technische Fortschritt macht's möglich«, murmelte er, als er ins Auto stieg und mit überhöhter Geschwindigkeit nach Hause fuhr.

Immer drei Stufen auf einmal nehmend stürmte er die Treppe zu seiner Mietwohnung im ersten Stock hinauf und rannte in das kleine Gästezimmer, das zugleich als Bügel- und Arbeitszimmer herhalten musste. Hier stand der Computer der Familie Morgenstern, ein Gerät, das er selbst nur selten in Betrieb nahm. Er hätte das Ding nicht gebraucht, aber Fiona hatte auf der Anschaffung bestanden. Im Gegensatz zu Morgenstern pflegte sie regen E-Mail-Kontakt zu allen möglichen Bekannten.

Nervös fuhr er den Rechner hoch und startete das Suchprogramm.

»Fotos! Gib mir brauchbare Fotos vom Boxkampf«, beschwor

er die Maschine. Wer hatte am Sonntagvormittag im Festzelt fotografiert? Wer hatte Aufnahmen vom Publikum gemacht? Der Box-Club selbst? Fieberhaft suchte Morgenstern nach einem Eintrag des Vereins. Tatsächlich fand er eine Homepage des Clubs. Doch die neuesten Fotos, die von den Boxern ins Netz gestellt worden waren, stammten vom Vereinsausflug irgendwann im Frühjahr.

»Hätte ich mir denken können!«, schimpfte Morgenstern. Wer stellte sonst Fotos ins Internet? Die Lokalzeitung natürlich! In der Montagsausgabe hatte er doch sogar ein Bild der Eichstätter Faustkämpfer gesehen. Wo es eines gab, da mussten auch noch weitere sein. Morgenstern brauchte vor Anspannung drei Anläufe, bis er endlich die richtige Adresse eingetippt hatte. Und tatsächlich: Schon nach kurzem Suchen fand er auf der Homepage des Donaukurier eine ganze Flut von Fotos vom vergangenen Eichstätter Volksfestsonntag. Die besten Motive hatte Morgenstern schon in der gedruckten Montagsausgabe der Zeitung gesehen, aber im Unterschied zur Tageszeitung hatte das große, weite Internet Platz selbst für die verwackeltste Aufnahme.

Klick, klick, klick – systematisch filzte Morgenstern die Fotos vom Boxkampf. Etwa ein Dutzend Bilder zeigte, wie sich die Staffel der Gastgeber gegen die Sportler aus Tschechien blutige Nasen holte. Der Boxring war auf einem Podium in der Mitte des Bierzelts errichtet worden, und der Fotograf hatte seine liebe Not gehabt, die ständig in Bewegung befindlichen Boxer einigermaßen einzufangen. Vielleicht dreihundert Zuschauer, so Morgensterns Schätzung, umlagerten den Ring. Fast ausschließlich Männer, die mit vor Aufregung und vormittäglichem Biergenuss geröteten Gesichtern mit der Heimmannschaft mitfieberten. Manche waren von ihren Tischen aufgestanden und feuerten die Boxer gestenreich an.

»Wer von euch ist mein Mann?«, murmelte Morgenstern. Und wieder überfiel ihn die Sorge: Hoffentlich sitzt da nicht der alte Schreiber.

Doch von Schreiber war weit und breit nichts zu sehen. Und eines war Morgenstern klar: Nach allem, was er über Schreiber senior erfahren hatte, war der kein Mann für die zweite Reihe, für die billigen Plätze gewesen. Wenn er im Festzelt gesessen hätte, dann ganz vorne mit unverstellter Sicht auf den Boxring.

Klick, klick, klick – wieder und wieder blätterte er sich durch die

Fotos. Dreihundert Zuschauer – unter ihnen womöglich der spätere Mörder. Wer von ihnen war zehn Stunden später, nach Einbruch der Dunkelheit, am Rande des Sauparks gewesen und hatte den Jäger Matthias Schreiber ins Visier genommen? Hochkonzentriert studierte Morgenstern Gesicht um Gesicht.

»Ich kriege dich!«, presste er zwischen den Zähnen hervor. »Irgendwo hier musst du stecken!«

Die optimal erkennbaren Besucher hatte er längst ausführlich unter die Lupe genommen. Jetzt betrachtete er auch die Männer, die gerade aus ihrem Bierkrug tranken, sich zur Seite gedreht hatten oder fast zur Gänze von anderen Boxfans verdeckt waren.

Klick, klick – Moment! Morgenstern schlüpfte fast in den Computer, so nahe ging er mit der Nase an den Bildschirm heran. Auf dem vorletzten Bild, weit hinten, war eine Gruppe Männer zu sehen, die mit ihren Lederjacken wie Mitglieder eines Motorradclubs wirkten. Und mitten unter ihnen, vor einer Maß Festbier, saß ein stämmiger Mann, dessen Konturen zwar ziemlich unscharf waren, der aber doch eindeutig zu erkennen war: markante Koteletten, eine steil nach oben ragende schwarze Haartolle – Erwin »Elvis« Zachinger.

Morgenstern jubelte innerlich. Dann stand er auf, ging zum Telefon und wählte die Privatnummer seines Kollegen Peter Hecht.

»Ich bin's, Mike!«, rief er triumphierend in den Hörer. »Komm sofort in die Zentrale nach Ingolstadt! Ich sage nur ein Wort: Großfahndung!«

Morgensterns neueste Erkenntnisse lösten im Polizeipräsidium helle Aufregung aus. Polizeidirektor Adam Schneidt kam fast gleichzeitig mit Peter Hecht im Präsidium an.

»Endlich geht in dieser Sache etwas voran«, lobte er, nachdem Morgenstern ihm das Boxkampfbillett präsentiert hatte. »Ihre gewilderte Gams war als Indiz zwar nicht schlecht, aber noch nicht ausreichend. Reines Glück, dass wir am Montag den Durchsuchungsbeschluss vom Richter bekommen haben. Aber nun sieht das alles sehr viel besser aus.«

Wenige Minuten später kam aus dem Labor der positive Bescheid: Einer der Fingerabdrücke auf der Eintrittskarte stammte von Erwin Zachinger. Die Spurensicherung hatte bei der Hausdurchsuchung in Biesenhard einen Kamm aus dem Badezimmer mitgenommen, auf dem sich genügend Abdrücke als Vergleichsmaterial und zudem einige schwarz glänzende Haare für einen eventuell nötigen DNA-Test gefunden hatten.

»Jetzt können wir der Presse endlich einen Erfolg melden«, sagte Schneidt. »Ich gehe noch heute übers Lokalradio an die Öffentlichkeit und bitte die Bevölkerung um Hinweise.«

»Halten Sie das für klug?«, fragte Hecht mutig.

»Aber natürlich. Wir erhöhen systematisch den Druck auf diesen Zachinger. Ich bin mir sicher, dass er sich freiwillig stellt, wenn er merkt, dass sich die Schlinge zuzieht. Vorausgesetzt, er kann irgendwo Radio hören.«

»Und wenn er sich ins Ausland absetzt?«, fragte Morgenstern.

»Die Fahndung geht bundesweit raus. Da kommt er über keine Grenze.« Schneidt war in seinem Element.

Ganz der große General, dachte Morgenstern.

Eine halbe Stunde später brachte der Ingolstädter Regionalsender bereits, dass die Polizei wegen dringenden Tatverdachts nach Erwin Zachinger aus Biesenhard fahnde und die Bevölkerung um Hinweise bitte. Es sei allerdings erhöhte Vorsicht geboten, der Mann sei möglicherweise bewaffnet. Zuletzt sei er in Ochsenfeld im Landkreis Eichstätt gesehen worden.

»Morgen kommt unser Aufruf auch noch in der Zeitung«, teilte Schneidt seinen Ermittlern mit. »Dann wird es ganz, ganz eng für diesen Zachinger.«

»Wo er sich wohl verkrochen hat?«, rätselte Morgenstern. »Vielleicht bei einem seiner Biker-Freunde, mit denen er beim Boxkampf war?«

»Dann hätten wir schlechte Karten«, gab Hecht zu bedenken. »Solche Leute verpfeifen niemals einen der ihren an die Polizei. Egal was er getan hat.«

»Ja, die haben seltsame Vorstellungen von Ehre«, sagte Morgenstern nachdenklich. »Zusammenarbeit mit der Polizei, das ist für die Verrat. Denunziantentum.«

»Hoffen wir also auf die braven Bürger«, sagte Schneidt, dessen Optimismus ungebrochen war, und schickte seine Ermittler nach Hause.

Es war etwa einundzwanzig Uhr dreißig, als Morgenstern auf der Bundesstraße 13 durch den Wald ins Altmühltal hinabfuhr und den Ostrand der Stadt mit dem immer weiter wuchernden Gewerbegebiet erreichte. Schon von Weitem sah er, dass über dem Volksfestplatz ein Feuerwerk abgebrannt wurde. Die Lichter des Riesenrades und der Fahrgeschäfte waren abgeschaltet worden, der Platz lag im Halbdunkel, und darüber explodierten Hunderte, Tausende von bunten Raketen und Böllern. Wie viele andere Autofahrer auch, stellte Morgenstern seinen Wagen am Straßenrand ab, schaltete die Warnblinkanlage ein, stieg aus und sah sich das Spektakel an. Für eine Weile schien es, als brenne die ganze Bergflanke, ein andermal wurden riesige, rot leuchtende Herzen in den Nachthimmel geschossen, wo sie in glühende Splitter zerbarsten.

Vom Volksfestplatz war Johlen und Applaus zu hören, wenn den Zuschauern eine Raketenfolge besonders gefallen hatte. Schließlich wurde der Rhythmus der Raketen immer dichter, die Choreographie der Feuerwerker steuerte auf den abschließenden Höhepunkt zu. Ein Trommelfeuer von Raketen, begleitet vom ohrenbetäubenden Krachen der Böller, ging über dem Volksfestgelände nieder – und mit einem Mal war Schluss. Ein letzter, gewaltiger Böllerschlag hallte über das Altmühltal und brach sich an den Bergflanken, als wäre eine riesige Bombe in der Stadt explodiert. Dann folgte lang anhaltender Applaus. Der Platz lag nun in fast völligem Dunkel. Morgenstern stand wie gebannt neben seinem Wagen. Was für ein Spektakel, dachte er.

Ohne es zu wollen, schoben sich Bilder vom Irakkrieg vor sein inneres Auge, von den Luftangriffen der Amerikaner auf Bagdad, live übertragen im Fernsehen von CNN. Von einschlagenden Raketen, die mitten in der Nacht Zerstörung und Tod brachten und aus der Ferne nicht viel anders ausgesehen hatten als dieses friedliche, fröhliche Feuerwerk. Morgenstern wischte den Gedanken weg und war erleichtert, als in der Ferne die Lichter des Riesenrads wieder angeschaltet wurden.

DONNERSTAG

Am nächsten Vormittag herrschte im Präsidium nervöse Spannung. Morgensterns Telefondurchwahl war im Donaukurier abgedruckt worden, das hatte der Spätdienst der Redaktion auf persönliches Bitten des Polizeipressesprechers noch möglich gemacht. Und nun saß der Oberkommissar zusammen mit Peter Hecht vor dem Apparat und starrte ihn an wie die Schlange das Kaninchen.

»Nun läute endlich, du verdammtes Ding«, fluchte Morgenstern und übte sich weiter in Hypnose.

Hecht sah ihn kopfschüttelnd an. »So etwas kann man nicht erzwingen.« In diesem Moment klingelte das Telefon.

Mit einem Ruck nahm Morgenstern den Hörer ab, während Hecht die Aufnahmetaste drückte, um das Gespräch mitzuschneiden.

»Kriminaloberkommissar Morgenstern, Kripo Ingolstadt«, meldete er sich.

Es blieb einen Augenblick still in der Leitung, dann war eine zögernde Frauenstimme zu hören: »Sind Sie der Kommissar, der nach diesem Zachinger sucht?«

»Richtig, der bin ich.«

»Der mit den Cowboystiefeln oder der andere?«

»Woher wissen Sie das? Ja, ich bin der mit den Stiefeln.«

Die Frau machte wieder eine kurze Pause, als wollte sie sich die Sache noch einmal durch den Kopf gehen lassen. Dann sagte sie einen einzigen Satz: »Wenn Sie wieder mal Rehragout essen, dann geben Sie ein anständiges Trinkgeld!«

»Wie bitte?«, fragte Morgenstern verwirrt und hakte dann nach: »Wo finden wir Erwin Zachinger? Und wer sind Sie?«

Doch aus dem Hörer kam nur noch ein gleichmäßiges Tuten. Die Frau hatte aufgelegt.

»Das war die Kellnerin aus Meilenhofen«, sagte Morgenstern, nachdem sie die Aufnahme noch zweimal abgehört hatten. »Die Frau spricht in Rätseln, aber ich denke, ich weiß, worauf sie hinauswill. Wir finden Zachinger im Sportheim. Sie will ihn wahrscheinlich nicht ausdrücklich bei uns verpfeifen.«

»Gut möglich«, sagte Hecht. »Aber eine klare Ansage wäre mir lieber. Das ist kein Tipp, das ist eine Zumutung. Wenn wir da mit der großen Mannschaft ausrücken und die Meldung war eine Ente, dann machen wir uns lächerlich.«

»Von mir aus. Dann fahren wir eben in kleiner Besetzung nach Meilenhofen. Nur wir beide.«

Die beiden Kommissare hatten ihr Auto unauffällig ein Stück abseits des Meilenhofener TSV-Geländes abgestellt und pirschten sich zu Fuß von hinten an das Sportheim heran. Das Dachgeschoss war offenbar zu einer Wohnung ausgebaut, wie aus Vorhängen und Blumentöpfen an den Fenstern zu schließen war. »Da wohnt bestimmt die Wirtin«, flüsterte Hecht und deutete nach oben. »Falls sich Erwin Zachinger tatsächlich hier versteckt hält, dann wahrscheinlich da oben.«

Unbemerkt erreichten Hecht und Morgenstern ein weit geöffnetes Fenster, das durch ein Fliegengitter abgeschirmt war, und spähten hinein.

»Die Küche«, flüsterte Morgenstern und gab fast gleichzeitig den Befehl: »Kopf runter. Die Wirtin kommt.« Synchron tauchten die beiden Ermittler ab.

»Dann ist sie jedenfalls nicht oben in der Wohnung«, sagte Morgenstern und wagte wieder einen kurzen Blick durchs Fenster. »Sie rührt in ihrem Wildgulasch.«

Geduckt schlichen die beiden an der Wand entlang und bogen um die Ecke. Eine schmale stählerne Außentreppe führte in den ersten Stock: der separate Zugang, wenn man nicht durch die Wirtschaft gehen wollte.

»Da oben höre ich was. Da läuft ein Fernsehgerät«, flüsterte Hecht und deutete zu einem gekippten Fenster mit zugezogenem Vorhang.

»Da hockt einer vor der Glotze«, bestätigte Morgenstern gedämpft.

»Und wenn es nicht Zachinger ist, sondern irgendein Harry Harmlos?«, fragte Hecht.

»Dann wünschen wir ›Weiterhin gute Unterhaltung‹ und sind ruckzuck wieder draußen«, gab Morgenstern zurück.

»Dein Wort in Gottes Ohr«, seufzte Hecht.

Leise wie Serieneinbrecher stiegen die Kommissare die schmale Treppe nach oben.

»Hoffentlich ist die Tür offen«, flüsterte Hecht.

»Ewiger Pessimist«, zischte Morgenstern und drückte langsam die Klinke. Die Tür war unversperrt.

Ein dämmriger Gang lag vor ihnen. Nach rechts ging es in den Raum, in dem sie deutlich den Fernsehapparat hören konnten.

Sie warteten eine halbe Minute und lauschten gespannt. »Eine Gerichtsshow«, flüsterte Hecht. »Das passt perfekt.«

Die beiden Ermittler nickten sich zu, zogen ihre Pistolen und machten sie einsatzbereit. Hecht prüfte kurz den Sitz der Handschellen, die er am Hosenbund trug. Dann drückte er die Tür auf und sagte mit einer Lässigkeit, die Morgenstern ihm nicht zugetraut hätte:

»Einen wunderschönen Vormittag, Herr Zachinger!« Er trat auf den Mann zu, und noch ehe der richtig reagieren konnte, war seine rechte Hand per Handschelle an einen eisernen Heizkörper gefesselt.

Zachinger war nur mit einer knapp bemessenen Unterhose mit Leopardenmuster sowie einem weißen Netzunterhemd bekleidet und saß in einem zerwühlten Doppelbett, neben sich eine Tüte Paprikachips und einen Teller, auf dem noch der Zipfel einer Currywurst sowie etliche Pommes frites lagen. Der Fernseher stand auf einem Tisch direkt vor dem Bett.

Morgenstern trat auf den Apparat zu, warf kurz einen Blick auf die Gerichtssendung, schaltete das Gerät dann aus und sagte: »So, Herr Zachinger. Den nächsten Prozess dürfen Sie live erleben. Am Landgericht in Ingolstadt. Mit Ihnen als Hauptdarsteller.«

Zachinger hatte es immer noch die Sprache verschlagen. Erst als Morgenstern ihm die Bettdecke unter dem Hintern wegzog und dabei die Chips zu Boden warf, kam Bewegung in ihn.

»Verdammt noch mal, was soll das alles?«, fragte er aufgebracht.

»Ich will bloß sicherstellen, dass Sie unter ihrem kuschelweichen Federbett nicht versehentlich ein Schlachtermesser versteckt haben«, erläuterte Morgenstern fröhlich. »Aber ich muss schon sagen, Zachinger: Sie enttäuschen mich.«

»Warum?«, knurrte der Metzger zurück.

»Wir hatten Sie eigentlich als Jura-Rambo im Wald vermutet oder vielleicht sogar in einer Hotzenplotz-Räuberhöhle. Stattdessen sitzen Sie hier in Unterwäsche vor dem Fernseher.« Morgenstern schüttelte missbilligend den Kopf. »Na ja, so kommen wenigstens Ihre Tätowierungen voll zur Geltung. Lassen Sie mal sehen.« Er rückte näher heran. »Das Übliche«, meinte er dann mit Blick auf eine Kobra mit weit aufgerissenem Maul, eine sich räkelnde vollbusige, nackte Frau und eine Rose. »Ich habe auch schon hin und wieder mit dem Gedanken gespielt, mir ein Tattoo machen zu lassen. Aber wenn ich Sie so sehe, lasse ich das lieber sein.«

Zachinger grunzte. »Wer hat mich verpfiffen?«, fragte er.

»War anonym, das Vögelchen hat uns seinen Namen nicht genannt«, antwortete Morgenstern. »Aber irgendwann hätten wir Sie so oder so gefunden.«

»Wie lange hätten Sie das eigentlich noch getrieben hier, dieses Versteckspiel auf Kosten Ihrer Freundin?«, fragte Hecht. »Das hatte doch wirklich keine Perspektive, da hätten Sie genauso gut freiwillig in den Knast gehen können.«

»Lassen Sie das mein Problem sein«, gab Zachinger zurück. »Außerdem wird einem im Knast kein Essen ans Bett serviert, von Frauenbesuch ganz zu schweigen. Ich habe ganz einfach gehofft, dass ihr den Typen findet, der den alten Schreiber erschossen hat. Dann wäre ich wieder aus der Deckung gekommen. Das bisschen Wilderei, das sitze ich auf einer Backe ab. Aber Mord: Das ist ein anderes Kaliber.«

»Genau so sehen wir das auch«, sagte Morgenstern. »Peter, ruf doch schon mal in der Zentrale an, dass sie unseren Herrn Zachinger hier abholen können.«

Hecht ging nach draußen in den Flur und informierte per Handy das Polizeipräsidium. In zwanzig Minuten würde ein vergitterter Wagen, die »Grüne Minna«, vor der Tür stehen.

»Wir haben also noch ein bisschen Zeit für gepflegte Konversation«, sagte Morgenstern. »Kurz und knapp: Wo waren Sie in der Nacht von vergangenen Sonntag auf Montag? Nur zur Erinnerung: Das war die Nacht, in der Matthias Schreiber auf seinem Jägerstand erschossen worden ist.«

Zachinger rutschte nervös auf dem Bett hin und her und sagte dann: »Ich war, soweit ich mich erinnere, zu Hause. Am nächsten Tag standen zwei Schlachttermine an. Eine Sau am Vormittag und am Nachmittag gleich die nächste. Da muss ich um halb acht schon bei meiner Kundschaft sein und stehe um sechs Uhr auf. Wenn man da nicht ordentlich ausgeschlafen ist, wird das nichts. Ich habe mir also erst im Fernsehen den ›Tatort‹ angeguckt, und danach bin ich ins Bett gegangen. Mit meiner Frau.«

Hecht schaltete sich ein. »Weiß Ihre Frau, dass Sie hier in Meilenhofen eine Geliebte haben?«

»Nein, davon weiß sie nichts«, räumte Zachinger ein.

»Das wird sie nicht freuen«, sagte Morgenstern. »Aber vielleicht gibt sie Ihnen das Alibi mit dem ›Tatort‹ und dem frühen Zubettgehen trotzdem.«

Zachinger dachte mit mahlendem Kiefer nach. »Sie wird es schon bestätigen.«

»Nur zur Vollständigkeit, Herr Zachinger: Am Sonntagvormittag waren Sie in Eichstätt auf der Wiesn und haben sich den Boxkampf angesehen, das ist doch richtig, oder?«, sagte Morgenstern mit gespielter Beiläufigkeit.

Zachinger stutzte erst und zog die Stirn kraus, dann grinste er. »Das hat Ihnen meine Frau erzählt, stimmt's?«

»Falsch geraten, Zachinger«, konterte Morgenstern. »Das haben wir ermittelt. Es gibt sogar ein Foto, das Sie als Zuschauer zeigt.«

»Und wenn schon? Das beweist bloß, dass Sie mit Ihren Schnüffeleien Ihre Zeit verschwenden. Sonntagvormittag war der Jäger Schreiber noch bei bester Gesundheit«, gab Zachinger zurück; es war allerdings nicht zu übersehen, dass er immer angespannter wurde. »Geben Sie mir mal meine Decke wieder, mir wird kalt«, forderte er.

Morgenstern kam der Aufforderung nicht nach, sondern reichte ihm stattdessen eine ausgewaschene Jeans, die zusammengeknüllt auf dem Boden lag. »Ihr erotisches Tarzan-Höserl kann ich mir auf Dauer nicht ansehen.«

Leise fluchend quälte sich Zachinger, eine Hand nach wie vor an den Heizkörper gefesselt, in die Jeans.

»Ihr Netzunterhemd ist auch nicht gerade eine Augenweide«, legte Morgenstern nach. »Aber das lassen wir jetzt mal so.«

»Ich habe Sie nicht eingeladen«, entgegnete Zachinger patzig. »Also, was soll das mit diesem Boxkampf?«

»Herr Zachinger, ich frage Sie noch einmal: Waren Sie in der Nacht zum Sonntag, oder von mir aus auch hinterher, in der Nähe des Jägerstands, auf dem Matthias Schreiber erschossen wurde?«

»Nein. Ich war früher mal da, unter anderem vor Jahren wegen dieser Gams. Das gebe ich zu. Aber ich war schon seit Wochen nicht mehr da oben.«

Peter Hecht hatte schon vor einiger Zeit einen kleinen Notizblock aus der Tasche gezogen und mitgeschrieben. Die letzte Aussage notierte er nun besonders sorgfältig und wiederholte sie laut: »Ich war schon seit Wochen nicht mehr da oben.«

Zachinger schaute irritiert, nickte dann aber. »Genau so ist es.«

»Und wenn wir Ihnen das Gegenteil beweisen könnten?«, fragte Morgenstern scharf.

»Es gibt nichts zu beweisen. Ich war nicht da.«

»Sie waren da. Genauso wie Sie vormittags im Bierzelt waren. Sie haben am Zelteingang eine Eintrittskarte gekauft. Für zehn Euro. Box-Club Eichstätt gegen irgendwelche Tschechen.«

Morgenstern fixierte Zachinger und deutete mit dem Zeigefinger auf ihn. »Eine kleine, eigens gedruckte Eintrittskarte. Sie haben das Ticket in Ihre Hosentasche geschoben. Machen alle so.«

Zachinger hörte tief atmend zu.

»Es sind Ihre Fingerabdrücke drauf, ist ganz logisch.«

»Ich habe Ihnen doch schon bestätigt, dass ich mir den Boxkampf angeschaut habe. Ich weiß nicht, worauf Sie hinauswollen.«

»Als Sie am Abend in den Wald gegangen sind, in den Saupark, da hatten Sie dieselbe Hose an wie am Vormittag im Bierzelt. Und raten Sie mal, was Ihnen im Wald aus der Tasche gefallen ist? Wir haben es gefunden. Ganz in der Nähe des Tatorts.«

Zachinger wurde bleich.

Hecht blätterte in seinem Notizblock eine Seite zurück und las noch einmal laut vor: »Ich war schon seit Wochen nicht mehr da oben.«

Morgenstern triumphierte innerlich, dann wisperte er gerade laut genug, dass Zachinger ihn noch verstehen konnte: »Klappe zu, Affe tot!« Lauter, drohend setzte er nach: »Was fällt Ihnen dazu ein, Zachinger?«

Der Metzger stöhnte und hielt sich eine Hand vor die Augen. »Also gut, ich war oben am Saupark. Sonntagabend, mit dem Fahrrad und meinem Rucksack.«

»Und dann haben Sie Matthias Schreiber aufgelauert und ihn erschossen«, kürzte Hecht ab.

»Nein, ich habe ihn nicht erschossen. Ich war es nicht!«

»Wer dann, wenn nicht Sie?«, fragte Morgenstern ungeduldig. »Mann, warum machen Sie nicht einfach Ihrem Herzen Luft?« Er dachte an die Türkei, die nun plötzlich in greifbare Nähe zu rücken schien.

»Ich war oben am Saupark. Gegen elf Uhr nachts bin ich angekommen. War gutes Licht. Dreiviertelmond. Als ich durch den Wald gekommen bin, habe ich schon das Auto vom Schreiber gesehen. Pech für mich. Der Alte saß auf dem Hochstand. Da konnte ich also gleich wieder nach Hause radeln.«

»Sind Sie aber nicht«, sagte Morgenstern.

»Nein, nicht sofort. Ich habe mich eine Weile zwischen den Bäumen versteckt und den Alten beobachtet. Einfach so, aus Neugierde. Ich dachte mir, vielleicht verliert er die Geduld, fährt nach Hause und überlässt mir das Feld. Er war in letzter Zeit nicht mehr so oft auf der Pirsch. Ich hatte praktisch freie Bahn. Wenn man so will, war ich sein Jagdpartner.«

»Ein sauberer Jagdpartner«, sagte Hecht.

»Jedenfalls, während ich mir hinter einer großen Buche die Beine in den Bauch stehe, fällt auf einmal ein Schuss. Öha, denke ich mir: Waidmannsheil, der alte Hias lässt's krachen! Als ich dann aber zum Jägerstand hinschaue, sehe ich, wie der Schreiber vom Hochsitz herunterfällt und unten ohne einen Mucks liegen bleibt. Ich habe ein bisschen gewartet, und als er sich immer noch nicht rührte, bin ich ganz langsam zu ihm geschlichen und habe mir die Sache angesehen. Es war gleich klar, dass da nichts mehr zu machen war. Selbstmord, habe ich mir gedacht, und dann bin ich vorsichtig wieder zurück und so schnell ich konnte heimgeradelt. Dass es kein Selbstmord war, habe ich erst am nächsten Tag im Radio gehört.«

»Schöne Geschichte, aber leider sehr unwahrscheinlich«, sagte Morgenstern, als Zachinger ihn erwartungsvoll ansah. »Sie waren am Tatort, als der Mord geschehen ist, Sie sind ein guter Schütze. Wo ist eigentlich Ihr Gewehr? Wir haben es bisher leider noch nicht finden können. Ich habe sogar in Ihren gebrauchten Socken gewühlt, ohne Erfolg.«

»Da hätten Sie lange suchen können. Waren Sie in meinem Schlafzimmer? Dann haben Sie auch Jimi Hendrix gesehen, oder? Im Goldrahmen überm Bett. Wenn Sie Hendrix abhängen, finden Sie eine Nische. Die habe ich selbst gemauert. Da ist meine Waffe drin samt Munition. Und ein bisschen Zeug zum Rauchen.«

»Gutes Versteck«, lobte Morgenstern. »Was ist das für ein Gewehr?«

»Eine spezielle Wildererwaffe. Lässt sich ganz leicht in mehrere Teile zerlegen. Ich lagere sie in einem alten Besteckkasten, der gehörte zur Aussteuer meiner Frau.«

»Und welche Munition verwenden Sie?« Ein Blick hinüber zu Hecht zeigte Morgenstern, dass der sich genauso wie er selbst auf die passende Antwort freute, auf das letzte Puzzleteil.

»Kleine Hornetgeschosse. Prima Munition. Extrem leise.«

Morgenstern entglitten für einen Augenblick die Gesichtszüge, dann sagte er barsch: »Das können Sie Ihrer Oma erzählen, aber nicht uns. Ich wette, dass Sie noch ein zweites Gewehr haben, mit großem Kaliber.«

Zachinger schüttelte den Kopf. »Warum sollte ich?«

»Weil, weil ... weil halt«, sagte Morgenstern. »Weil Sie Matthias Schreiber getötet haben, und weil Sie dafür Kaliber 7.92 verwendet haben. Darum. Und weil kein anderer in der Nähe war, oder fällt Ihnen vielleicht jemand ein?«

Die Frage war rhetorisch gemeint, zynisch fast. Doch Zachinger begann tatsächlich zu grübeln.

»Als ich zu meinem Radl gegangen bin, sind ganz in der Ferne zwei Leute gelaufen. Vielleicht hatten die etwas mit der Sache zu tun. Ich bin erst sehr spät aus meinem Versteck raus, um nach dem alten Schreiber zu sehen. Da hatten die alle Zeit der Welt, um weit weg zu kommen.«

»Aha. Der große Unbekannte. Oder besser gleich zwei Unbekannte. Und wir sollen die jetzt suchen und Sie dafür in Ruhe lassen«, ätzte Morgenstern. »Wissen Sie was, Zachinger? Ich glaube Ihnen kein Wort. Doch: Ich glaube Ihnen, dass Sie exakt zur richtigen Zeit am Tatort waren. Und alles andere weisen wir Ihnen auch noch nach, verlassen Sie sich drauf.«

Mit schnurrendem Motor fuhr draußen ein Fahrzeug vor. Morgenstern ging ans Fenster und schaute hinaus. »Die grüne Minna kommt Sie holen, Zachinger.«

Er ging zur Tür, um den Polizisten Bescheid zu geben, und wandte sich dann noch einmal an Zachinger. »Eins noch, bevor wir hier im Unfrieden auseinandergehen. Wenn man bedenkt, dass wir in Oberbayern sind, schmecken Ihre Bratwürste gar nicht mal schlecht. Ich würde allerdings mehr Majoran verwenden.«

»Rutsch mir doch den Buckel runter«, sagte der Hausmetzger.

***

Als Morgenstern am frühen Nachmittag im Polizeipräsidium sein E-Mail-Postfach öffnete, erwartete ihn eine Überraschung. Der Ballistiker vom Landeskriminalamt in München hatte am Abend eine kurze Mitteilung mit höchster Dringlichkeit geschickt: »Hallo, Morgenstern! Melden Sie sich umgehend bei mir. Betreff: Ihr Jagdgewehr.«

Morgenstern war wie elektrisiert. Das Jagdgewehr aus Walter Schreibers lindgrünem Waffenschrank, das er erst am Vortag per Kurier nach München geschickt hatte! An das hatte er überhaupt nicht mehr gedacht. Was konnte das LKA so schnell darüber herausgefunden haben? Er lief über den Flur zu Hechts Büro.

»Spargel, irgendetwas ist mit diesem Gewehr von Walter Schreiber faul.«

»Glaub ich nicht«, gab Hecht nüchtern zurück. »Wir haben den Zachinger festgenagelt, was soll also noch sein?«

Morgenstern tippte die Münchner Nummer ins Telefon, zweimal musste er neu wählen, weil er sich vor Nervosität verwählt hatte. Endlich klingelte es. Der Ballistiker war persönlich dran.

»Ah, der Kollege Morgenstern von der Kripo Ingolstadt. Schade, dass ich Sie gestern nicht mehr erreicht habe, dann hätte ich Ihnen die Nachricht einen halben Tag eher mitteilen können. Ich kann Ihnen jedenfalls nur gratulieren.« Morgenstern hatte den Lautsprecher des Telefons eingeschaltet und blickte Hecht fragend an.

»Also, dieses Gewehr, das Sie mir da geschickt haben, ist ganz ohne Zweifel genau dasselbe …« – er machte eine kleine Kunstpause – »… es ist genau dasselbe Gewehr, mit dem vor zwei Jahren die Raiffeisenbankfiliale in Nandlstadt in der Holledau überfallen wurde.« Morgenstern und Hecht erstarrten. Die Stimme am anderen Ende der Leitung sprach ungerührt weiter: »Es gibt keinen Zweifel, wir haben die Daten exakt verglichen.«

»Ein Ba... Ba... Banküberfall«, stotterte Hecht. Morgenstern wurde es heiß. »Ein Raub. Ja warum denn?«

»Was fragen Sie mich?«, gab der Waffenexperte zurück. »Ich weiß nur das, was mir unser Computer ausgespuckt hat. Es gab da einen Banküberfall in Nandlstadt, wir haben uns den Fall gleich kommen lassen. Vor gut zwei Jahren, am 23. Mai, hat ein maskierter Räuber die Raiffeisenbank überfallen und dabei fünfzehntausend Euro erbeutet. Er war mit genau dem Gewehr bewaffnet, das Sie mir gestern geschickt haben. Daran besteht kein Zweifel.«

»Und was war das für ein Täter?«, fragte Morgenstern. »Was weiß man über ihn?«

»Er ging äußerst brutal vor, nahm zwei Geiseln und schoss einmal in die Decke, um zu demonstrieren, dass es ihm ernst war. Wegen dieses Schusses konnten wir auch das Gewehr bestimmen. Das Projektil haben wir nun schon seit zwei Jahren mit allen Details im Computer.«

»Irrtum ausgeschlossen?«, fragte Morgenstern.

»Es besteht kein Zweifel. Bei jeder Waffe, die mir auf den Tisch kommt, werden automatisch alle alten Fälle durchgerastert. Man muss nur Geduld haben, dann findet am Ende jeder Topf seinen Deckel.«

Hecht dachte kurz nach. »Nandlstadt gehört schon zum Freisinger Zuständigkeitsbereich, da muss uns die Kripo da drüben helfen.«

»Bis Mittag haben Sie meinen schriftlichen Bericht als E-Mail auf dem Schreibtisch«, versprach der Ballistiker. »Ich gratuliere Ihnen jedenfalls schon mal. Eine Sache allerdings gibt mir zu denken: Mit diesem Gewehr ist offenbar erst vor Kurzem geschossen worden, vielleicht erst vor wenigen Tagen. Eventuell ist das eine heiße Spur für Sie.«

Morgenstern reichte Hecht demonstrativ den Telefonhörer und sagte: »Dein Part, Spargel!«

Hecht beichtete.

»Was machen wir jetzt?«, fragte Morgenstern.

»Wir setzen uns mit den Kollegen von der Kripo in Freising in Verbindung«, sagte Hecht.

Der zuständige Ermittler war ein altgedienter, sehr erfahrener Kollege, der kurz vor der Pensionierung stand und sein Glück kaum fassen konnte. »Ich hab schon befürchtet, ich müsste den Fall als ungelöste Altlast mit in den Ruhestand nehmen«, jubelte er am Telefon, als Hecht ihm die Neuigkeiten mitgeteilt hatte. »Ihr wisst ja selbst, wie solche offenen Rechnungen an einem nagen können. Ich war damals oft draußen in Nandlstadt, habe mit allen Zeugen gesprochen, mit den Geiseln, die der Mann genommen hatte. Mit einer Frau habe ich noch heute Kontakt.«

»Was ist der Frau passiert?«, fragte Hecht.

»Sie wollte damals gerade ihre Kontoauszüge abholen. Der Bankräuber hat ihr das Gewehr an den Hinterkopf gehalten. Sie ist bis heute in psychiatrischer Behandlung«, erzählte der Freisinger Kollege. Wie er weiter berichtete, hatten mehrere Bankangestellte inzwischen den Arbeitsplatz gewechselt, weil sie in der alten Filiale das Gefühl von Schutzlosigkeit und Angst nicht mehr losgeworden waren.

»Den Täter haben wir damals nicht erwischt, obwohl wir sofort eine Großfahndung eingeleitet haben. Er ist mit einem dunkelblauen Opel geflohen. Später haben wir den Wagen an einem Pendlerparkplatz neben der Autobahn A9 gefunden.«

»Lass mich raten: Das Auto war gestohlen«, tippte Hecht.

»Korrekt. Am Abend zuvor hat es jemand vom Gelände eines Autohändlers in Moosburg gestohlen, die Nummernschilder waren von einem anderen Auto.«

»Das klingt ziemlich professionell«, sagte Morgenstern. »War es ein Mann oder eine Frau?«

»Ganz sicher ein Mann. Er war zwar mit einer schwarzen Motorradfahrer-Sturmhaube maskiert, aber die Stimme, seine Statur und das ganze Auftreten waren eindeutig männlich. Wir haben auch Aufnahmen von der Überwachungskamera der Bank.«

Morgenstern dachte an Walter und Irmgard Schreiber, aus deren Waffenschrank das Gewehr stammte. Irmgard Schreiber war zwar recht groß und durchaus in der Lage, sich gegen ihren gewalttätigen Mann mit splitternden Vasen zu wehren, aber als Bankräuberin fiel sie nach dieser Beschreibung eindeutig aus. Es kam somit nur Walter Schreiber selbst in Frage.

»Was ich nicht verstehe, ist, dass der Eigentümer uns das Gewehr freiwillig gegeben hat«, sagte Morgenstern dem Kollegen. »Er hat es uns geradezu aufgedrängt. Da muss man schon Nerven haben. Bei der heutigen Technik musste ihm doch klar sein, dass die Sache in kürzester Zeit auffliegt.«

»Denk mal an die Champions von der Tour de France«, entgegnete der Freisinger. »Die pinkeln beim Dopingtest ganz lässig ins Reagenzglas und können es hinterher nicht fassen, dass ihnen Doping nachgewiesen wird.«

Hecht pflichtete bei: »Manche Leute geben freiwillige Haarproben ab, um zu beweisen, dass sie keine Drogen nehmen. Und dann fallen sie aus allen Wolken, wenn jedes Haar bis zur Wurzel mit Kokain vollgepumpt ist. Alles schon erlebt.«

»Ich komme so schnell wie möglich zu euch nach Ingolstadt«, kündigte der Freisinger Kollege an. »Das ist mein Fall. Da will ich persönlich dabei sein.«

»Nichts lieber als das«, sagte Morgenstern. »Wir servieren dir den Bankräuber auf dem Silbertablett.« Er schaute auf die Uhr. »Bis fünf Uhr haben wir ihn hier im Präsidium.«

»Ich werde da sein.«

»Und jetzt zum Kriminaldirektor!«, kommandierte Morgenstern. »Höchste Zeit, dass wir ihm unseren Erfolg unter die Nase reiben. Der hat einen völlig falschen Eindruck von unseren Qualitäten.«

»Stimmt. Wenn wir weiterhin zwei Fälle pro Tag lösen, wird Schneidt vielleicht befördert. Am besten weit, weit weg nach München ins Innenministerium.«

»Dann bekommt er die Federführung für die Personalführungsstrategie«, warnte Morgenstern. »Bloß nicht!«

Er klopfte mit übertriebener Entschlossenheit an Adam Schneidts Bürotür, wartete nicht auf eine Antwort, sondern zog die Tür mit einem extrabreiten Lächeln auf.

Adam Schneidt hatte auf seiner Couch gelegen und schreckte nun hoch. Anscheinend hatten ihn seine Ermittler aus einem kurzen Nachmittagsnickerchen geweckt.

»Können Sie nicht warten, bis ich ›Herein‹ sage?«, murrte er und setzte sich aufrecht hin.

»Nein, ausnahmsweise nicht«, gab Morgenstern zurück. »Kollege Hecht und ich haben nämlich gute Nachrichten.«

»Hat dieser Zachinger, den Sie heute festgenommen haben, endlich gestanden?«, fragte Schneidt.

»Noch nicht ganz. Der ist ein zäher Brocken. Aber wir haben ganz nebenbei einen alten Fall geklärt. Schwerer Banküberfall im Freisinger Gebiet.«

»Donnerwetter!«, sagte Schneidt und wollte aufstehen.

»Bleiben Sie ruhig sitzen«, sagte Morgenstern großzügig.

»Wir melden uns in ein bis zwei Stunden wieder bei Ihnen. Dann wissen wir mehr«, meinte Hecht.

»Sie können bis dahin ja ein paar Akten studieren. Vielleicht unsere Personalakten«, sagte Morgenstern.

Und ehe Schneidt antworten konnte, hatten die beiden, immer noch beschwingt vom unerwarteten Doppelerfolg, das Büro verlassen und die Tür hinter sich zugezogen.

Sie fuhren erneut hinaus zum Ingolstädter Gewerbegebiet, ins Wohnparadies Schreiber; wild entschlossen, Schreiber junior ins Präsidium mitzunehmen und ihn dort nach allen Regeln der Kunst durch die Mangel zu drehen.

Wieder betraten sie ein nahezu menschenleeres Geschäft. Der gelangweilte junge Verkäufer an der Kasse unterbrach sein vermutlich wieder einmal privates Telefongespräch erst, als ihm die Kriminalbeamten ihre Dienstausweise unter die Nase hielten. Nein, das Ehepaar Schreiber sei gerade nicht im Haus, teilte er mit, und er rechne heute auch nicht mehr mit den beiden. »Die sind beim Golfen, wie jeden Donnerstagnachmittag. Im Wittelsbacher Golfclub in Rohrenfeld.«

»Sicher?«

»Absolut sicher. Ich könnte sie auch auf dem Handy anrufen. Aber das müsste dann schon eine ganz dringende Sache sein. Herr Schreiber wird beim Golf nicht gerne gestört.«

»So dringend ist es dann auch wieder nicht«, log Morgenstern und gab Hecht das Signal zum geordneten Rückzug. Der Möbelverkäufer setzte sein Privattelefonat fort. Beim Hinausgehen konnten sie hören, dass es dabei um das letzte Spiel des FC Ingolstadt 04 ging, das mit einer Niederlage der »Schanzer« geendet hatte.

Die Fahrt zum Golfplatz dauerte knapp dreißig Minuten. Als sie durch eine lange, schmale Allee auf die Sportanlage zusteuerten, überlegten sie, wie sie Schreiber in die Zange nehmen wollten. Sie stellten den Wagen auf dem geschotterten Parkplatz vor dem Clubhaus ab und ließen sich von einem Angestellten den Standort der Schreibers zeigen. Sie seien einen knappen Kilometer vom Clubhaus entfernt und würden, so die Auskunft, begleitet von einem befreundeten Paar – einem Arzt des Ingolstädter Klinikums und dessen Gattin. Die Ermittler hatten also einen respektablen Fußmarsch vor sich.

Der Golfplatz war auf dem Gelände eines früheren Gutshofs angelegt und gehörte dem ehemaligen bayerischen Königshaus, den Wittelsbachern. Riesige, einzeln stehende Laubbäume prägten den Platz. Unter den Schirmen der mächtigen Eichen und Buchen hatte einst das herrschaftliche Vieh Schutz vor Sonne und Regen gefunden. Heute »grasten« rund um die Bäume die Freizeitsportler. Schon von Weitem sahen Hecht und Morgenstern das golfende Quartett, das sich im Stile des schottischen Landadels kostümiert hatte. »MacSchreiber«, spottete Morgenstern. Zielstrebig steuerten sie auf die vier zu, die ihnen bei ihrer Ankunft verwundert die Köpfe zuwandten.

»Sie schon wieder?«, fragte Schreiber sichtlich unerfreut.

Morgenstern hob beschwichtigend die Hand und stellte sich und Hecht dem Arztehepaar kurz vor.

»Wenn wir stören, können wir euch auch kurz allein lassen«, schlug der Mediziner vor.

Walter Schreiber widersprach: »Nein, Hartmut, bleib ruhig hier. Ich denke, dass sich alle Fragen im Nu beantworten lassen.«

»Da bin ich mir nicht so sicher«, sagte Hecht. »Es gibt nämlich gewisse, ähm, Komplikationen.«

»So, welche denn?«, fragte Schreiber. Morgenstern beobachtete ihn genau. Keine auffällige Regung.

»Sagt Ihnen der Ortsname Nandlstadt etwas, Herr Schreiber?«, fragte Hecht ohne nähere Erklärung.

Schreiber überlegte, brummelte vor sich hin: »Nandlstadt, nie gehört, oder warten Sie mal: Doch, das ist irgendwo in der Holledau. Ich bin da schon mal vorbeigefahren. Holledau, das stimmt doch, oder? Warum wollen Sie das wissen?«

»Sie waren also schon einmal in Nandlstadt?«, bohrte Hecht nach.

»Ich weiß es nicht, ganz ehrlich. Manchmal, wenn Stau auf der Autobahn ist, fährt man irgendwelche Abkürzungen über Land, und mir scheint, da bin ich mal durch diesen Ort gekommen.«

Hecht sah Morgenstern mit einem siegessicheren Blick an und setzte dann nach: »Darf ich Ihnen ein bisschen auf die Sprünge helfen? Könnte das vor etwas mehr als zwei Jahren gewesen sein, genauer gesagt …« Er kramte demonstrativ in seiner Jackentasche, zog einen kleinen Notizblock hervor, blätterte betont umständlich darin und hatte dann endlich gefunden, wonach er gesucht hatte. »Waren Sie vor gut zwei Jahren, am 23. Mai, in Nandlstadt?«

Schreiber sah erst Hecht, dann Morgenstern erstaunt an. »Könnten Sie mir bitte erklären, worauf Sie hinauswollen? Wenn ich damals mit dem Auto in eine Radarfalle gefahren sein sollte und Sie mir diese alte Sache jetzt in Rechnung stellen, dann muss ich mich schon sehr wundern.«

»Nein, wir haben kein Foto aus einem Starenkasten, wenn Sie das meinen«, sagte Morgenstern. »Wir haben einen ganzen Film. Aufgenommen am 23. Mai um kurz nach acht Uhr.«

Es war Schreiber anzusehen, wie er sich qualvoll das Hirn zermarterte. Morgenstern schickte das Arztehepaar jetzt doch ein Stück zur Seite.

Als die beiden außer Hörweite waren, sprach er Klartext: »Sie haben uns gestern Ihr Jagdgewehr ausgehändigt, Herr Schreiber. Wir haben es untersucht, und siehe da: Mit diesem Gewehr, *Ihrem* Gewehr, wurde damals in Nandlstadt eine Bank überfallen. Die Überwachungskamera hat alles aufgezeichnet. Der Täter war maskiert, der Fall wurde nie geklärt.« Morgenstern machte eine Kunstpause. »Als Besitzer der Waffe sind Sie natürlich unser Hauptverdächtiger. Verständlich, oder?«

Schreiber wurde kreidebleich und begann zu stottern: »D… das war … das war ich nicht. Und es kann auch nicht mein Gewehr gewesen sein. Ich habe Ihnen doch gesagt, dass ich das Gewehr seit vielen Jahren nicht mehr benutzt habe. Das muss ein Missverständnis sein!«

»Leider ganz und gar nicht, Herr Schreiber«, beharrte Hecht. »Die moderne Ballistik kann jede abgeschossene Kugel der verwendeten Waffe zuordnen. Das ist so sicher wie ein Fingerabdruck. Aus Ihrem Gewehr wurde damals in Nandlstadt geschossen.« Er warf einen kurzen Blick auf Irmgard Schreiber, die bisher wortlos zugehört hatte. »Ihre Frau, die theoretisch ebenfalls in Frage kommen könnte, scheidet als Täterin aus. Der Bankräuber war eindeutig ein Mann.«

»Also, das ist doch die Höhe!«, rief Irmgard Schreiber jetzt aufgebracht. »Sie sollen den feigen Mord an meinem Schwiegervater aufklären, stattdessen schieben Sie meinem Mann einen Raub in die Schuhe? Das kann doch nicht wahr sein!«

»Aber, aber, wir schieben niemandem etwas in die Schuhe«, stellte Morgenstern klar. »Ich frage Sie zum letzen Mal, Herr Schreiber: Waren Sie in Nandlstadt, ja oder nein?«

Walter Schreiber verlor die Nerven. Er polterte los: »Nein, verdammt noch mal, ich kenne dieses Kaff nur vom Namen her! Ich habe keine Ahnung, wie mein Gewehr da hingekommen ist.«

Hecht übernahm wieder. »Es gibt theoretisch die Möglichkeit, dass sich jemand Ihr Gewehr ausgeliehen hat. Frau Schreiber, haben Sie da vielleicht eine Idee? Gibt es eine Putzfrau oder Haushälterin, die weiß, wo der Schlüssel zum Waffenschrank versteckt ist? Oder könnte das einer Ihrer Mitarbeiter wissen? Denken Sie genau nach, es geht um ein schweres Verbrechen.«

Irmgard Schreiber schüttelte den Kopf. »Das Putzpersonal vom Möbelhaus hat keinen Zutritt zu unserer Privatwohnung.«

»Und Ihre Mitarbeiter?«, fragte Hecht.

»Nein, es sind ohnehin nicht mehr viele, und die halten wir auf Abstand.«

Morgenstern entschied nach kurzer geflüsterter Rücksprache mit Hecht, Walter Schreiber zur ausführlichen Vernehmung mit ins Präsidium zu nehmen. Zu Irmgard Schreiber sagte er: »Sie können mitkommen und in der Kantine auf Ihren Gatten warten. Ihre Golfpartie müssen Sie ein andermal fortsetzen.« Er bückte sich, hob den weißen Ball auf und steckte ihn in die Hosentasche.

»Game over«, sagte er.

An der Vernehmung im Polizeipräsidium nahm auch der zuständige Kriminalkommissar aus Freising teil. Er hatte die Filmaufnahmen aus der Banküberwachungskamera mitgebracht. Nach einer guten Stunde war Schreiber, der immer noch seine großspurige Golfkleidung und seine eleganten schwarz-weißen Schnürschuhe trug, zermürbt und verzweifelt. Dreimal hatten ihm die Kommissare die Aufnahmen der Überwachungskamera vorgeführt, dreimal hatte Schreiber sich den Film mit höchster Konzentration angesehen und jedes Mal beteuert, das sei nicht er gewesen und er kenne den Mann auch nicht. Entscheiden ließ sich das, zumindest nach dem Augenschein, nicht. Der Bankräuber hatte die gleiche Größe und Statur wie Schreiber. Er trug Jeans, Turnschuhe und einen Bundeswehrparka mit großer Kapuze, dazu eine Sturmhaube. Die Vernehmung drehte sich allmählich im Kreis.

Hecht begann, unmotiviert in den bisherigen Aufzeichnungen zu blättern. Morgenstern warf ihm einen frustrierten Blick zu. Doch Hecht studierte mit immer größerem Stirnrunzeln das Deckblatt des Vernehmungsprotokolls, auf dem die banalen Fakten wie Geburtsdatum, Geburtsort, Berufsausbildung und Familienstand standen. Dinge, die sich in jeder besseren Internetdatenbank nachschlagen ließen. Jetzt schloss Hecht sogar kurz die Augen.

Geht es Spargel nicht gut?, fragte sich Morgenstern.

In diesem Moment hob Hecht langsam den Kopf, öffnete die Augen, sah Walter Schreiber lange an und fragte dann: »Sie haben vorhin angegeben, Ihre Frau Irmgard stamme aus Karlshuld, richtig?«

»Das ist richtig«, nickte Schreiber.

Hecht setzte nach. »Und wie war noch mal der Mädchenname Ihrer Frau? Haben wir das korrekt aufgeschrieben? Kurzmüller?«

»Ja, natürlich. Irmgard Schreiber, geborene Kurzmüller.«

Morgenstern sah Hecht fragend an. Worauf wollte er hinaus? Kurzmüller sagte ihm nichts, rein gar nichts. Dem Kriminalbeamten aus Freising schien es genauso zu gehen. Er hatte sich weit nach vorne gebeugt, offenbar gespannt, was das werden sollte.

Peter Hecht stand von seinem Stuhl auf und ging ein paar Schritte auf und ab wie ein Löwe in der Zirkusarena. »Ich wohne in Schrobenhausen und kenne mich hier in der Gegend sehr gut aus. Auch mit alten Geschichten, die andere vielleicht längst vergessen haben, weil sie schon lange Jahre zurückliegen.«

Schreiber runzelte die Stirn und hörte angestrengt zu. Hecht sprach weiter: »Es sind Geschichten, in denen das Donaumoos mit seinem eigensinnigen Menschenschlag eine Rolle spielt.«

Morgenstern verstand nur Bahnhof.

Der Kollege machte ungerührt weiter: »Sie wissen sicher, dass Donaumoos erst seit zweihundert Jahren besiedelt ist? Zuvor war das unbewohntes Sumpfgebiet. Aber dann wurden Siedler von weither ins Donaumoos gelockt. Die armen Schweine haben winzige Häuser gebaut, die immerzu feucht waren. Und sie haben versucht, in diesem Sumpf irgendwie Landwirtschaft zu betreiben. Sie haben Generation um Generation ums Überleben gekämpft.«

Schreiber zuckte ratlos mit den Schultern, doch Hecht ließ sich nicht beirren. »Aber irgendwann haben es die Mösler geschafft: Die Armenhäusler von früher sind jetzt große Kartoffelbauern, oder sie arbeiten bei Audi in Ingolstadt. In den letzten Jahrzehnten sind sogar viele Menschen von außerhalb in diese Gegend gezogen.«

Hecht machte eine bedeutungsschwere Pause, dann sprach er weiter, etwas lauter jedoch: »Aber vorwiegend leben dort immer noch die alten Familien von früher. Verbunden durch ihre gemeinsame harte Geschichte.« Hecht sah Schreiber nun unverwandt an. »Die Polizei hat hier oft Probleme gehabt. Ermittlungen im Donaumoos sind kein Spaß, das kann ich Ihnen versichern. Wissen Sie, was eine Mauer des Schweigens ist? Wenn die Polizei kommt, hat hier nie jemand etwas gesehen oder gehört.«

»Ich weiß wirklich nicht, was das Ganze soll«, sagte Walter Schreiber kopfschüttelnd und sah Morgenstern hilfesuchend an.

»Ich hab's gleich, Herr Schreiber. Es gibt Familien, die der Polizei besonders viel Ärger machen. Stammkundschaft sozusagen, die sich aber in ihren Dörfern bewegt wie der sprichwörtliche Fisch im Wasser. Das geht manchmal über Generationen hinweg. In allen Polizeidienststellen kennt man diese Namen. Und jetzt dürfen Sie genau ein Mal raten, welcher Familienname mir gerade in diesem Zusammenhang aufgefallen ist.«

Morgenstern schluckte. Der Kollege aus Freising hielt den Atem an. Hecht blieb unerbittlich. »Nun, Herr Schreiber: Wenn Sie es nicht sagen wollen, dann sage ich es eben. Kurzmüller! Diese Familie fällt genau in die Rubrik, die ich eben beschrieben habe. Der Name Kurzmüller hat hier im Landkreis Neuburg-Schrobenhausen einen Klang, bei dem altgediente Polizisten aufhorchen.«

Schreiber fuhr hoch. »Ihnen geht's wohl nicht gut! Sie reiten da auf uralten Geschichten herum und wollen meine Frau in Sippenhaft nehmen. Wissen Sie, wann es das zuletzt gegeben hat? Bei den Nazis!« Er atmete schwer und sah Hecht wütend an. Doch Hecht blieb unbeeindruckt.

»Sie müssen es schon mir überlassen, eins und eins zusammenzuzählen, Herr Schreiber. Beschreiben Sie uns doch einmal Ihre Verwandtschaft im Donaumoos!«

»Das werde ich ganz bestimmt nicht tun«, gab Schreiber beleidigt zurück.

»Das liegt ganz bei Ihnen. Aber Sie sollten bedenken: Es geht um bewaffneten Raub mit Geiselnahme.«

Schreiber seufzte resignierend. »Ich habe keinerlei Kontakt. Die Einzige, die mich aus der Familie Kurzmüller interessierte, ist Irmgard.«

»Und? Weiter?«, bohrte Hecht nach.

»Nichts weiter. Ich halte mich da fern. Ich hatte ziemlich bald Streit mit Irmgards Geschwistern, deshalb gehen wir uns aus dem Weg. Wie Sie ganz richtig angedeutet haben: Das sind Menschen, die man eher selten auf dem Golfplatz trifft. Nicht einmal als Greenkeeper.« Jetzt wird er wieder richtig arrogant, dachte Morgenstern.

»Sie haben Irmgard Kurzmüller also den Weg in die sogenannten besseren Kreise geebnet«, fuhr Hecht fort. »Das muss nicht automatisch heißen, dass deswegen alle Brücken abgebrochen wurden.«

Morgenstern verfolgte mit offenem Mund, wie souverän sein Kollege agierte. Hecht hatte hier zweifellos ein Heimspiel. Und einen Augenblick schien es ihm, als spielte er mit dem zunehmend verunsicherten Schreiber wie die Katze mit der Maus.

»Denken Sie doch mal zurück an das letzte große Familienfest in Karlshuld. Den runden Geburtstag der Schwiegermutter, eine Goldene Hochzeit oder so etwas. So ein Ereignis werden Sie kaum geschwänzt haben, denn so etwas nimmt man im Donaumoos übel«, griff Hecht den Faden wieder auf.

Schreiber dachte lange nach und spielte dabei gedankenverloren mit seinen weißen Golfhandschuhen. »Also gut«, sagte er schließlich. »In dieser Familie gibt es tatsächlich ein paar problematische Fälle. Schwarze Schafe, wenn Sie so wollen.« Der Möbelhausbesitzer atmete tief durch.

Als hätte er nur darauf gewartet, schob Hecht die Videokassette erneut ins Gerät. »So, und jetzt schauen wir uns den Film noch einmal in aller Ruhe an. Und Sie denken dabei an Ihre angeheiratete Verwandtschaft. Sehen Sie ganz genau hin, wie sich der Mann bewegt, wie er geht, vielleicht fallen Ihnen unter diesem neuen Blickwinkel Dinge auf, die Sie bisher übersehen haben.« Hecht drückte den Startknopf des Fernsehgeräts, und der krieselige Film lief erneut an.

Hochkonzentriert, mit zusammengepressten Lippen, starrte Schreiber auf den Bildschirm. Er ließ sich den Film noch ein weiteres Mal vorführen, dann nickte er langsam. »In der Tat. Ich habe da einen Verdacht.«

»Wer ist es?«, fragte der Freisinger Kriminalbeamte hastig.

»Jetzt sagen Sie schon den Namen«, drängte Hecht.

Schreiber sah nacheinander alle drei Ermittler an, dann sagte er: »Der Schrotthändler. Hubert Kurzmüller. Mein Schwager.«

»Und wie kommen Sie darauf?«, fragte Morgenstern.

»Die O-Beine und diese leicht schräge Kopfhaltung, das kommt mir sehr bekannt vor. Ich kann mich natürlich auch täuschen, klar.« Schreiber sah die Kommissare misstrauisch an, dann wurde sein Blick fast ängstlich. »Bleibt diese Aussage eigentlich anonym? Wenn bei den Möslern bekannt wird, dass ich meinen eigenen Schwager bei der Polizei anschwärze, bin ich erledigt.«

»Noch etwas«, sagte Morgenstern, ohne auf Schreibers Frage einzugehen. »Wie kommt Ihr Schwager an Ihr Gewehr, wenn Sie doch angeblich gar keinen Kontakt hatten?«

Schreiber starrte die Wand an.

»Irmgard Schreiber«, flüsterte der Freisinger Kollege.

Morgenstern nickte und bat eine Sekretärin, Irmgard Schreiber aus der Kantine abzuholen und ins Vernehmungsbüro zu bringen.

Irmgard Schreiber geborene Kurzmüller war bester Dinge, als sie den schmucklosen Raum betrat.

»Ich hoffe, jetzt ist alles geklärt und wir beide können in aller Ruhe nach Hause fahren, Walter. Wir müssen noch so viel für die Beerdigung vorbereiten.«

»Nicht ganz«, sagte Walter Schreiber und deutete auf die Kriminalbeamten. »Es gibt noch ein paar Fragen an dich.«

Wie lange diese Ehe wohl noch hält?, dachte Morgenstern unwillkürlich, als er Schreiber in einen Nebenraum bringen ließ, um seine Frau ins Kreuzverhör zu nehmen.

Eine Viertelstunde lang bestürmten die drei Kriminalbeamten Irmgard Schreiber mit Fragen: »Welche Kontakte haben Sie zu Ihrer Familie?« – »Nur ganz wenige.« – »Welche Beziehung haben sie zu Ihrem Bruder Hubert?« – »Keine besondere.« – »Warum lügen Sie uns an?« – »Ich lüge Sie nicht an.« – »Wusste Ihr Bruder, dass Ihr Mann ein Jagdgewehr besitzt?« – »Ich glaube schon.« – »Kommt

Ihr Bruder manchmal zu Ihnen nach Hause?« – »Nein, nie. Mein Mann kann ihn nicht sehr gut leiden.« Peter Hecht schließlich schleuderte Irmgard Schreiber ins Gesicht: »Ihr Bruder Hubert hat den Bankraub verübt. Und Sie, Frau Schreiber, haben ihm dafür das Gewehr Ihres Mann zur Verfügung gestellt und es später unauffällig wieder an seinen alten Platz zurückgestellt. Richtig?«

Die Frau sank in sich zusammen und nickte kraftlos.

»Wir müssen Sie hierbehalten, Frau Schreiber«, sagte Hecht zum Abschluss. »Wir brauchen ein bisschen Zeit, um mit Ihrem Bruder zu sprechen. Es wäre doch ungeschickt, wenn Sie ihn vorher warnen würden.«

Hubert Kurzmüllers Schrottplatz am Stadtrand von Neuburg schien verwaist. Ein hoher Maschendrahtzaun hielt unwillkommene Besucher auf Abstand, dahinter patrouillierten zwei Dobermänner. Als Morgenstern, Hecht und der Kriminalbeamte aus Freising, begleitet von zwei Streifenbeamten der Polizeiinspektion Neuburg, am stählernen Tor des Geländes läuteten, stürzten die Hunde mit dunklem Bellen auf sie zu.

»Sieht nicht so aus, als ob man hier auf Kundschaft eingestellt wäre«, sagte Hecht. Morgenstern nickte.

Weiteres Läuten erübrigte sich, denn die beiden Hunde veranstalteten mittlerweile einen ohrenbetäubenden Lärm, sprangen an dem Tor hoch, rannten zu einem grob verputzten, barackenartigen Flachbau mit vergitterten Fenstern und kehrten geifernd zum Tor zurück.

»Fort Knox könnte nicht besser gesichert sein«, meinte Morgenstern.

Nach quälend langen Minuten quietschte die stählerne Tür der Baracke, ein kurzer, scharfer Pfiff ertönte, und augenblicklich hetzten die beiden Wachhunde schwanzwedelnd zum Gebäude und verschwanden im Inneren. Die Tür schloss sich wieder. Erneut dauerte es einige Minuten, bis das Quietschen abermals ertönte. Ein klein gewachsener, alter Mann mit einem auffällig gekrümmten Rücken trat aus der Baracke und blinzelte ins Sonnenlicht. Ohne besondere Eile kam er ans Tor und sah die uniformierten Polizisten der Neuburger Inspektion fragend an. »Was wollt ihr denn hier?«

Morgenstern war sofort klar, dass der Bucklige nicht der eigentliche Hausherr sein konnte. Er war vermutlich ein schlecht bezahlter Gehilfe, der sich auf dem Schrottplatz häuslich niedergelassen hatte und als Mädchen für alles auch die Hunde versorgte.

»Wir suchen Hubert Kurzmüller, den Chef.«

Der Mann grinste breit, kratzte sich ausgiebig unter der linken Achsel, spuckte auf den Boden und meinte dann: »Wenn ihr den Herrn Kurzmüller sprechen wollt, müsst ihr nach Kaisheim fahren. Da sitzt er seit vier Wochen ein. Fünf Monate hat er noch vor sich.«

»Nach Kaisheim«, sagten Morgenstern und Hecht wie aus einem Mund und starrten dann die beiden uniformierten Neuburger Kollegen vorwurfsvoll fragend an. »Der Kurzmüller sitzt im Knast in Kaisheim ein, und Sie wissen davon nichts?«

Die Justizvollzugsanstalt in Kaisheim bei Donauwörth war eine der größten Bayerns, untergebracht in einem ehemals prächtigen barocken Zisterzienserkloster, das nach der Säkularisation vor gut zweihundert Jahren wie viele andere bayerische Klöster kurzerhand in ein Gefängnis umgewandelt worden war.

»Weswegen sitzt er denn, Ihr Chef?«, fragte Hecht den Buckligen.

»Ach, gar keine große Sache. Er hat hier bei ein paar Firmen in der Region Edelmetall abgezweigt. Aus den Altmetallcontainern. Kupfer, Messing, solche Sachen. Ein paar Tonnen, kaum der Rede wert.«

»Machen Sie sich darauf gefasst, dass Sie hier noch länger ohne Ihren Chef auskommen müssen«, sagte Morgenstern.

»Ich bin's gewohnt«, sagte der Mann und kratzte sich zum Abschied nachdenklich am Hintern.

Es war kurz vor neunzehn Uhr, als Hecht und Morgenstern ins Präsidium zurückkehrten. Die Kripo Freising würde sich nun allein um den Schrotthändler kümmern, hatte der Kollege versprochen.

»Diese Irmgard Schreiber nehmen wir uns natürlich auch noch ausführlich vor, aber ihr könnt sie fürs Erste zusammen mit ihrem Mann nach Hause schicken. Ist nicht morgen die Beerdigung des Seniors?«

Die Beerdigung, richtig. Am Freitagnachmittag sollte Matthias Schreibers irdische Hülle der Erde übergeben werden.

»Stimmt«, sagte Morgenstern. »Da werden sie fließen, die Krokodilstränen. Ein Glück, dass wir nicht dabei sein müssen.«

Morgenstern sollte sich täuschen. Als er und Hecht nach der

Verabschiedung des Freisinger Kollegen bei ihrem Vorgesetzten Meldung machten und über den Verlauf des Nachmittags Bericht erstatteten, war Adam Schneidt zwar durchaus zufrieden. Aber er hatte seine eigene Sicht der Dinge.

»Sie beide gehen morgen auf den Friedhof und halten dort die Augen offen.«

»Warum?«, fragte Morgenstern baff.

»Weil ich das sage. Basta.«

»Wir haben doch schon das Geständnis von Zachinger, dass er zur Tatzeit am Hochstand war«, wandte Hecht ein. »Und er ist ein überführter Wilderer. Sie können ihn natürlich auch noch selbst befragen. Er sitzt unten in der Zelle und wartet darauf, dass ihn der Haftrichter in Untersuchungshaft schickt.«

»Was machen wir, wenn er nicht gesteht?«, fragte Schneidt. »Vielleicht sagt er die Wahrheit, und er war es wirklich nicht.«

»Wir bekommen ihn schon mürbe«, versprach Morgenstern und unterdrückte die aufdringliche Ahnung, dass hier der Wunsch der Vater des Gedankens war.

»Wie auch immer«, sagte Schneidt. »Vielleicht hatte er einen Komplizen. Die Erfahrung lehrt mich jedenfalls, dass es nie schadet, wenn die Kriminalpolizei zur Beerdigung eines Mordopfers geht. So haben wir es bisher immer gehalten.«

»Was sollen wir auf dem Friedhof machen?«, wollte Hecht resigniert wissen.

»Halten Sie einfach Augen und Ohren offen. Und vertrauen Sie Ihrem Instinkt. Und noch etwas: Tragen Sie angemessene Kleidung. Ich meine vor allem Sie, Morgenstern.«

»Ist das ein Jeansverbot?«

»Mensch, ich bin doch nicht Ihre Gouvernante!«, zürnte Schneidt. »Es reicht, wenn Sie irgendwas Schwarzes tragen.«

Morgenstern atmete auf.

***

»Alle dürfen aufs Volksfest, nur wir nicht«, nörgelten Morgensterns Kinder, als er um acht Uhr abends endlich daheim war.

»Ich hab momentan viel um die Ohren«, verteidigte er sich. »Außerdem waren wir erst am Sonntag.«

»Aber heute ist schon Donnerstag, und gestern haben wir das Feuerwerk verpasst.«

Morgenstern verschwieg Bastian und Marius, dass er selbst das Feuerwerk sehr wohl, wenn auch nur von der Ferne, gesehen hatte, doch als auch Fiona der Meinung war, die Familie hätte in Sachen Volksfest Nachholbedarf, ließ er sich nicht lange bitten. Mit dem Bus, einer eigens eingerichteten »Volkfestlinie«, fuhren sie zur Wiesn.

Das Bierzelt war heute bis auf den letzten Platz gefüllt. »Showband-Abend«, erfuhren die Morgensterns, als sie erstaunt nachfragten, warum bereits jetzt viele Besucher auf den Bänken standen und lauthals mitgrölten, klatschten und schunkelten. Die Band spielte mit einer tinnitusprovozierenden Lautstärke die Coverversion eines Status-Quo-Klassikers.

»Als Nächstes kommt ›Skandal im Sperrbezirk‹ von der Spider Murphy Gang, wetten?«, sagte Morgenstern zu Fiona und wandte sich ab.

»Was wollt ihr fahren?«, fragte er seine Jungs mit Gönnermiene. »Autoskooter? Schiffschaukel? Breakdance? Kettenkarussell?«

»Alles!«, sagten Marius und Bastian wie aus einem Munde. Doch als Fiona missbilligend den Kopf schüttelte, schlug Morgenstern vor: »Ihr dürft euch drei Sachen aussuchen.« Er zögerte kurz. »Nur eines nicht: Geschossen wird heute nicht.«

»Schade«, murrten die Buben, fügten sich aber. Sie entschieden sich nach ausführlichen Beratungen für den Autoskooter, das Kettenkarussell und – zur Überraschung der Eltern – für die Geisterbahn.

»Warum die Geisterbahn?«, fragte Morgenstern, als sie vor dem seltsam altmodisch anmutenden Fahrgeschäft standen, dessen Front über und über mit zähnefletschenden Horrorgestalten bemalt war.

»Weil das total lustig wird«, sagte Marius. »Schau doch mal!« Er deutete auf die Spitze des Fahrgeschäfts, auf der ein Pappmaschee-Henker mit halb heruntergerutschter Hose unter scheppernden Hohngelächter immer wieder einen bluttriefenden Kopf aus einem Weidenkorb zog.

»Wenn das für euch lustig ist …«, wunderte sich Morgenstern.

»Papa, du musst mit mir fahren«, bat Bastian, dem nun offenbar doch Bedenken gekommen waren.

»Also gut«, stimmte Morgenstern zu und dachte daran, dass seine Kinder in den vergangenen Tagen tatsächlich ein wenig zu kurz gekommen waren. Und nächste Woche, im Türkeiurlaub, würden sie komplett auf ihn verzichten müssen …

Das Wägelchen der Geisterbahn, in das sich Vater und Sohn quetschten, wurde von einer Art Zahnradbahn über eine steile Rampe ins Obergeschoss des Fahrgeschäftes gezogen. Marius hatte allein den nachfolgenden Wagen besetzt und johlte voll Vorfreude.

Morgenstern legte seinen rechten Arm um Bastian, dann wurden sie vom stockfinsteren Geistertunnel verschluckt.

»Ich seh nichts«, sagte Bastian, doch schon erleuchtete ein Blitz eine Nische, auf die sie zufuhren, und unter lautem Klappern versuchte ein Skelett, nach ihnen zu greifen. Riesenspinnen baumelten von der Decke, ein Sargdeckel öffnete sich quietschend und gab den Blick auf einen modernden Leichnam frei, Monster streckten unter schaurigem Geheule die Arme nach ihnen aus, ein schwarzes Tuch, bemalt wie ein Spinnennetz, strich Vater und Sohn über die Köpfe.

»Ih!«, machten beide gleichzeitig, ohne sich ernsthaft zu gruseln. Immer wenn das Wägelchen um eine Kurve ratterte, eröffnete sich ein neuer sekundenkurzer Blick auf ein weiteres »Schreckensbild«, auf flatternde Fledermäuse oder sensenschwingende Knochenmänner mit klapperndem Kiefer. In der letzten Kurve baumelte ein Mann mit verzerrtem Gesicht und panisch aufgerissenen Augen an einem Henkerseil von der Decke, die Beine zappelten, von unsichtbaren Fäden gezogen, einen Todestanz, illuminiert von zuckenden Stroboskopblitzen und untermalt von infernalischem Gejaule.

Morgenstern starrte auf den Gehängten am Seil. Er drehte sich im Wagen sogar noch nach der strampelnden Figur um, aber die Finsternis hatte sie bereits wieder verschlungen. Mit so etwas macht man keine Witze, dachte er einen Moment lang. Das war immerhin ein ganz normaler Mann, kein Zombie oder ein Monster oder so was. Sekunden später erreichte der Wagen den Ausgang, wo auf die beiden Passagiere als krönender Abschluss ein Spritzer Wasser ins Gesicht – versprüht aus einer Düse – wartete.

Prustend und lachend lagen sich Bastian und Marius wenig später in den Armen.

»Wie war's?«, wollte Fiona wissen.

»Horror für Arme«, sagte Morgenstern. »Weitgehend harmlos.«

Morgenstern sah schwarz. Der Eichstätter Friedhof war mit mehreren hundert Trauergästen gefüllt, die nach einem Requiem im Dom zum Gottesacker im Osten der Altstadt gewandert waren und sich nun um das Leichenhaus scharten. Das Innere der Leichenhalle, in der der Sarg aufgebahrt war, blieb Matthias Schreibers Verwandtschaft und den engeren Freunden vorbehalten. Die meisten anderen standen draußen und lauschten den Worten des Dompfarrers über Lautsprecher.

»Der Herr ist mein Hirte, nichts wird mir fehlen«, hörte Morgenstern; später sang der Geistliche im Wechsel mit einer kleinen Gruppe des Domchors das Totengebet: »Wollest du, Herr, der Sünden gedenken, Herr, wer könnte bestehen?«

Vom Türmchen der mittelalterlichen Friedhofskapelle, etwa hundert Meter von der Leichenhalle entfernt, begann nun eine Glocke zu schlagen. Der Trauerzug zum Grab setzte sich in Bewegung. Morgenstern und Hecht erkannten das Ehepaar Schreiber, das tags zuvor in frostiger Zweisamkeit das Polizeipräsidium verlassen hatte, den Eichstätter Oberbürgermeister und die Mitglieder des Jägervereins. Morgenstern nickte den Jägern zu, doch sie nahmen ihn nicht zur Kenntnis.

Als der Sarg in die Erde gesenkt war, folgte der Aufmarsch der Vereinsvorstände. Der alte Schreiber war anscheinend in fast jedem Eichstätter Verein Mitglied gewesen, und Repräsentanten jedes einzelnen davon verabschiedeten sich nun mit einem Kranz oder einer Blumenschale, vor allem aber mit einer mehr oder weniger langen Ansprache.

Bald taten Morgenstern, der sich an der Friedhofsmauer neben ein prächtiges Familiengrab gelehnt hatte, die Beine weh. CSU und Feuerwehr, Schützengesellschaft und Schreinerinnung, die Jäger und der Heimatverein »Die alten Deutschen«, der VfB Eichstätt und der Männerchor, sie alle »ließen es sich nicht nehmen«, wie es regelmäßig hieß, »unserem lieben Hias die letzte Ehre zu erweisen«, der so tragisch aus dem Leben gerissen worden sei, mitten in seiner liebsten Beschäftigung, der Jägerei.

Blablabla, dachte Morgenstern und verwünschte innerlich seinen Chef, der ihn hierherbeordert hatte. Es war doch völlig naiv zu glauben, ein Tatbeteiligter, wenn er denn überhaupt hier auf dem Ostenfriedhof wäre, würde sich durch irgendeine auffällige Regung verraten.

In seiner Nürnberger Zeit hatte ein Staatsanwalt einmal die Idee gehabt, zwei Mordangeklagte in Handschellen an den Tatort mitten im Wald zu führen und sie hautnah mit dem Schauplatz zu konfrontieren, umringt von Journalisten, Anwälten, Polizisten und Justizbeamten. Das Experiment war auf ganzer Linie gescheitert. Die Angeklagten hatten das Spektakel äußerlich ungerührt absolviert. Der vom Staatsanwalt erhoffte Nervenzusammenbruch mit Tränen, Reue und einem großen Geständnis auf offener Bühne war ausgeblieben – erwartungsgemäß, nach Morgensterns Meinung.

Jetzt begannen auch noch die Gungoldinger Jagdhornbläser zu spielen, Jagdsignale schallten über den Friedhof. Anschließend stellten sich die Trauergäste in einer langen Reihe auf, um Weihwasser ins Grab zu spritzen; manche hatten auch kleine Blumengebinde oder einzelne Nelken dabei, die sie ins Grab warfen.

Die Friedhofsgärtner hatten heute das Geschäft des Monats gemacht, bilanzierte Morgenstern. Zwanzig Minuten defilierten die Teilnehmer der Beerdigung nun schon am Grab vorbei. Morgenstern nahm Blickkontakt mit Peter Hecht auf, der hundert Meter von ihm entfernt fromme Andacht heuchelte, in Wahrheit aber die Menge im Auge behielt. Erfahrung und Menschenkenntnis: Darauf kam es nun an. Verhielt sich hier jemand auffällig?

Morgenstern musste sich eingestehen, dass die einzig auffällige Person auf dem Friedhof er selbst war. Hatte Hecht es immerhin geschafft, von zu Hause eine schwarze Windjacke mitzubringen und somit einigermaßen als Trauergast durchzugehen, hatte er selbst keinerlei Anstrengungen unternommen, seine Kleidung dem Anlass anzupassen. Er besaß kein einziges schwarzes Kleidungsstück und hatte nicht die Absicht, das zu ändern. Adam Schneidts Aufforderung, etwas Schwarzes zu tragen, erfüllte er rein formal durch seine gute alte Ray-Ban-Sonnenbrille, die er sich ins Haar geschoben hatte. Allerdings erschwerte ihm diese Auffassung zweifellos die gewünschte Diskretion. Sollte tatsächlich ein Mitwisser von Schreibers Mord unter den Trauernden sein, dann hatte er die Anwesenheit der Kripo sicher längst bemerkt und würde bestimmt keinen Fehler machen. Außerdem war die halbe Stadt auf dem Friedhof versammelt. Verdächtig waren wohl eher die wenigen, die daheimgeblieben waren, sinnierte Morgenstern.

Inzwischen war die Kondolenzschlange vor dem Grab kürzer geworden; nur einige alte Damen standen noch an. Vermutlich Rentnerinnen, für die der Besuch von Beerdigungen ihr tägliches Freizeitprogramm war und die zu Hause umfangreiche Sterbebildchen-Sammlungen pflegten.

Morgenstern dachte an die alte Maude aus dem morbiden Film »Harold und Maude«, und es dauerte nicht lange, bis er leise die Filmmusik pfiff: Cat Stevens' »If you wanna sing out, sing out, and if you wanna be free, be free«. Wenn du singen willst, dann sing, und wenn du frei sein willst, dann sei frei.

Peter Hecht hatte sich inzwischen aus dem Schatten eines großen Lindenbaumes gelöst und schlenderte, immer noch mit andächtigem Gesichtsausdruck, Richtung Morgenstern. Am Grab standen nur noch die engsten Verwandten und nahmen die Beileidsbekundungen der Rentnerinnen entgegen. Danach ging es mit Sicherheit zum großen Leichentrunk in die »Krone« am Domplatz, wo der Saal die hungrigen und durstigen Trauergäste nur mit Mühe würde fassen können. Die ersten saßen vermutlich schon beim Bier und erzählten sich lustige Anekdoten, die sie einst mit Matthias Schreiber erlebt hatten.

Hecht hatte Morgenstern inzwischen erreicht und lehnte sich mit verschränkten Armen neben ihm an die Mauer. »So viele Leute«, sagte er, »aber kein Verdächtiger.«

»Typisch Adam Schneidt«, schimpfte Morgenstern. »Unsere Überstunden sind dem völlig schnuppe.«

Die beiden Kommissare sahen sich um: Der Friedhof war jetzt fast leer. Das Ehepaar Schreiber wandte sich gerade zum Gehen, vom Leichenhaus her näherten sich zwei schwarz uniformierte Männer mit Schaufeln: die Totengräber des Bestattungsinstituts.

»Meinst du, wir sollten noch beim Leichentrunk vorbeischauen?«, fragte Hecht, verwarf den Gedanken aber gleich selbst. »Da brauchst du dich mit deinen Klamotten nicht blicken zu lassen.«

Morgenstern warf seinem Kollegen einen finsteren Blick zu, verfolgte dann aber weiter den Weg der Totengräber. Einer hatte sich inzwischen eine Zigarette angesteckt, ein deutliches Signal, dass nun im Friedhof wieder der Alltag einkehrte.

»Gehen wir!«, sagte Morgenstern und wandte sich dem Ausgang zu, der in die Altstadt führte; die Kommissare hatten am Domplatz ihr Auto geparkt. Kurz vor dem schmiedeeisernen Friedhofstor drehte er sich noch einmal zu Schreibers Grab um. Über die Reihen der Grabsteine hinweg sah er eine schwarz gekleidete Gestalt. Eine Frau.

»Wo kommt jetzt die auf einmal her?«, fragte er, wandte sich um und pirschte sich vorsichtig zwischen den Gräbern zurück. Hecht folgte ihm. Die Totengräber hatten die Frau ebenfalls bemerkt und pietätvoll Abstand gehalten.

Die Frau mochte wohl schon auf die fünfundachtzig Jahre zugehen; sie war klein und gebückt, das graue Haar hatte sie zu einem Knoten zusammengesteckt. Sie sprach anscheinend etwas in das offene Grab und warf dann, wie so viele schon vor ihr, einen Blumenstrauß hinein.

»Ein Bund Sonnenblumen«, flüsterte Morgenstern. »Ganz schön viele.«

»Aber viel billiger als die meisten anderen Blumen«, fügte Hecht gnadenlos realistisch hinzu. »Wer weiß, was sie für eine Rente bekommt?«

In diesem Augenblick hob die Frau hob den Kopf und sah Morgenstern geradewegs in die Augen. Sie nickte ihm kurz zu, spritzte noch etwas Weihwasser aus dem Kupferkessel ins Grab und ging dann mit raschen Schritten zum Ausgang Richtung Innenstadt.

»Das war es jetzt aber endgültig mit den Trauergästen«, sagte Hecht. »Fehlen nur noch wir. Ich finde, so viel Zeit muss sein.«

Beherzt ging er zum Grab, nahm den Weihwasserpinsel, besprengte Schreibers Sarg und machte ein Kreuzzeichen. Morgenstern stellte sich neben ihn, eine Hand in der Hosentasche, und blickte nachdenklich in die Tiefe. Auf dem gewiss sündteuren Eichensarg lag die Handvoll Erde, die der Pfarrer symbolisch hinabgestreut hatte.

»Asche zu Asche, Staub zu Staub«, murmelte Morgenstern. »Und so viele Blumen.«

Er sollte für Fiona auch dringend mal wieder Blumen besorgen. Hier auf dem Friedhof kamen sie nämlich deutlich zu spät, fand er und schaute auf den großen Bund Sonnenblumen, der mitten auf Schreibers Sarg gelandet war. Ein schlichter, großer Strauß, so etwas würde auch Fiona gefallen. Sinnierend starrte er in das Grab.

»Du kannst dich ja gar nicht mehr losreißen«, hörte er Hechts Stimme neben sich.

»Guck dir das mal an«, sagte Morgenstern. »Siehst du den Strauß da unten?«

»Ich bin ja nicht blind.«

»Und fällt dir daran nichts auf?«

Hecht beugte sich weit nach vorne.

»Passen S' auf, dass Sie nicht reinfallen«, tönte eine Stimme von hinten, und Hecht zuckte so heftig zusammen, dass er tatsächlich fast das Gleichgewicht verloren hätte.

Der Totengräber mit der Zigarette war herangetreten und schaute die beiden Kommissare mit einem amüsierten Grinsen an. »Was gibt es denn da unten so Spannendes?«

Morgenstern zückte seinen Dienstausweis. »Kriminaloberkommissar Morgenstern von der Kripo Ingolstadt, das hier ist mein Kollege. Wir ermitteln im Mordfall Matthias Schreiber« – er deutete auf den Sarg – »und Sie holen uns jetzt bitte schön diesen Blumenstrauß hoch. Wäre nämlich schade, wenn Sie den einbuddeln würden.«

Der Totengräber schaute Morgenstern verständnislos an. »Ich stehle doch keine Blumen von einem Sarg!«

»Hier geht es nicht um stehlen. Ich will mir den Strauß genauer ansehen, also machen Sie schon.«

»Werner, wir brauchen eine Leiter«, rief der Totengräber seinem Kollegen zu. Der trottete zu einem Schuppen neben der Aussegnungshalle und kam wenig später mit einer kurzen hölzernen Leiter zurück. Langsam schob der Totengräber sie ins Grab, stieg hinab und kehrte mit dem Sonnenblumenstrauß zurück. Neugierig blickte er die Kommissare an. »Sind Sie jetzt zufrieden?«

»Sie haben doch vorhin auch die alte Frau gesehen, die als Letzte hier war«, fragte Morgenstern. »Kannten Sie die?«

Die beiden Männer schüttelten den Kopf. »Wir sind nur ganz selten in Eichstätt. Diesen Auftrag haben wir bekommen, weil die engsten Angehörigen in Ingolstadt wohnen.«

»Schade«, sagte Morgenstern. Dann begann er langsam, die grobe Schnur zu öffnen, mit der die langen Stiele der Sonnenblumen sorgfältig umwickelt worden war. Als er fertig war, hielt er ein etwa fünfzig Zentimeter langes dünnes Hanfseil in der Hand.

Er fragte in die Runde: »Kann mir jemand erklären, was das sein soll? Das ist doch kein normales Band für einen Blumenstrauß. Die Blumen waren von der alten Dame, die zuletzt am Grab war.«

»Sie wird halt gerade nichts anderes zur Hand gehabt haben«, vermutete einer der Totengräber. »Aber besonders elegant ist das nicht. Wundert mich, dass sie die Kordel nicht gekürzt hat. Zwanzig Zentimeter hätten leicht gereicht. Vielleicht ist die Dame ein bisschen sonderbar auf ihre alten Tage.« Der Bestatter tippte sich vielsagend an die Schläfe. »Das kommt vor bei alten Leuten.«

»Aber sie hat gewartet, bis der Friedhof ganz leer war. Sie wollte unbeobachtet sein«, gab Hecht zu bedenken. »Vielleicht war Matthias Schreiber eine Jugendliebe von ihr, und keiner durfte wissen, dass sie ihm immer noch nachtrauert.«

Morgenstern sah seinen Kollegen überrascht an. »So romantisch hätte ich dich gar nicht eingeschätzt! – Tatsache ist jedenfalls, dass sie uns vermutlich etwas über Matthias Schreiber sagen kann, was auch immer. Aber genauso klar ist, dass wir einen Mörder suchen, der irgendwo da draußen mit einem Gewehr rumläuft. Und das kann diese alte Frau wohl kaum gewesen sein.«

Morgenstern reichte die Schnur an Hecht weiter, dann besah er sich den Blumenstrauß noch einmal auf der Suche nach einer angehängten Grußkarte mit ein paar erklärenden Abschiedsworten. Vergeblich. Mit einem Schulterzucken warf er die Blumen eine nach der anderen zurück ins Grab.

In Gedanken versunken verließen sie den Friedhof und gingen zum Domplatz, auf dem sich an diesem sonnigen frühherbstlichen Nachmittag Einheimische und Touristen in den Cafés drängten. Morgenstern fluchte, als er einen Strafzettel auf der Windschutzscheibe ihres Wagens entdeckte.

Doch Hecht hatte etwas Wichtigeres gesehen. »Schau mal da drüben, das ist sie doch, die Frau mit den Sonnenblumen.«

Tatsächlich: Die alte Dame kam quer über den Domplatz fast geradewegs auf sie zu. Die Kommissare taten so, als würden sie den Strafzettel studieren. Die Frau ging an ihnen vorbei; Morgenstern und Hecht ließen ihr dreißig Meter Vorsprung, dann folgten sie ihr.

»Wir könnten sie doch einfach aufhalten und fragen, was sie mit Schreiber zu tun hat«, flüsterte Hecht, doch Morgenstern wehrte ab.

»Ich habe so ein Gefühl, dass wir erst mal sehen sollten, wohin sie geht.«

»Na, hoffentlich wird das kein Wandertag«, unkte Hecht.

»Unser Pech wäre, wenn sie am Marktplatz in den Stadtlinienbus steigt und davonfährt«, meinte Morgenstern. »Aber dann fahren wir eben mit«, schob er gleich die Lösung des Problems nach.

Doch die Frau ging erhobenen Hauptes an der Bushaltestelle vorbei, passierte den prächtigen steinernen Brunnen, von dem huldvoll ganz in Bronze und überlebensgroß der heilige Willibald, der Gründer des Bistums Eichstätt, winkte, und bog am Hotel Adler rechts in eine kleine Seitengasse ab. Sie folgte einer weiteren Gasse, die bergauf führte.

»Die wohnt da oben irgendwo«, vermutete Morgenstern. Die beiden Kommissare waren dicht aufgerückt, um im Zickzack der Gassen nicht den Anschluss zu verlieren. Es ging an malerischen Häusern mit üppigem Blumenschmuck und Rosenstöcken vorbei; an einem kaum drei Meter schmalen, aber dafür umso höheren Häuschen las Morgenstern über dem Türstock die Inschrift: »Wer da bauet an die Gassen muss die Leute reden lassen.«

Für einen Moment hatte er das Gefühl, die alte Dame hätte die Verfolgung bemerkt, und vergrößerte sicherheitshalber den Abstand wieder. Nach zweihundert Metern standen die Ermittler an einem vertrauten Ort: im sonnendurchfluteten Hof des Klosters St. Walburg.

»Wo will sie jetzt wohl hin?«, fragte Hecht.

Die Frau lieferte die Antwort umgehend. Sie stieg die Steintreppe zum Grab der heiligen Walburga hinauf, trat ein und ließ die schwere Holztür hinter sich zufallen.

»Himmel hilf!«, stöhnte Morgenstern. »Hat die denn heute nicht schon genug gebetet? Die war doch grade erst auf der Beerdigung! Und wir müssen warten, bis sie fertig ist.«

Die Kommissare fügten sich in ihr Schicksal, setzten sich auf eine Holzbank im Klosterhof und ließen sich die Herbstsonne ins Gesicht scheinen.

»Jetzt hättest du Zeit, um dir noch ein paar Fläschchen von diesem Walburgisöl zu besorgen«, schlug Morgenstern seinem Kollegen vor.

»Danke, meine Mutter hat noch genug davon. Sie will schließlich nicht drin baden.«

»Und? Hilft's?«, fragte Morgenstern süffisant.

»Sie glaubt daran, das ist die Hauptsache. Die Schulmedizin ist bei meiner Mutter jedenfalls mit ihrem Latein am Ende.«

Hecht hatte inzwischen das Blumenstraußseil vom Friedhof aus der Jackentasche gezogen und schwenkte es wie ein Cowboy beim Rodeoreiten durch die Luft.

»Steck das Ding wieder weg«, schimpfte Morgenstern. »Wenn uns die Alte damit sieht! Sie fände es bestimmt nicht so toll, dass wir ihre Blumen aus dem Grab gefischt haben.«

Aber die alte Dame kam nicht mehr auf den Hof zurück. Nach einer Viertelstunde verlor Morgenstern die Geduld. »Wir gehen jetzt rein und sprechen drinnen mit ihr«, bestimmte er. »Wir haben schließlich nicht ewig Zeit.«

Doch als sie in die kühle Kapelle eintraten, fehlte von der Frau jede Spur. Ratlos sahen sich die Ermittler an.

»Das gibt's doch nicht«, flüsterte Morgenstern und sah sich noch einmal um. Jetzt erst bemerkte er, dass sich rechts und links vom Grab der Heiligen zwei schmale, bemalte Türen befanden. Er drückte die linke Tür auf und fand sich im Altarraum der Wallfahrtskirche St. Walburg wieder, direkt neben dem Hochaltar. Hecht kam hinterher, und auch ihm wurde nun klar: Die Walburgisgruft bildete die Rückseite des Hochaltars. Ein riesiges Altarbild, ein Ölgemälde mit gewaltigen Ausmaßen, war das Einzige, was die Gruft von der Kirche trennte. Und die beiden schmalen Türen waren die Verbindung.

»Warum benutzt die Alte diesen Schleichweg?«, fragte Hecht. »Warum nimmt sie nicht den normalen Weg zurück?«

Morgenstern wurde rot. »Ich glaube, sie hat vorhin bemerkt, dass wir sie verfolgen. Unten in der Gasse hat sie uns gesehen.«

»Wir sind vielleicht tolle Detektive!«, sagte Hecht. »Lassen uns von einer Oma austricksen. Und nun ist sie über alle Berge.«

Sie verließen das Kirchenschiff durch den Hauptausgang und spähten in alle Richtungen. Vergeblich.

»Was sie wohl in der Gruft wollte?«, rätselte Morgenstern, als er ihre gemeinsame Niederlage einigermaßen verdaut hatte.

»Beten«, sagte Hecht. »Ist doch logisch.«

»Und fromme Wünsche in ein öffentlich zugängliches Buch schreiben, so wie du das immer machst«, entfuhr es Morgenstern.

Hecht sah ihn zornig an, doch einen Moment später sagte er: »Die Idee ist gar nicht schlecht. Sehen wir doch mal nach. Aber deinen komischen Tonfall kannst du dir in Zukunft sparen.«

Die Kommissare kehrten in die Kirche zurück. Nachdenklich betrachtete Morgenstern das Altarbild: In der Mitte stand die heilige Walburga, die von allen Seiten von notleidenden Menschen bedrängt wurde. Hoch über der wimmelnden Szenerie stand ein Lamm. Ein Unschuldslamm, dachte Morgenstern. Das war das Letzte, was er jetzt brauchte. Er riss sich von dem Ölgemälde los und ging durch die schmale Tür in die Walburgisgruft zurück, gefolgt von Hecht. Sie stiegen die Steinstufen ins Untergeschoss hinab und traten an den Betstuhl mit dem zugeklappten Anliegenbuch.

Neugierig blätterte Morgenstern zur aktuellsten Seite; Hecht stand dicht neben ihm. »Hier, das muss es sein«, flüsterte Morgenstern und deutete auf die letzte Botschaft. Mit dem simplen blauen Kugelschreiber, der mit einer Schnur am Buch befestigt war, war in altertümlicher Schrift der letzte Eintrag niedergeschrieben worden. Murmelnd las er vor:

»Heilige Walburga! Ich danke dir von ganzem Herzen für diesen schönen Tag. Schenke mir nun die Ruhe, nach der ich mich sehne. Z.W., Eichstätt.«

Hecht und Morgenstern sahen sich ratlos an. Dann kramte Hecht seinen kleinen Notizblock aus der Tasche und schrieb die Nachricht ab. »Für diesen schönen Tag«, sagte er. »Ich wüsste nicht, was an diesem Tag schön sein soll, außer dem Wetter. Immerhin war sie auf einer Beerdigung.«

»Das ist es ja gerade«, meinte Morgenstern. »Unsere Walburga-Verehrerin Z.W. freut sich darüber, dass Schreiber tot ist.« Tadelnd fügte er hinzu: »Das ist aber gar nicht fromm. Ich glaube, das muss sie beichten.«

Er blätterte in den letzten Seiten des Anliegenbuchs. Seit Spargels Eintrag vom Dienstag hatten sich schon drei Seiten gefüllt. Argwöhnisch sah Hecht seinem Kollegen über die Schulter, der daraufhin geflissentlich den Spargel'schen Eintrag übersprang und das Buch nun zügig durchblätterte.

»Z.W.«, murmelte Morgenstern. »Aha, da haben wir ja schon wieder einen, am 30. Juni.« Er las den kurzen Eintrag. »Nichts Besonderes. Dank für Unterstützung bei schwieriger Entscheidung.«

Er dachte nach und blätterte dann weiter zurück. Mindestens einmal im Monat, so zeigte sich, war die kleine, gebückte Frau am Grab der heiligen Walburga gewesen und hatte ihre Bitten in das Buch eingetragen. Doch während die meisten anderen Bittsteller in ihren hoffnungsvoll vorgetragenen Wünschen sehr konkret waren – »Hilf meiner Tochter bei ihrer schweren Operation!« – war »Z.W.« vage geblieben, als wollte sie vor neugierigen Lesern auf der Hut sein. Morgenstern selbst hätte es gewiss nicht anders gemacht. Die Grundstimmung all dieser kryptischen Einträge war, wie ihm schien, eine gewisse Melancholie, teilweise auch Bitterkeit. Immerhin war den Einträgen zu entnehmen, dass im Leben der Frau ein Mensch namens H. eine zentrale Rolle spielte.

»Der Vorname beginnt mit einem Z, der Nachname mit einem W«, sinnierte Morgenstern. »Mit ein bisschen Glück können wir ihren Namen mit einem Blick ins Eichstätter Telefonbuch klären. Die Stadt hat nur vierzehntausend Einwohner, da gibt es nicht so viele Familiennamen mit W.«

»Dann brauchen wir bloß noch einen Frauennamen mit Z«, stimmte Hecht zu.

»Z wie Zita«, schlug Morgenstern vor. »Oder Zenta oder Zarah oder Zora?«

Hecht schüttelte den Kopf. »Zarah heißen vielleicht alte Damen in Berlin in Anlehnung an Zarah Leander, und Zora ist völliger Quatsch. In Eichstätt tippe ich eher auf Zensi, der Klassiker bei Kellnerinnen.«

»Zensi?«, fragte Morgenstern.

»Die Kurzform von Kreszentia.«

Morgenstern beschloss, das zügig zu überprüfen. Nachdenklich wandte er sich vom Anliegenbuch ab und studierte noch einmal die zahllosen Votivtafeln an den Wänden der Kapelle. In einem hölzernen Kästchen mit Glasfront waren uralte menschliche Backenzähne aufgereiht, die ihren Besitzern zur Barockzeit wohl höllische Schmerzen bereitet hatten, daneben fanden sich aus Wachs geformte Gliedmaßen, etwa drei Zentimeter lang, vor allem Beine, symbolische Geschenke für die Heilung erkrankter Körperteile.

»Was bin ich froh, dass ich im 21. Jahrhundert leben darf!«, sagte er zu Hecht und zeigte ihm die seltsame Sammlung.

In der winzigen Vitrine entdeckte er außerdem verschiedene verrostete Metall-Kleinteile: das Vorderteil einer Gabel, ein Stück von einem Messer, ein kleiner Batzen Blei, der wahrscheinlich einmal eine Gewehrkugel gewesen war und in einem armen Menschen gesteckt hatte. All diese Dinge hatten dankbare Gläubige der heiligen Walburga gewidmet.

Morgensterns Blick blieb an einer hölzernen Tafel hängen, auf die klein, aber unübersehbar, ein Hakenkreuz in einem Kranz aus Eichenlaub gemalt war. »Dem tapferen Kämpfer in Not und Gefahr Walburga die größte Retterin war«, las er laut vor, dazu die Jahreszahlen 1940 bis 1945. Ihn fröstelte.

Er warf einen letzten Blick auf das Buch, in dem Hecht bis zuletzt grübelnd geblättert hatte, dann verließen sie die Kapelle und traten hinaus auf den Platz vor dem Kloster.

»In diesem Buch steckt ein wichtiger Hinweis«, sagte Hecht, als sie in der Sonne standen. »Aber die Einträge, die sie seit letzten Mai geschrieben hat, sagen zu wenig aus. Wir brauchen die Vorgängerbücher, um herauszufinden, was es mit dieser sonderbaren Frau auf sich hat.«

»Und wer hat die alten Bücher? Hebt die der Pfarrer von St. Walburg auf?«, fragte Morgenstern. »Oder werden sie weggeworfen?«

»Nie im Leben«, entrüstete sich Hecht. »Ich bin sicher, dass sie im Kloster aufbewahrt werden, wahrscheinlich über Jahrhunderte.«

»Die letzten paar Jahre würden reichen«, meinte Morgenstern und setzte sich in Bewegung. »Wir lassen uns die Dinger jetzt geben, dann können wir sie heute noch durchsehen.«

Gefolgt von Hecht trat er durch eine Tür, neben der »Pforte« stand, und fand sich in einem breiten, mit hellgelbem Kalkstein gefliesten Flur wieder. Rechts hingen Farbfotos, die das Leben im Kloster dokumentierten, links war die Tür zum Klosterladen, und am Ende des Gangs fand sich ein kleiner Schalter mit einer Glasscheibe wie bei einer altmodischen Sparkassenfiliale. Der Schalter war nicht besetzt, also drückte Morgenstern den Klingelknopf, der sich daneben befand.

Nach einer knappen Minute betrat eine kleine, alte Klosterschwester den kleinen Raum hinter dem Schalter und schob die Glasscheibe beiseite. Morgenstern stellte sich und Hecht vor und trug seine Bitte vor.

»Für die Anliegenbücher ist unsere Äbtissin verantwortlich, Herr Kommissar«, sagte die Schwester. »Aber momentan ist sie nicht zu sprechen. Wir haben gerade Gebetszeit.«

»Verdammt!«, sagte Morgenstern und erntete dafür ein missbilligendes Stirnrunzeln der Nonne. »Und wann ist sie zu erreichen? Wir müssen unbedingt einen Blick in diese Bücher werfen.«

»Ich werde ihr Ihre Bitte ausrichten«, sagte die Klosterfrau.

Morgenstern grummelte unzufrieden.

Die Nonne sah ihn geduldig an. »Ich würde vorschlagen, dass Sie morgen früh um acht Uhr wiederkommen. Ich denke, dass Sie dann auch direkt mit unserer Äbtissin sprechen können.« Als Morgenstern leise aufstöhnte, fügte sie hinzu: »Ich gehe davon aus, dass bis dahin auch schon alles für Sie vorbereitet ist. Sie können die Bücher in unserem Besprechungszimmer hier gleich nebenan studieren.« Sie deutete aus ihrer Pförtnerkammer quer über den Gang auf eine Tür aus dunklem Eichenholz.

»Okay«, sagte Morgenstern, und Hecht fügte, um die Schnoddrigkeit seines Kollegen einigermaßen auszubügeln, hinzu: »Vergelt's Gott.«

»Samstagfrüh um acht ins Kloster«, murrte Morgenstern, als sie wieder im Freien waren.

»Aber ich bin mir sicher, dass es die Mühe lohnt«, sagte Hecht tröstend. »Verdächtiger geht es doch gar nicht. Die alte Frau wollte nicht, dass sie auf dem Friedhof mit ihren Blumen gesehen wird, deswegen hat sie bis ganz zum Schluss gewartet. Und hinterher rennt sie gleich zur heiligen Walburga.«

»Sie hat in das Buch geschrieben, dass sie jetzt endlich Ruhe finden kann«, überlegte Morgenstern. »Sonderbar.«

»Das ist alles sehr mysteriös«, stimmte Hecht zu.

»Wie alt schätzt du die Frau?«, fragte Morgenstern.

Hecht dachte nach. »Zwischen fünfundachtzig und neunzig, tippe ich, aber ich konnte sie nicht sehr gut sehen.«

»Vielleicht war sie doch eine Sandkastenliebe von Matthias Schreiber«, grübelte Morgenstern. Er seufzte: »Wenn ich eines Tages die Kurve kratze, wüsste ich schon gern, wer mir Blumen in die Grube wirft und warum.«

»Der alte Schreiber wird wohl gewusst haben, wer sie ist«, meinte Hecht. »Bloß wir tappen im Dunkeln.«

»Das hat der Eichstätter Kurier vorgestern auch schon geschrieben. Keiner hat mehr Respekt vor der Polizei.«

***

Morgenstern stellte sich auf einen vergleichsweise frühen Feierabend ein, über den er Fiona schon vorab per Handy informiert hatte. »Musst du denn nicht mit Hochdruck an deinem Fall arbeiten?«, hatte sie argwöhnisch gefragt. »Ich meine, wegen unseres Urlaubs?«

»Ich erkläre es dir zu Hause«, hatte er gemurmelt und dann mit schlechtem Gewissen aufgelegt.

»Ich höre«, sagte Fiona ungnädig, als Morgenstern wenig später vor ihr stand. »Mike, wie sieht es mit unserem Urlaub aus?«

»Ihr müsst allein fahren«, sagte Morgenstern mit gesenktem Kopf.

»Das habe ich mir schon gedacht«, gab Fiona zurück. »Mein Pech, wenn ich einen Kriminalpolizisten als Mann habe. Ich weiß schon, warum die Kommissare im ›Tatort‹ fast nie eine Familie haben. Das haut einfach nicht hin mit Frau und Kindern. Für den Job muss man wohl ein Eigenbrötler sein. So einer wie dein Kollege Hecht.«

»So schlimm ist es auch wieder nicht«, argumentierte Morgenstern müde dagegen »Es ist nur so, dass es dieses eine Mal nicht klappt mit der gemeinsamen Reise.«

»Tut's dir wenigstens leid?«, fragte Fiona mit verkniffenem Gesichtsausdruck und verschränkte die Arme vor der Brust.

»Ja, natürlich.«

»Dann will ich gerne noch das entscheidende Wort hören, und die Sache ist für mich erledigt.«

Morgenstern überlegte eine ganze Weile, bis ihm endlich einfiel, worauf seine Frau hinauswollte. Er sah ihr tief, fast treuherzig, in die Augen und sagte: »Entschuldigung.«

»Na also, geht doch«, sagte Fiona lächelnd. »Und jetzt machen wir eine kleine Radtour.«

»Nicht schon wieder an der Altmühl entlang«, ächzte Morgenstern. »Wir sind doch schon bestimmt hundertmal das Tal rauf- und runtergefahren.«

»Ich kann doch nichts dafür, dass es hier bloß diese zwei Richtungen gibt«, schnappte Fiona zurück. »Solange Bastian noch so klein ist, können wir halt nicht so ohne Weiteres den Berg hochtreten – es sei denn, du nimmst ihn irgendwie ins Schlepptau.«

»Schon gut, schon gut«, sagte Morgenstern beschwichtigend. »Also, wo soll es diesmal hingehen?«

»Wir fahren altmühlabwärts ein paar Kilometer bis kurz vor Landershofen. Da geht es links ab in ein Seitental, und da muss nach einer Weile ein Kunstwerk kommen. Ich habe das neulich in einem Fremdenverkehrsprospekt gesehen.«

»Ein Kunstwerk? Mitten in der Pampa?«, wunderte sich Morgenstern.

»Ja. Es heißt ›Figurenfeld‹, weil da wohl ganz viele Steinfiguren aufgestellt sind. In dem Prospekt stand, dass es ein Zeichen für den Frieden sein soll. Das sollten wir uns mal ansehen.«

»Aha«, sagte Morgenstern gedehnt und fügte hinzu: »Von mir aus, fahren wir.« Und zum Beweis seines guten Willens zeigte er Fiona den gespreizten Zeige- und Mittelfinger. »Peace!«

Der Radweg talabwärts führte direkt am Volksfestplatz vorbei. Morgenstern warf einen leicht wehmütigen Blick auf das Riesenrad und das Festzelt, das nicht einmal einen Steinwurf weit entfernt war, radelte aber tapfer daran vorbei, und schon wenig später war nichts mehr zu hören vom Trubel der Wiesn.

Nach kurzer Zeit teilte sich der Radweg. Die Morgensterns blieben auf der linken Seite, die sie an der Kläranlage am östlichen Ende der Stadt vorbeiführte. Morgenstern roch die leicht modrige Fäulnis, die den Klärbecken entströmte, doch unmittelbar danach ging es durch grüne Wiesen gemächlich auf den Kirchturm von Landershofen zu. Bastian und Marius radelten mit einigem Abstand vorneweg, Morgenstern und Fiona nebeneinander hinterher.

»Da vorne geht es links ab«, erklärte Fiona und deutete auf ein schmales Tal, das sich neben einem Steinbruch Richtung Norden erstreckte. Sie mussten die Staatsstraße überqueren, passierten ein Feld mit Sonnenblumen und Gladiolen zum Selbstpflücken und strampelten dann auf einem geschotterten Feldweg das sanft ansteigende Tal hinauf.

Teilweise war der Weg nun von dichten Schlehen- und Hagebuttenhecken flankiert, an denen sich die fast reifen dunkelblauen oder leuchtend roten Früchte drängten. Nach einigen hundert Metern führte eine provisorische schmale Steintreppe die Flanke des Tals hinauf. Die Morgensterns ließen ihre Räder neben der Hecke stehen und gingen das letzte Stück über die Treppe zu Fuß.

»Wow!«, sagte Fiona und deutete nach vorne. »Schau mal, wie riesig.«

»Echt der Hammer«, bestätigte Morgenstern. Vor ihnen, in einer leichten Senke, die mit dem für das Altmühltal typischen Magerrasen bewachsen war, befand sich eine kreisrunde Ansammlung von riesigen Betonfiguren. Es mussten an die fünfzig solcher Figuren sein, teilweise bereits leicht verwittert und von Moos und Flechten überzogen. Sollten das Menschen sein? Waren es Tiere?, fragte sich Morgenstern. Alle lagen in grotesk verwinkelten Stellungen am Boden oder bäumten sich gequält auf.

»Das soll ein Schlachtfeld darstellen«, sagte Fiona beim Näherkommen, als hätte sie seine Gedanken gelesen. »Ich habe dir ja gesagt, dass es ein Mahnmal gegen den Krieg ist.«

Nachdenklich gingen sie zwischen den Figuren hindurch. »Verflixt noch mal, Kinder! Kommt sofort da runter!«, schimpfte Morgenstern. Bastian und Marius hatten begonnen, zwei der liegenden Betonfiguren zu erklettern. Bastian winkte von einer Skulptur herab, die ein liegendes Pferd in seinen letzten Zuckungen sein konnte, vielleicht war es aber auch irgendein anderes armseliges Wesen, das nach dem Willen des Künstlers mitten in diesem idyllischen Tälchen sein Leben aushauchte.

Der Tod, das hatte Morgenstern bei seinen Mordermittlungen schon früh erfahren müssen, nahm auf Idyll grundsätzlich keine Rücksicht. Es stand außer Frage, dass das auch für Kriegsschauplätze galt. Der Künstler hatte die grässliche Szenerie mit Bedacht in diese ausnehmend friedliche, geradezu romantische Landschaft mit ihren einzelnen Wacholderbüschen, verwunschenen Hecken und felsigen Hängen platziert.

»Komisch, dass wir hier weit und breit die Einzigen sind«, riss Fiona ihn aus seinen Gedanken.

Die Antwort auf dieses Rätsel gab der Himmel selbst. Aus gar nicht allzu großer Ferne war Donnergrollen zu hören. Von Westen nahte ein Gewitter.

»Verdammt, wir sollten sehen, dass wir in die Stadt zurückkommen«, sagte Morgenstern. »Ich sehe hier nirgends etwas zum Unterstellen, wenn es zu regnen anfängt.«

Böiger Wind kam auf, es wurde mit einem Mal dämmrig, und das Donnergrollen verstärkte sich. Die ersten Blitze zuckten – zum Glück immer noch weit entfernt.

»Schnell, Kinder, zurück zu den Fahrrädern«, rief Morgenstern und deutete auf die Gewitterwolken, die immer bedrohlicher wurden. Die Jungen kletterten von »ihren« Figuren und rannten mit den Eltern zu den Fahrrädern am Feldweg unterhalb des Figurenfelds. Es fielen schon die ersten dicken Regentropfen, als Familie Morgenstern den Schotterweg hinab Richtung Staatsstraße fuhr, die beiden Jungen vornweg, die Eltern als Nachhut.

»Auweia, wir werden klitschnass«, rief Fiona. »Was machen wir bloß?«

»Wir fahren auf der Staatsstraße nach Eichstätt zurück, das geht viel schneller. Wenn ich das vorhin richtig gesehen habe, läuft neben der Straße ein Radweg«, entschied Morgenstern.

Mit Karacho bogen die beiden Kinder auf den Radweg neben der Staatsstraße ein, dass der Kies nur so spritzte.

»Der Regen wird immer schlimmer!«, jammerte Marius.

»Pfeif auf den Regen, das Gewitter ist unser Problem«, rief Morgenstern zurück. Über dem Altmühltal zuckten jetzt im Halbminutentakt Blitze, das Rollen des Donners hallte lautstark von den Talflanken wider. Bastian ließ sich mit seinem Rad zu den Eltern zurückfallen.

»Ich habe Angst«, sagte er.

»Wir müssen uns irgendwo unterstellen. Mit den Fahrrädern ist das im Gewitter zu gefährlich«, bestimmte Fiona.

»Aber wo?«, fragte Morgenstern. »Hier ist weit und breit nichts.«

Tatsächlich waren es bis zu den ersten Häusern der Stadt noch eineinhalb Kilometer, und neben dem Radweg war der Hang gleichmäßig mit Magerrasen und einigen kargen Wacholderbüschen bedeckt. In diesem Moment entdeckte Morgenstern hinter einem einzelnen Ahornbaum am Straßenrand die Höhlen. Umwuchert von Gebüsch führten sie nah beieinander in die Bergflanke; die eine so schmal, dass man vermutlich nur kriechend hineinkommen konnte, die andere aber groß und hoch und sicherlich einige Meter tief.

»Schnell, hier rein!«, schrie Morgenstern durch das Donnergrollen. »Marius, komm zurück! Hier ist ein sicherer Platz!«

Gehorsam drehte Marius um, und alle vier Morgensterns warfen ihre Räder neben dem Radweg auf den Boden und rannten in die größere der beiden Höhlen.

»Haben wir ein Glück!«, sagte Fiona schwer atmend. »Nicht zu glauben, dass ausgerechnet hier der perfekte Unterschlupf ist.«

Draußen schüttete es nun wie aus Eimern. Die Blitze kamen immer näher. Als ein besonders scharfer Blitz dicht vor ihnen niederzuckte, zogen sich die Morgensterns so tief wie möglich in die Höhle zurück und setzten sich auf den Boden. Fiona nahm den vor Nässe und Angst bibbernden Bastian in den Arm und hielt ihn fest an sich gepresst. Marius, der Ältere, ebenfalls vom Regen tropfnass, ließ sich dasselbe wider Erwarten von seinem Vater gefallen. Morgenstern drückte ihn, so fest er konnte – er selbst hatte fast genauso viel Angst wie sein Sohn. Aber das hätte er nie zugegeben.

Nach nicht einmal zehn Minuten war der Spuk vorbei. Ebenso schnell, wie die Gewitterfront aufgezogen war, war sie nach Osten weitergetrieben, um anderswo Angst und Schrecken zu verbreiten. Und den Regen hatte sie mitgenommen.

Ungläubig steckten die Morgensterns die Köpfe aus der Höhle.

»Schwein gehabt«, lachte Morgenstern. Marius ging als Erster nach draußen, um sich umzusehen. Keine Minute später war er wieder zurück in der Höhle.

»Papa, komm mal mit!«, sagte er. »Da draußen hängt eine Tafel.«

»Was denn für eine Tafel?«

»Nun komm schon.«

Gehorsam ging Morgenstern mit nach draußen, gefolgt von Fiona und Bastian.

»Hier, schaut.« Marius deutete auf die felsige Stelle zwischen den beiden Höhleneingängen. Von Gebüsch umwuchert war eine ovale

Bronzetafel ans Gestein geschraubt worden. Und was Morgenstern las, sorgte dafür, dass sich ihm die Nackenhaare aufstellten.

»Gruselig«, sagte er. Genau an dieser Stelle, so hieß es in der Inschrift, sei eine Marschkolonne britischer kriegsgefangener Offiziere in den letzten Tagen des Zweiten Weltkriegs, am 14. April 1945, irrtümlich von amerikanischen Tieffliegern angegriffen worden. Die Männer hätten zum Teil in den Höhlen Schutz gefunden, aber vierzehn von ihnen seien ums Leben gekommen, fünfzig verwundet worden. Außerdem hätten zwei deutsche Wachsoldaten hier ihr Leben verloren.

Fiona, sonst eigentlich nicht sehr fromm, bekreuzigte sich. Und Morgenstern schüttelte nachdenklich den Kopf, sah die Höhle nun mit anderen Augen. »Britische Kriegsgefangene hier in Eichstätt«, sagte er. »Das muss man sich mal vorstellen: Der Krieg ist fast schon vorbei, und dann wirst du hier neben diesen Höhlen erschossen.«

»Warum wurden die erschossen?«, fragte Bastian in einer Mischung aus Betroffenheit und kindlicher Neugier.

»Schwer zu sagen«, wich Morgenstern aus. »Es war halt Krieg.« Und fügte dann hinzu: »Für heute habe ich jedenfalls genug von Krieg und Gewalt.« Er blickte nach Westen, wo der Gewitterfront ein spektakuläres Abendrot gefolgt war. »Jetzt fahren wir nach Hause. Wir brauchen alle trockene Klamotten. Sonst holen wir uns hier noch …«

Er sprach den Satz nicht zu Ende.

SAMSTAG

Am nächsten Morgen klingelte Morgenstern um halb neun an der Klosterpforte. Er hatte sich um eine halbe Stunde verspätet, aber es war Wochenende, an dem alle Welt ausschlafen durfte – so kam es ihm zumindest vor. Also hatte er erst ausführlich gefrühstückt, dann ebenso gemächlich in der Zeitung geblättert und schließlich auch noch das Kreuzworträtsel gelöst.

»Hast wohl keine Lust aufs Kloster?«, sagte Fiona schließlich.

»Es hilft nichts«, antwortete Morgenstern. »Ich muss zum Kloster und mich durch ein paar von diesen Wunschbüchern lesen. Wird nicht lange dauern. Ich habe heute Nacht nachgedacht und weiß gar nicht mehr recht, was das überhaupt noch soll. Die alte Frau verhält sich zwar ziemlich seltsam. Aber wir haben den Wilderer gefasst. Wir brauchen nur noch sein Geständnis. Seine Mordwaffe würde mir auch schon reichen, damit gewinnen wir jeden Indizienprozess.«

Nach mehreren herrlichen Spätsommertagen war nun ausgerechnet das Wochenende kühl, regnerisch und trübe geworden. Ein leichter Sprühregen ließ Morgenstern frösteln. Er machte einen kleinen Abstecher über den Eichstätter Marktplatz, auf dem wie jeden Samstag ein farbenfroher Wochenmarkt aufgebaut war. Kartoffelhändler und Gemüseverkäufer drängten sich dicht an dicht, Blumen, Eier, Honig und Oliven wurden angeboten, überall stand die Kundschaft an. Morgenstern kaufte sich an einem Obststand drei Äpfel und schlenderte weiter. Er trödelte, stellte er selbstkritisch fest, und es stimmte: Er hatte keine Lust, in irgendeiner dumpfen Klosterzelle in alten Heften zu blättern. Übellaunig trottete er durch den Sprühregen zum Kloster.

An der Pforte wartete dieselbe Nonne wie am Vortag auf Besuch. »Wollten Sie nicht eigentlich um acht Uhr kommen?«, fragte sie leicht tadelnd.

»Mir ist etwas dazwischengekommen«, brummte Morgenstern, der sich in den Klostermauern ohne Hechts Begleitung unwohl fühlte. Dabei war er nicht der einzige Gast hier: Gleich um die Ecke befand sich ein Frühstücksraum für Touristen, denn das Kloster hatte sich seit einigen Jahren auf die Vermietung von Zimmern an Feriengäste spezialisiert und dafür eigens ein barockes Nebengebäude renoviert. Im ganzen Gang duftete es nach frisch gebackenen Brötchen und Kaffee.

Eine Tür öffnete sich, und eine kleine, rundliche Nonne mit fröhlich blitzenden Augen und einem großen Kreuz auf der Brust kam heraus.

»Soso, Sie sind also der Kommissar, der hier unsere Anliegenbücher einsehen will«, sagte sie lächelnd und reichte ihm die Hand. »Ich bin Mutter Apollonia, die Äbtissin.«

Morgenstern war erleichtert. Er hatte mit einer strengen, unnahbaren Person gerechnet. Um genau zu sein, hatte er an die autoritäre Nonne aus dem Film »Blues Brothers« gedacht, von der die Galgenvögel Jake und Elwood Blues den Befehl erhalten, das Geld für die Rettung ihres Waisenhauses zusammenzubringen.

Die Äbtissin schob ihn durch die Eichentür in das Besprechungszimmer. »Wir haben die Bücher für Sie vorbereitet, die letzten zwanzig Jahre. Hier können Sie es sich bequem machen.« Sie wies ihm einen mit feinen Schnitzereien versehenen Lehnstuhl mit filigran geflochtener Sitz- und Rückenfläche zu, offenbar eine echte Antiquität. Sie selbst nahm auf einem schlichteren Stuhl ihm gegenüber Platz. Der Besprechungstisch, auf dem die Bücher aufgestapelt waren, war ebenfalls ein antikes Stück. An der einen Wand hing ein großes Kreuz, daneben ein gerahmtes Gemälde, das einen Mann mit Kinnbart zeigte.

Mutter Apollonia deutet auf das Bild. »Das ist König Ludwig, nicht der Märchenkönig, sondern Ludwig der Erste. Er hat unserem Kloster im Jahr 1835 die Genehmigung erteilt, weiterbestehen zu dürfen. Eigentlich sollten wir nämlich 1806 aufgelöst werden.«

Morgenstern nickte vage.

»Jedenfalls sind wir dem bayerischen König seitdem zu großem Dank verpflichtet, und deswegen dürfen Sie als bayerischer Beamter nun unter seinen Augen Ihre Ermittlungen führen.«

Morgenstern sah zu dem Kreuz mit dem gemarterten Christus im Todeskampf auf. »Da bin ich ja in bester Gesellschaft.«

»Schön, gell«, sagte die Äbtissin. »Und ich bleibe erst einmal auch hier, vielleicht kann ich Ihnen ja helfen.« Sie zögerte kurz. »Aber erst möchte ich wissen, wonach Sie eigentlich suchen.«

Morgenstern erklärte die Lage so kurz wie möglich, wobei die Ordensfrau immer wieder nickte und gar nicht überrascht schien. Schließlich meinte sie: »Ich habe gerade nichts anderes vor. Wollen wir die Bücher nicht einfach gemeinsam durchgehen? Dann geht es schneller.« Und schon nahm sie sich ein Buch aus dem Stapel und begann zu blättern.

»Z.W.«, sagte sie freudig, »da haben wir sie ja schon. Im August 1992.«

Morgenstern beugte sich quer über den Tisch. »Und? Was schreibt sie?«

»Heilige Walburga! Die nächste Generation. Endlich! Hab vielen Dank. Z.W.« Die Äbtissin überlegte kurz. »Da ist sie wohl Großmutter geworden. Und es scheint, als ob sie lange darauf hätte warten müssen. Schön, dass sie da an unsere heilige Walburga denkt.«

Neugierig blätterte sie weiter. »Im Herbst war sie auch noch einige Male da. Sie selbst schreibt zwar kein Datum dazu, aber die anderen ringsum tun es, und manche haben auch den Wochentag dazu geschrieben. Freitag.«

Sie suchte nach den nächsten Einträgen der unbekannten Frau, und nach kurzer Zeit war sie sich sicher: »Sie kommt einmal im Monat hierher. Immer am ersten Freitag im Monat.«

»Ist da irgendwas Besonderes?«, fragte Morgenstern.

»Für Sie wahrscheinlich nicht, Herr Kommissar«, die Äbtissin schmunzelte, »aber für gewissenhafte Katholiken ist das der Herz-Jesu-Freitag.«

»Aha«, sagte Morgenstern. »Und was ist da, an diesem sogenannten Herz-Jesus-Freitag?«

»Abends wird hier in der Kirche eine Herz-Jesu-Andacht gehalten – wie in den meisten anderen Kirchen übrigens auch.«

»Dann kommt sie also immer zu dieser Andacht. Wie viele Leute sind da normalerweise?«

»Ach, es werden immer weniger, leider«, meinte die Äbtissin. »Aber eigentlich geht mich das nichts an. Das ist Sache der Pfarrei hier. Ich und mein Konvent, wir feiern diese Andacht selbstverständlich in unserer eigenen Hauskapelle hier im Kloster.«

Mit der neu entdeckten Systematik war es ein Leichtes, die Anliegenbücher zu durchforsten. Tatsächlich waren es meist nur zwölf Einträge im Jahr, immer am ersten Freitag eines Monats. Nur ganz selten war die Besucherin von diesem Rhythmus abgewichen und hatte sich mit einer zusätzlichen Bitte zu Wort gemeldet. Meist ging es um Gesundheitliches, aber das war nicht das Entscheidende, wie die Äbtissin bald feststellte.

»Also, richtig sympathisch wird mir diese Person nicht. Da kann sie zum heiligsten Herzen Jesu oder zu unserer heiligen Walburga beten, so viel sie will.«

Als Morgenstern sie erstaunt anblickte, meinte sie schmunzelnd: »Ich darf das sagen.« Dann fügte sie hinzu: »Ich kann es nicht recht erklären, aber unterschwellig spüre ich in allen Einträgen so eine seltsame Bitterkeit, einen Groll gegen die ganze Welt. Finden Sie nicht auch?«

Morgenstern nickte. »Vielleicht liegt es an den Knieschmerzen?«

»Das glaube ich nicht«, sagte die Äbtissin. »Sehen Sie doch mal, hier schreibt sie: ›Ich sollte altersmilde werden, aber ich kann nicht und ich will nicht. Da müsste mein Hirn schon verkalken, damit ich vergebe und vergesse.‹«

»Von wann ist das?«

»Das ist, warten Sie mal – Frühling 2005.«

Morgenstern zog seinen kleinen schmalen Block und einen Bleistift aus der Brusttasche seiner Jeansjacke und notierte sich das Datum und den Eintrag.

»Diese Frau hat irgendein Unrecht erlitten, zumindest glaubt sie, dass es ein Unrecht war. Bloß: Was könnte das gewesen sein? Etwas, das sie offenbar über viele Jahre verfolgt. Und über das sie anscheinend mit niemandem reden will«, sagte Morgenstern nachdenklich.

»Und sie gibt sich große Mühe, einem zufälligen Leser unseres Anliegenbuchs nicht zu offenbaren, worum es geht«, ergänzte die Äbtissin. »Die Frau spricht in Rätseln und seltsamen Andeutungen.«

Morgenstern blätterte ratlos in einem neuen Band. »Hören Sie mal: ›Niemand weiß von meinem Schmerz, der mich durchbohrt, wie die Lanze das Heiligste Herz Jesu durchbohrt hat. Doch der Schmerz lodert in mir wie eine ewige Flamme, und nichts kann sie zum Erlöschen bringen.‹« Er überlegte. »Es könnte sich theoretisch um chronische Schmerzen handeln. Ich habe da einen Kollegen, dessen Mutter momentan mit Walburgisöl gegen ihre Arthrose kämpft … Aber ich glaube eher, dass die Schmerzen im übertragenen Sinn gemeint sind. Ein gebrochenes Herz oder so was.«

»Vielleicht ein großer Verlust, den sie nicht verwinden kann«, sagte Mutter Apollonia. »Ein Mensch, der gestorben ist, eventuell ein Kind. Ein Unfall.«

Morgenstern schaute sie ratlos an, blickte dann auf seinen Notizblock und las murmelnd: »›Ich sollte altersmilde werden‹, Frühjahr 2005. Was immer passiert ist, es muss schon lange her sein. Vielleicht schon in ihrer Jugend.«

Die Äbtissin nickte Morgenstern aufmunternd zu. »Dann sollten wir uns jedenfalls die Mühe machen und auch noch die früheren Anliegenbücher durchsehen. Ich lasse sie holen. Wie weit sollen wir zurückgehen, Herr Kommissar?«

Morgenstern dachte kurz nach. »Angenommen, die Frau ist fünfundachtzig oder noch älter, dann würde ich sagen, wir nehmen die Bücher ungefähr ab 1940.«

»Sie haben recht, Herr Morgenstern. Mögen Sie vielleicht einen Kaffee und ein Nusshörnchen? Wir haben unsere eigene Bäckerei hier, müssen Sie wissen.«

»Gebäck? Gerne. Und den Kaffee bitte schwarz, ohne Milch und Zucker«, sagte Morgenstern.

Mutter Apollonia verließ den Besprechungsraum und war nach zehn Minuten wieder zurück; im Arm trug sie einen großen Stapel Bücher.

»Ich habe nicht mehr alle Jahre genommen, das wären zu viele, sondern habe sozusagen eine repräsentative Stichprobe gezogen«, erläuterte sie. »Sonst sitzen wir heute Abend noch da.«

»Da haben Sie recht«, sagte Morgenstern. »Geben Sie mir doch gleich mal eines von den ganz frühen Büchern.«

Die Äbtissin suchte ein Heft aus dem Stapel heraus, das von 1943 bis 1944 reichte, und Morgenstern blätterte – inzwischen geübt – gezielt nach den Freitagseinträgen am Monatsanfang. Das Buch quoll geradezu über vor Einträgen von Frauen, die in ihrer hilflosen Not die heilige Walburga anflehten: Fast immer ging es ihnen um die sichere Heimkehr der Ehemänner, Söhne oder Enkel, die als Soldaten an den Fronten in ganz Europa kämpften oder als vermisst gemeldet worden waren. Zwischen den Zeilen glaubte Morgenstern die Vorsicht der Frauen lesen zu können, kein kritisches Wort zu schreiben über diesen Krieg, der eindeutig nicht mehr zu gewinnen war.

»Die Gestapo hat bestimmt heimlich in diesen Büchern mitgelesen, ob sich irgendeine verzweifelte Frau der Wehrkraftzersetzung schuldig macht«, sagte er nachdenklich.

»Ach, dafür brauchte es gewiss nicht die Gestapo«, antwortete Mutter Apollonia. »Damals hat es von Denunzianten nur so gewimmelt, das liegt vielen Menschen anscheinend im Blut. Denken Sie doch mal an die alte DDR. Da war jeder Zehnte ein Stasispitzel.« Seufzend fuhr sie fort: »Mich macht so etwas traurig. Ich würde mir wünschen, die Menschen wären stärker, mutiger, menschlicher. Aber sie sind es nicht. Die Menschen sind, wie sie sind. Viel zu oft sind sie egoistisch, auf den eigenen Vorteil bedacht, feige, heimtückisch, nachtragend oder einfach nur oberflächlich, gedankenlos und dumm.«

»Na, Sie haben mir vielleicht ein Menschenbild, Mutter Apollonia«, widersprach Morgenstern. »Glauben Sie denn nicht an das Gute im Menschen? Sie als Klosterfrau müssen das doch schon von Amts wegen, oder nicht?«

»Doch, das Gute ist dem Menschen von Gott eingepflanzt, tief ins Herz, da haben Sie völlig recht. Viele Menschen kümmern sich jedoch nicht um dieses kleine Pflänzchen. Sie pflegen es nicht, sie gießen es nicht. Sie geben ihm keine Sonne zum Wachsen und keine Luft zum Atmen. Sie jäten nicht das Unkraut des Bösen, dessen Samen leider ebenfalls in uns ausgestreut liegt. Sie lassen es zu, dass dieses Pflänzchen überwuchert wird, bis man es kaum noch erkennen kann. Doch es ist immer noch da. Denn es ist unzerstörbar. Nur: Ein großer stattlicher Baum wird daraus nicht mehr werden. Und ich frage Sie: Ist das dann die Schuld desjenigen, der es einst gepflanzt hat?«

Morgenstern dachte einige Augenblicke über das Gesagte nach. Dann schüttelte er den Kopf. »Nein. Natürlich nicht. Jeder Mensch ist sein eigener Gärtner, das wollen Sie doch sagen?«

»Stimmt genau«, nickte die Äbtissin. Sie machte eine nachdenkliche Pause. »Lassen Sie uns weitersuchen«, sagte sie schließlich.

Doch von »Z.W.« war nichts zu lesen, obwohl Morgenstern sehr gewissenhaft blätterte. Er sah zur Äbtissin hinüber. Sie durchforstete konzentriert das Buch aus dem Jahr 1945. Sie hatte von hinten, also am Jahresende, begonnen, und schon nach kurzer Zeit fand sie einen Eintrag.

»Ich habe sie«, sagte sie, und es klang fast triumphierend. »Schon damals derselbe Tenor«, fasste sie den Eintrag zusammen. »›Schmerzlicher Verlust‹ – ›Nicht vergessen, nicht vergeben‹.«

»Bitte blättern Sie weiter«, forderte Morgenstern, und die Äbtissin wunderte sich kein bisschen über den forschen Ton, sondern arbeitete sich gespannt weiter nach vorne. Morgenstern hielt es nicht mehr auf seinem Stuhl, er drängte sich neben die Äbtissin, und schließlich stießen sie fast gleichzeitig auf den ersten Eintrag von Z.W. Er stammte von Ende August 1945, natürlich der Herz-Jesu-Freitag.

Murmelnd las die Äbtissin vor: »Heilige Walburga! Ich komme zu dir in meiner Not, denn du bist die Einzige, die mir in dieser Stadt Hilfe und Trost gibt. Ich habe alles verloren, was mir lieb war, und nur du allein sollst wissen, wie sehr ich leide. Lindere meinen Schmerz, mache mich stark, schütze das Kind in meinem Schoß und gib mir die Kraft, meinen Weg bis zum bitteren Ende zu gehen. Z.W.«

Morgenstern und die Äbtissin sahen sich an. »Sie war also schwanger«, sagte Morgenstern schließlich.

Es klopfte an der Tür, und eine kleine, vom Alter gebeugte Benediktinerin kam mit einem Tablett herein. »Hier ist der Kaffee«, sagte sie und stellte das Tablett ab. »Und zwei Nusshörnchen. Ganz frisch gebacken.« Neugierig kam sie näher und warf einen Blick auf die Bücher, die auf der großen eichenen Tischplatte ausgebreitet lagen. »Die alten Anliegenbücher«, stellte sie fest. »Oben aus dem Schrank im Gang unserer Klausur.«

»Ja, Schwester Seraphina. Der Herr Kommissar sucht nach einer Frau, die sich schon seit über sechzig Jahren an jedem Herz-Jesu-Freitag in der Gruft ins Buch einträgt.« Die Äbtissin deutete auf die kleine Nonne. »Darf ich vorstellen, Herr Morgenstern. Das ist unsere Schwester Seraphina. Eine ganz treue Seele.«

»Seit wann genau schreibt diese Frau, Ehrwürdige Mutter?«, wollte die Nonne wissen.

»Seit 1945. Seit August 1945. Sie ist eine große Verehrerin unserer heiligen Walburga.«

»1945«, nickte Schwester Seraphina. »Kurz nach Kriegsende. Ich erinnere mich noch gut, wie das damals war in Eichstätt.«

»Waren Sie zu der Zeit schon hier im Kloster eingesperrt?«, fragte Morgenstern und biss sich augenblicklich auf die Zunge.

Die betagte Schwester schüttelte den Kopf. »Niemand ist hier eingesperrt, wir sind alle gern hierhergekommen. St. Walburg ist unsere Heimat, hier leben wir, hier sterben wir, hier im kleinen Friedhof in unserem Klostergarten finden wir unsere letzte Ruhe.«

»Und wie war das damals am Kriegsende in Eichstätt?«, hakte Morgenstern nach.

Die Schwester nahm sich einen Stuhl und setzte sich an den Tisch. »Wir waren damals ein großer Konvent, und wir hatten beste Beziehungen nach England und Amerika. St. Walburg hat dort einige Tochterklöster.«

»Klosterfilialen also?«

»Sozusagen. Unsere damalige Äbtissin Benedicta hielt auch in den Kriegsjahren die Verbindung zu unseren Mitschwestern aufrecht. Auf diesem Weg hatte sie am Ende auch Kontakt zu den amerikanischen Truppen, die von Norden her auf Eichstätt zumarschierten, damals im April.«

Morgenstern hörte der kleinen Nonne gebannt zu.

»Oben auf der Willibaldsburg saß die SS und hatte sich mit schweren Geschützen verschanzt«, fuhr sie fort. »Und die Amerikaner hatten bereits beschlossen, die Stadt wegen der SS zu bombardieren. Da hat sich unsere Hochwürdige Mutter Benedicta eingeschaltet und die Bombardierung verhindert. Fragen Sie mich nicht, wie ihr das gelungen ist. Jedenfalls ist die SS ohne Blutvergießen abgezogen, die Eichstätter haben die weiße Fahne am Rathaus rausgehängt, und schon kamen die Amerikaner mit ihren Panzern in die Stadt gefahren. In endloser Kolonne durch die Westenstraße.«

Die alte Frau schloss wieder die Augen. »Ich war damals noch Novizin. Fünfundzwanzig Jahre alt. Wir haben von den vergitterten Fenstern unseres Klosters auf die Westenstraße geschaut und gesehen, wie die Amis einrückten.«

»Da haben die Eichstätter Schwein gehabt, dass die SS freiwillig getürmt ist«, meinte Morgenstern. »Das hätte auch schiefgehen können.« Er dachte an das völlig zerbombte Nürnberg.

»Die heilige Walburga hat uns geholfen«, sagte Seraphina. »Es war wie ein Wunder, dass alles so gut ausgegangen ist. Die SS hatte einen regelrechten Hass auf das fromme katholische Eichstätt und wusste genau, dass alle nur darauf warteten, dass endlich die Amerikaner kamen. Am Schluss haben sie sogar noch ein paar arme Kerle aufgehängt, direkt vor ihrem Abzug. Sinnlos, so sinnlos.« Die Nonne schüttelte den Kopf. »Aber jetzt muss ich mich wieder um unsere Urlaubsgäste kümmern.« Sie schaute auf die Uhr. »Mei, es ist schon elf. Ich muss die Zimmer herrichten.« Mit schnellen Trippelschritten verließ sie den Besprechungsraum.

»Ich kann doch nicht bis zum nächsten Herz-Jesu-Freitag warten, bis die alte Frau wieder in die Walburgisgruft kommt«, brummelte Morgenstern.

Die Äbtissin schüttelt den Kopf. »Gestern war erst Herz-Jesu-Freitag. Der nächste ist also in einem Monat, Anfang Oktober. Sie müssen sich etwas einfallen lassen. Oder Sie setzen auf Kommissar Zufall als fünfzehnten Nothelfer.«

Morgenstern sah sie verständnislos an. »Welcher Nothelfer?«

»Die vierzehn Nothelfer? Kennen Sie die nicht?«

»Ähm, nicht persönlich«, beeilte sich Morgenstern.

»Die vierzehn Nothelfer sind Heilige, die man in besonderen Notlagen anrufen kann.«

»Aha. Gehört da denn die heilige Apollonia auch dazu?«, fragte er, denn der ungewöhnliche Vorname der Äbtissin hatte ihn schon die ganze Zeit beschäftigt.

»Nein, die Apollonia ist nicht dabei, obwohl sie gut dazupassen würde. Sie hilft nämlich bei Zahnschmerzen.«

Morgenstern schüttelte den Kopf über so viel volkstümliche Wundergläubigkeit. Doch die Äbtissin war unbeeindruckt. »Wenn Sie jemals einen eitrigen Backenzahn haben, denken Sie an meine Worte.«

»Auweia«, sagte Morgenstern und griff sich instinktiv an die Backe.

Nachdem er sich das allererste Anliegen der unbekannten Frau aus dem Sommer 1945 notiert und zudem sein Nusshörnchen mit viel Gekrümel gegessen hatte, verließ Morgenstern das Kloster. Zum Abschied reichte Mutter Apollonia ihm ein winziges, mit Wachs versiegeltes Glasfläschchen voll Walburgisöl, kleiner als ein Fingerhut, dazu einen Zettel, auf dem ein Gebet abgedruckt war.

»Was ist das jetzt eigentlich genau, dieses Öl?«, fragte Morgenstern, als er schon in der Tür stand. »Da sind ja bloß ein paar Tropfen drin.«

»Es ist kein Öl, auch wenn es so heißt. Chemisch gesehen ist es reines Wasser, Kondenswasser. Es bildet sich in der kalten Jahreszeit im Sarkophag der heiligen Walburga, und wir füllen es in diese kleinen Fläschchen ab. Seit vielen Jahrhunderten schon.«

»Schwitzwasser aus einem Steinsarg. Klingt ja gruselig«, sagte Morgenstern ehrlich.

»Aber es schafft, wenn man will, ganz engen Kontakt zu unserer Heiligen.«

»Wenn man will«, wiederholte Morgenstern.

»Gott segne Sie, Herr Kommissar«, sagte die Äbtissin zum Abschied.

War gar nicht so schlimm, stellte er fest, als er draußen auf dem sonnigen Hof stand. Gegenüber Hecht, nahm Morgenstern sich vor, würde er aber dennoch fürchterlich jammern. Konnte nichts schaden, wenn der Kollege ein bisschen Respekt vor seiner Leistungsbereitschaft bekam. Nur von dem Walburgisöl, das er in die Hosentasche gesteckt hatte, würde er ihm sicherheitshalber nichts erzählen. Hechts mit Sicherheit blöden Kommentar dazu wollte er sich ersparen. Überhaupt: Was sollte er mit dem sonderbaren Fläschchen anfangen? Wegwerfen war bestimmt total verboten. Er würde das Ding wohl am besten in die heimische Hausapotheke stecken, zu den Aspirintabletten und der Mobilat-Salbe.

Auf dem Heimweg beschloss Morgenstern, noch einmal auf den Wochenmarkt zu gehen und einen Blumenstrauß für Fiona zu kaufen. Das schlechte Gewissen plagte ihn, weil er sie mit den Jungs schon am übernächsten Tag in den Urlaub verabschieden würde. Gut, dass er es ihr jetzt gebeichtet hatte. Niemals würde er seinen Fall bis zum Montagmittag lösen können. Erwin Zachinger, der Wilderer, schien vorerst nicht zu einem umfassenden Geständnis bereit. Und die mysteriöse alte Frau war ihm immer noch ein Rätsel – ein Rätsel mit einer engen Verbindung zum ermordeten Matthias Schreiber. Er dachte über die Einträge im Anliegenbuch nach. An die Einsamkeit und Verbitterung, die darin zu spüren war. Gott sei Dank hatte er seine Fiona – und für die war der üppigste Blumenstrauß jetzt gerade gut genug.

Eine Gemüsehändlerin in grüner Schürze bot selbst gebundene Bauernsträuße an, die in mit Wasser gefüllten Blecheimern steckten, außerdem hatte sie noch einige wenige Sonnenblumen im Angebot. Morgenstern suchte den schönsten Strauß aus, begutachtete ihn von allen Seiten und wandte sich an die Verkäuferin. »Was kostet der?«

»Für Sie heute sechs Euro«, sagte sie – und gab damit genau die Summe wieder, die Morgenstern zuvor schon auf einem weißen Plastikschildchen entziffert hatte. »Die Eichstätter Männer sind halt Kavaliere.« Die Blumenhändlerin nahm den Strauß und wickelte ihn in einige Bogen einer alten Ausgabe des Eichstätter Kurier ein.

»Sind Sie aus Eichstätt?«, fragte Morgenstern, um die Wartezeit zu überbrücken.

»Nein, aus Marienstein.«

Morgenstern brauchte einen Moment, bis er verstand. »Aber Marienstein, das ist doch Eichstätt«, sagte er.

»Nein, nein. Wir gehören bloß formal zu Eichstätt, seit der Eingemeindung 1972. Das ist ein großer Unterschied für uns Einheimische.«

Morgenstern schüttelte den Kopf über diese Engstirnigkeit. Immerhin waren Eichstätt und Marienstein längst zusammengewachsen. Wahrscheinlich wussten nur noch Vermessungsbeamte, wo genau die alte Stadtgrenze verlief. Er sah die etwa fünfundsechzigjährige Blumenverkäuferin nachdenklich an.

»Sagen Sie, kennen Sie eigentlich alle Ihre Kunden?«, fragte er einer plötzlichen Eingebung folgend. »Ich meine jetzt insbesondere die Älteren?«

»Die allermeisten ja. Ich stehe hier schon seit 1973 mit meinem Stand. Sommer und Winter, bei Regen und Sonnenschein, ob es stürmt oder schneit. Jeden Mittwoch und jeden Samstag von sieben Uhr bis ein Uhr.« Sie drückte Morgenstern den eingewickelten Blumenstrauß in die Hand und nahm seinen Zehn-Euro-Schein entgegen.

»Hat neulich vielleicht eine alte Dame, deutlich über achtzig Jahre alt, bei Ihnen einen großen Sonnenblumenstrauß gekauft? Eine kleine, gebückte alte Frau. Das müsste am Mittwoch gewesen sein.« Er schaute die Frau gespannt an.

Die Blumenhändlerin überlegte kurz, dann sagte sie: »Ein großer Strauß Sonnenblumen? Ja, ich erinnere mich. Das war gleich am Morgen. Sie war meine erste Kundin.«

»Kennen Sie die Frau?«, drängelte Morgenstern.

Die Blumenhändlerin nickte. »Sie kommt immer wieder mal. Aber Blumen hat sie bei mir zum ersten Mal gekauft. Sonst kauft sie immer bloß gelbe Rüben oder Kohlrabi. Oder eine Knolle Rote Bete. Einfache Sachen. Sie muss wohl ihren Sparstrumpf zusammenhalten.«

»Und wissen Sie ... wissen Sie, wie sie heißt?«, fragte Morgenstern und hielt die Luft an. Heiliger fünfzehnter Nothelfer, wer immer du bist, jetzt ist dein Typ gefragt, dachte er. Gib mir einen Nachnamen mit W und einen Vornamen mit Z!

»Schon«, sagte die Blumenhändlerin. »Zinsmeister heißt sie. Das ist die Zinsmeister Wally.«

Morgenstern starrte die Blumenhändlerin an. Zinsmeister! Wally! Z.W. Das war sie! Der Vorname mit W und der Nachname mit Z. Er schlug sich innerlich gegen die Stirn. Natürlich, das war doch typisch hier in den eher ländlichen Gebieten. Ganz selbstverständlich wurde erst der Familienname genannt und dann erst der Vorname. Deshalb hatte er am Abend zuvor vergeblich im örtlichen Telefonbuch geblättert.

»Da hätten wir ja noch lange nach einer Zenta oder Zita oder Zensi suchen können«, murmelte er, was ihm einen verständnislosen Blick der Blumenfrau einbrachte. Morgenstern legte den Blumenstrauß zur Seite, holte seinen Block aus der Tasche und schrieb sich den Namen auf.

»Wally? Das bedeutet Walburga, oder?« Die Händlerin nickte. »Und Zinsmeister wie Zins und Zinseszins?«

»Genau. Das ist hier in der Gegend ein geläufiger Name.«

»Wissen Sie zufällig, wo sie wohnt?«

»Nein, da muss ich passen.«

»Macht nichts, das kriege ich schon raus«, sagte Morgenstern zuversichtlich, nahm seinen Blumenstrauß, bedankte sich kurz und eilte nach Hause.

»Halt, Sie kriegen noch Wechselgeld von mir, Ihre vier Euro«, rief ihm die Blumenhändlerin hinterher.

»Schenk ich Ihnen«, rief er über die Schulter zurück. »Informationshonorar!«

Ratlos blickte ihm die Blumenfrau nach, dann murmelte sie: »Die Eichstätter Männer sind halt Kavaliere.«

Es war fast Mittag, als Morgenstern nach Hause kam und, immer zwei Stufen auf einmal nehmend, die Treppe zu seiner Wohnung hochstürmte.

»Fiona, ich hab den Namen rausgebracht«, rief er in die Küche. »Fiona?«

»Hier bin ich, im Schlafzimmer«, rief sie zurück.

Morgenstern fand sie vor dem großen Kleiderschrank. Auf dem Bett hatte sie einen Stapel aus T-Shirts, Blusen, Jeans und Bikinis aufgetürmt. Die Reisetasche stand daneben. Es wurde also ernst. Morgenstern schluckte.

»Wer bekommt jetzt das zweite Erwachsenenticket?«, fragte er vorsichtig.

»Niemand. Ich habe zwei Freundinnen in Nürnberg angerufen, aber so kurzfristig kann keine weg. Vielleicht kann ich dein Ticket ja direkt am Flughafen in München verkaufen, als privates Last-Minute-Angebot für irgendeinen spontanen Rucksackreisenden.«

Morgenstern seufzte, dann streckte er Fiona den Blumenstrauß entgegen. »Schau mal, den habe ich gerade für dich auf dem Wochenmarkt gekauft«, sagte er und riss jetzt erst ungeschickt die Verpackung aus Zeitungspapier ab.

Fiona blickte Morgenstern an, dann nahm sie den Strauß, betrachtete ihn ein Weilchen, legte ihn zur Seite und gab ihrem Mann einen langen Kuss. Blumen funktionieren immer, das sollte man als Mann nie vergessen, dachte Morgenstern erleichtert.

Wenig später blätterte er im Eichstätter Telefonbuch: ein dünnes Heftchen, das nur die Teilnehmer der Stadt Eichstätt und ein gutes Dutzend umliegender Gemeinden enthielt. Fiona, die er knapp über seine neuesten Erkenntnisse informiert hatte, stand neben ihm.

»Da ist sie«, sagte sie und deutete auf die Spalte, »Zinsmeister, Walburga, Frauenberg 87.«

»Ich würde am liebsten gleich hingehen«, überlegte Morgenstern. »Ich muss wissen, was es mit ihr und dem alten Schreiber auf sich hat.«

»Mike, es ist Samstagmittag. Dein Eifer in allen Ehren, aber meinetwegen kannst du ruhig bis Montag warten. Die Türkei kannst du dir so oder so abschminken.« Fiona zögerte kurz, dann räumte sie ein: »War eine blöde Idee von mir, dich so unter Druck zu setzen. Schwamm drüber. Aber du musst mir versprechen, dass du dich nicht nur von Fast Food ernährst – und in den Pub solltest du auch nicht jeden Abend gehen. Das tut dir nicht gut.«

»Danke für den Rat«, sagte Morgenstern spitz. »Ich werde versuchen, ihn zu beherzigen.« Vor seinem geistigen Auge sah er sich schon Abend für Abend vor dem Fernseher versumpfen, ganz allein mit einer Flasche Wein, einer Tüte Chips und einer Riesenportion gähnender Langeweile.

»Du musst aber nicht die ganze Zeit vor der Glotze abhängen, sondern könntest auch mal wieder zum Joggen gehen«, hielt Fiona dagegen. Wieder einmal schien sie seine Gedanken gelesen zu haben; allmählich wurde sie Morgenstern unheimlich. »Erinnerst du dich noch an deinen Halbmarathon in Nürnberg? Heute würdest du keine fünf Kilometer schaffen.«

In der Tat hatte Morgenstern vor einiger Zeit in der Altersgruppe »40 plus« sein Debüt als Langstreckenläufer gegeben, es anschließend aber dabei bewenden lassen. Andere Läufer, darunter auch einige Polizeikollegen, waren regelrecht süchtig nach dem täglichen Endorphinkick geworden, hatten sich bis zur Marathonstrecke vorgearbeitet. Morgenstern hingegen reichte der einmalige Beweis seiner Willenskraft vollauf.

Na gut, vielleicht würde er seinem inneren Schweinehund in der kommenden Woche den Kampf ansagen und eine Runde Dauerlauf riskieren, dachte er. Nicht dass er eines nahen Tages sportlich nicht mehr mit seinen Söhnen mithalten könnte. Insbesondere Marius hängte ihn bei Radtouren jetzt schon gelegentlich ab. Und bei Bastian war das auch nur noch eine Frage der Zeit. Die Burschen waren fit, gar kein Zweifel, dachte er stolz, und dabei fiel ihm Jonas ein, der junge Klettertrainer, den er am Tresen im Pub kennengelernt hatte. Ein guter Aufhänger, um von seinen angeblichen sportlichen Unzulänglichkeiten abzulenken.

»Du, ich hab neulich mit einem Typen gesprochen, der beim Alpenverein Kletterkurse für Kinder und Jugendliche in der Halle anbietet.«

»Und?«

»Wir könnten ja unsere Jungs bei ihm anmelden. Das würde ihnen bestimmt Spaß machen.«

»Könnte ich mir vorstellen«, meinte Fiona. »Ist der Mann sympathisch? Wie heißt er denn?«

»Der ist okay. So ein lässiger junger Kerl mit Rastalocken, Marke Bob-Marley-Verschnitt.«

»Ich denke, das hat Zeit bis nach unserem Urlaub. Aber grundsätzlich bin ich dafür. Solange er unseren Kindern nicht das Kiffen beibringt.«

»Gut, nach dem Urlaub. Ich werde jetzt bei dieser Frau Zinsmeister vorbeischauen, sonst finde ich das ganze Wochenende keine Ruhe.«

»Wäre es nicht besser, du würdest den Spargel mitnehmen?«, fragte Fiona.

»Warum? Meinst du, dass mir die Alte an die Gurgel geht? Nein, ich werde mich ganz friedlich mit ihr unterhalten.«

»Und was ist mit dem Mittagessen?«, fragte Fiona. »Ich habe einen leckeren Gemüseauflauf im Ofen, mit Zucchini, Kartoffeln, Möhren und Fenchel.«

»Wartet nicht auf mich. Ich kaufe mir später was.« Bei McDonald's, dachte Morgenstern, behielt das Geheimnis aber wohlweislich für sich.

»Ach, noch was, Mike: Deine Brille ist fertig. Der Optiker hat eben angerufen. Du kannst sie jederzeit abholen. Am besten machst du das jetzt gleich, liegt doch auf dem Weg.«

Morgenstern brummelte etwas Unverständliches, steckte sich dann aber ein paar große Scheine in den Geldbeutel und ging aus dem Haus.

Er kam gerade noch rechtzeitig durch den Nieselregen, bevor der Optiker um Punkt zwölf Uhr mittags das Wochenende einläutete, und ehe er sichs versah, stand er mit der Brille auf der Nase auf der Straße und sah die Welt mit ganz neuen Augen.

Das Gestell drückte ungewohnt an Ohren, Schläfen und Nasenbein, und Morgenstern blinzelte missmutig mal durchs eine, mal durchs andere Glas. Die Regentropfen, die auf den Gläsern hafteten, irritierten ihn. Nach wenigen Minuten stopfte er die Sehhilfe in seine Jackentasche. Ihm blieb noch Zeit genug, sich an das Ding zu gewöhnen, dachte er unfroh. Der Rest seines Lebens.

***

Die Adresse Frauenberg 87 lag dicht beim Stadtzentrum, allerdings jenseits der Spitalbrücke auf der anderen Seite der Altmühl. Eng aneinandergeschmiegt standen hier alte Häuser steil den Berg hinauf. Der Frauenberg war eine historische Vorstadt, eine von vieren in Eichstätt. Hier hatte der Reichtum im Laufe der Jahrhunderte nur bedingt Einzug halten können. Kleine Handwerker und Tagelöhner hatten am Frauenberg ihre Häuschen gebaut und sich nebenher ein paar Ziegen gehalten. Heute waren viele dieser Anwesen renoviert, aber einige hatten seit Jahrzehnten keinen Handwerker gesehen, erkannte Morgenstern, als er zu Fuß die Straße hinaufächzte. Hausnummer 87 – das war mal wieder typisch. Bei seinen Ermittlungen musste er immer zum weitest entfernten Haus einer Straße marschieren. Warum konnte es nicht Hausnummer 2 sein?

Endlich stand er vor Walburga Zinsmeisters Haus und wandte sich noch einmal um: Unter ihm lag die Altstadt mit dem Dom, der Schutzengelkirche und der riesigen Klosteranlage von St. Walburg, die sich an den gegenüberliegenden Hang des Altmühltals schmiegte. Er konnte auch die gewaltige mittelalterliche Stadtmauer erkennen, die die Stadt mit hochgemauerten Türmen nach Norden hin abschirmte. Sogar die Mariensäule, die auf dem Residenzplatz stand, war zu sehen. Die vergoldete Figur ragte ein klein wenig über die umgebenden Gebäude heraus.

Schön hier, wenn nur der verdammte Regen nicht wäre, dachte Morgenstern, denn noch immer nieselte es sanft. Er zog den Kopf tief ein und warf einen letzten Blick hinab auf die Stadt. Er musste an die alte Klosterschwester denken, die so eindringlich von den letzten Kriegstagen erzählt hatte. Wirklich ein Glück, dass die amerikanischen Bomber Eichstätt damals, 1945, in Frieden gelassen hatten.

Morgenstern drehte sich um und sah sich Walburga Zinsmeisters Haus an: eher ein Häuschen, wenn man es recht betrachtete. Dringend sanierungsbedürftig. Der Putz bröckelte an einigen Stellen von der graubraunen Wand, der Lack der dunkelgrünen Haustür blätterte ab. Wären nicht hinter den Fenstern einige Topfpflanzen gestanden, hätte man das Haus für unbewohnt halten können.

Morgenstern läutete und lauschte gespannt. Es gab, wie hier nicht anders zu erwarten, keine Sprechanlage. Es dauerte eine Weile, dann hörte er im Flur Schritte, und die Tür öffnete sich.

»Grüß Gott«, sagte die gebückte alte Frau und musterte Morgenstern fragend.

»Sind Sie Frau Zinsmeister? Walburga Zinsmeister?«, fragte Morgenstern. Als die Frau nickte, holte er seinen Dienstausweis aus der Tasche, zeigte ihn ihr und stellte sich vor: »Ich bin Oberkommissar Mike Morgenstern von der Kriminalpolizei in Ingolstadt. Ich ermittle im Mordfall Matthias Schreiber, und ich würde mich gerne mit Ihnen unterhalten.«

»Mit mir unterhalten?« Walburga Zinsmeister hob die Handflächen nach oben. »Was soll eine Frau wie ich dazu sagen können?«

»Ich denke, wir sollten das drinnen besprechen«, sagte Morgenstern und deutete kurz auf die Nachbarhäuser. »Es muss ja nicht jeder zuhören.«

»Wenn Sie meinen«, sagte Walburga Zinsmeister. »Bitte sehr.« Sie ging Morgenstern durch einen schmalen Gang voraus und dann nach rechts in eine kleine, niedrige Küche, die zugleich als Essraum diente.

Morgenstern betrachtete die Frau. Ihre glatten Haare waren grau, fast silbern, ihr Gesicht hager und faltig, mit einer markanten, langen Nase und großen braunen Augen. Bestimmt war sie einst eine schöne Frau gewesen.

Morgenstern quetschte sich auf eine kleine, enge Eckbank und legte seinen Notizblock auf die blanke Resopalplatte des Tisches. Die Einbauküche war wohl aus den frühen sechziger Jahren, die Türen der Hängeschränke hingen müde in den ausgeleierten Angeln. In einer Ecke drängten sich ein kleines Sofa und ein dunkelgrünes Küchenbüfett, in dessen Glasfenster Fotos gesteckt waren. Hinter ihm an der Wand hing ein gesticktes Bild in einem Rahmen, das Dürers »Betende Hände« zeigte. Daneben das Farbfoto eines Brautpaars: eine Studioaufnahme.

Auf einem frei stehenden Gasherd kochten Kartoffeln, ein Geruch, den Morgenstern sofort erkannte.

»Was gibt's denn heute?«, fragte er, um die Situation zu entspannen, und deutete auf den Herd.

»Salzkartoffeln, Kraut und Wurst«, sagte Walburga Zinsmeister. »Aber die Kartoffeln brauchen noch ein bisschen. Was genau wollen Sie von mir wissen?«

»Frau Zinsmeister, mein Kollege und ich haben Sie gestern auf der Beerdigung von Matthias Schreiber gesehen. Sie kamen erst sehr spät auf den Friedhof und hatten einen sehr ... schönen Blumenstrauß dabei. Da drängt sich der Gedanke auf, dass Sie etwas über Herrn Schreiber wissen könnten, das uns bei unseren Ermittlungen weiterhelfen könnte.«

»Er ist ja nun tot.« Walburga Zinsmeister zog sich einen einfachen Stuhl heran und setzte sich Morgenstern gegenüber. »Und wir alle müssen einmal sterben, der eine früher, der andere später, nicht wahr?« Morgenstern nickte, und sie sprach weiter: »Wissen Sie, was ich manchmal glaube? Es gibt Menschen, denen schenkt der Herr fast das ewige Leben. Alle um sie herum sterben, aber sie trifft es nicht. Als wollte man sie im Himmel nicht haben.« Sie machte eine Pause. »Und in der Hölle auch nicht.«

»Zählen Sie sich auch zu diesen Menschen? Wie alt sind Sie, Frau Zinsmeister?«

»Ich bin jetzt fünfundachtzig, und weiß Gott, ich habe mir oft gewünscht, es würde einfach zu Ende gehen. Lange schon. Aber ich musste weiterleben, immer weiterleben. Man hat mich noch gebraucht.«

Morgenstern dachte an das Hochzeitsfoto hinter sich an der Wand. »Waren Sie, ähm, sind Sie verheiratet?«, fragte er.

»Nein, ich war nie verheiratet.« Sie deutete auf das Foto. »Aber ich habe einen Sohn. Gottfried. Er wohnt draußen in Landershofen in einem schönen Haus und sieht immer wieder einmal bei mir nach dem Rechten. Er hat mir angeboten, dass ich bei ihm wohne, aber ich bin der Meinung, dass jeder sein eigenes Leben führen soll. Einen alten Baum verpflanzt man nicht«, sagte sie und lächelte dünn. »Und eine bessere Aussicht als hier kann ich nicht haben.«

Morgenstern war sich nicht sicher, wie weit die Liebe dieses Gottfried reichte, wenn er dem Haus seiner Mutter so wenig Pflege angedeihen ließ. Als Schmuckstück konnte man es wirklich nicht bezeichnen. »Was wissen Sie über Matthias Schreiber?«, wiederholte er und drückte demonstrativ die Mine seines Kugelschreibers heraus.

»Nun, jeder hier in der Stadt kannte ihn. Sie haben ja gesehen, wie groß die Beerdigung war. Am Ende haben nicht einmal die Sterbebildchen ausgereicht, die sie gedruckt hatten.«

»Haben Sie denn noch eines bekommen?«

»Ja. Wollen Sie es sehen?« Sie stand auf und ging aus der Küche über den Gang in ein rückwärts gelegenes Zimmer. Morgenstern hörte, wie sie eine quietschende Schranktür öffnete. Wenig später kehrte sie zurück.

»Sehen Sie, das ist es.«

Morgenstern nahm das gefaltete Erinnerungsstück und betrachtete es. Auf der Vorderseite war ein hölzernes Wegkreuz in einer Gebirgskulisse zu sehen. Die Innenseite informierte über Schreibers Lebensdaten.

»Ich habe eine ganze Sammlung von Sterbebildchen«, sagte die alte Frau. »Sie sind für mich wie Grabsteine aus Papier.«

»Aber Sie werden wohl nicht auf jeder Beerdigung einen Blumenstrauß ins Grab werfen«, sagte Morgenstern und erinnerte sich an die Aussage der Blumenhändlerin.

»Nein, der Hias war eine Ausnahme.«

»Warum eine Ausnahme? Warum haben Sie ihm Blumen gekauft?«, beharrte Morgenstern. »Waren Sie mit ihm befreundet? Hat er Ihnen irgendwann geholfen, vielleicht schon vor langer Zeit, nach dem Krieg?«

Walburga Zinsmeister schaute Morgenstern verständnislos an.

»Wie kommen Sie denn darauf?«

»Ach, nur so«, nuschelte Morgenstern. »Wir haben uns halt ein bisschen schlaugemacht.«

»Sagen Sie mal, was haben Sie denn sonst noch alles über mich ermittelt?«, fragte Walburga Zinsmeister misstrauisch. »Ich finde es sonderbar, dass Sie sich so sehr für eine alte Frau wie mich interessieren.«

»Wir wollen nur wissen, was Sie und Herr Schreiber verbindet, das ist alles.«

»Das geht nur ihn und mich etwas an.«

»Das sehen wir von der Polizei leider anders. Wenn ein Mensch ermordet wurde, gibt es keine Privatsphäre mehr. Dann müssen die Karten auf den Tisch.«

»Ich muss Ihnen gar nichts sagen«, sagte Walburga Zinsmeister leise. »Aber Sie können mir glauben, dass ich Matthias Schreiber schon sehr, sehr lange gekannt habe. Besser als mancher andere.«

»Das hört sich an, als hätte er ein Geheimnis gehütet«, schoss Morgenstern ins Blaue.

»Hat nicht jeder Mensch seine Geheimnisse?«, fragte die alte Frau zurück. »Sie haben doch bestimmt auch welche, Herr Kommissar?«

Morgenstern dachte nach. Natürlich gab es Dinge, von denen er inbrünstig hoffte, dass niemand dahinterkam. Erinnerungen, die er im hintersten, dunkelsten Winkel seines Gedächtnisses eingekerkert hatte, gesichert mit dreifachem Vorhängeschloss und einer Alarmanlage, die losging, sobald sich ein Gedanke nur in die Nähe verirrte. Auch seine Versetzung nach Eichstätt fiel in diese Rubrik.

»Sie und Herr Schreiber teilten also ein Geheimnis?«

»Wenn Sie so wollen.«

Morgenstern straffte sich. »Ich gebe jetzt einfach einen Tipp ab, und Sie sagen mir, ob ich richtigliege. Es hängt mit Ihrem Sohn Gottfried zusammen.«

Walburga Zinsmeister machte ein überraschtes Gesicht. »Richtig«, sagte sie.

»Dann ist Matthias Schreiber, auch wenn er damals erst ein Jugendlicher war, der Vater von Gottfried«, mutmaßte Morgenstern.

»Falsch«, sagte die alte Frau und drückte den Rücken durch. »Und ich denke, dass Sie mit dieser Frage meine Geduld genug strapaziert haben, mehr noch, Sie haben mich beleidigt. Niemals hätte ich mich mit einem Milchgesicht von der Hitlerjugend eingelassen. Niemals.«

»Schreiber war bei der Hitlerjugend?«, fragte Morgenstern überrascht.

»Wundert Sie das? Sie müssen sich nur ein bisschen in der Stadt umhören, dann werden Sie rasch erfahren, welche Ansichten er vertreten hat. Manche Menschen werden mit dem Alter weiser, aber zu denen gehörte er nicht. Die meisten ändern sich nie.«

»Wenn Sie Schreiber für einen schlechten Menschen halten, warum dann die Blumen?« Morgenstern war nahe davor, zu fragen, warum der Sonnenblumenstrauß so lieblos mit der nächstbesten Kordel zusammengezurrt worden war. Aber er hatte das Gefühl, dass er sich diese Frage noch aufsparen sollte.

»Ich hatte meine Gründe«, sagte Walburga Zinsmeister kurz angebunden.

»War denn Ihr Sohn, der Gottfried, auch auf der Beerdigung?«

»Nein.«

»Und warum nicht, wenn es doch dieses verbindende Geheimnis gibt?«, bohrte Morgenstern nach.

»Gottfried weiß nichts davon, und das soll auch so bleiben. Ich habe nie mit ihm darüber gesprochen. Ich war immer der Ansicht, er sollte unbeschwert aufwachsen. Aber das stellt man sich immer so einfach vor. Er ist nicht unbeschwert aufgewachsen. Gottfried war immer ein stilles, nachdenkliches Kind. Er hat es nicht leicht gehabt. Wir waren arm, und er hatte nur mich. Und ich war oft nicht zu Hause. Ich musste Geld verdienen.«

»Was haben Sie gearbeitet, Frau Zinsmeister?«

»Ich habe für das Forstamt gearbeitet. Draußen im Wald. Ich habe Bäume gepflanzt, Zäune gebaut, ausgegrast.«

»Ausgegrast?«

»Kennen Sie das nicht? Im Sommer muss man durch die Schonungen und das Unkraut mit der Sichel abschneiden. Sonst ersticken die kleinen Bäume unter Brombeerranken. Eine schwere Arbeit, wenn es heiß ist und einem die Bremsen um den Kopf schwirren. Und trotzdem war es damals eine Frauenarbeit.«

»Was haben Sie für eine Ausbildung?«, wollte Morgenstern wissen.

»Ich war Krankenpflegerin, hier im Lazarett in der Eichstätter Jugendherberge. Gleich da drüben, unterhalb der Willibaldsburg.« Sie deutete vage aus dem Fenster nach Westen. »Aber nach dem Krieg hat man natürlich nicht mehr so viele Pflegerinnen gebraucht. Und ich hatte keine richtige Ausbildung, keine Lehre oder Ähnliches. Viele von uns waren damals nur angelernt. Ich auch. Und dann war ich schwanger und musste sehen, wo ich bleibe mit meinem Gottfried. Es war eine schwere Zeit, das können sich junge Menschen wie Sie nicht vorstellen. Aber wir sind durchgekommen. Mit Gottes Hilfe.«

»Und mit Hilfe der heiligen Walburga«, fügte Morgenstern fromm hinzu.

»Ja, auch mit Walburgas Hilfe«, sagte Walburga Zinsmeister und blickte Morgenstern dann überrascht an. »Wie kommen Sie darauf?«

»Ach, nur so. Hier in Eichstätt ist die heilige Walburga doch allgegenwärtig«, beeilte er sich zu sagen. »Sie haben einen besonders guten Draht zu ihr, nicht wahr?«

Walburga Zinsmeister nickte. »Sie ist schließlich meine Namenspatronin. Wie heißen Sie denn?«

»Mike«, murmelte Morgenstern und fügte dann rasch hinzu: »Also eigentlich, äh, Michael.«

»Der Erzengel Michael mit dem Flammenschwert. Ein starker Heiliger. Der gefällt mir.« Die Andeutung eines Lächelns spielte um Walburga Zinsmeisters Mund. »Ich sehe ihn mir oft an.«

»Wen sehen Sie sich an?«, fragte Morgenstern verwirrt.

»Den Erzengel Michael. Den Kämpfer für das Gute. Gehen Sie doch mal in die Schutzengelkirche hier in Eichstätt, am Leonrodplatz. Schauen Sie sich dort das Altarbild an. Es ist gewaltig.« Sie beschrieb mit den Händen die Dimensionen des Gemäldes und fuhr dann schwärmerisch fort: »Auf dem Bild sehen Sie, wie der Erzengel Michael den Teufel in den Abgrund gestoßen hat. In die Hölle. Hinab ins ewig lodernde Feuer. Zum Gewürm. Sankt Michael, der Arm der Gerechtigkeit.« Walburga Zinsmeisters Augen waren bei den letzten Worten hart geworden. Sie starrte Morgenstern herausfordernd an, als wollte sie sehen, ob er sich ähnlich begeistern könnte.

»Dann heiße ich doch lieber Mike«, sagte Morgenstern.

»Gerechtigkeit«, wiederholte Walburga Zinsmeister. Dann stand sie auf, ging zum Herd und sah nach den Kartoffeln.

»Sie sind fertig«, sagte sie, nachdem sie mit einer Gabel in eine hineingestochen hatte. »Wenn Sie noch hierbleiben wollen, können Sie gerne mit mir mitessen. Es reicht für uns beide, Herr Kommissar. Seien Sie mein Gast.«

Morgenstern zögerte kurz. Kartoffeln mit Kraut und Wurst, warum eigentlich nicht? Vielleicht würde das gemeinsame Mahl das Gespräch lockern. Er hatte das Gefühl, dass etwas Unausgesprochenes, Entscheidendes in diesem kleinen, niedrigen Raum schwebte. Er musste der alten Frau Zeit lassen.

»Danke, ich esse gerne eine Kleinigkeit mit, Frau Zinsmeister«, sagte er, worauf sie zwei Teller und Besteck deckte, die Kartoffeln zum Selbstschälen auf den Tisch stellte und einen zweiten, dampfenden Topf mit dem Kraut danebenplatzierte.

»Wo sind denn die Bratwürste?«, fragte Morgenstern unhöflich.

»Wer hat denn etwas von Bratwürsten gesagt?«, fragte Walburga Zinsmeister zurück. »Bei mir gibt es heute etwas ganz Feines: Blutwurst. Frisch geräuchert.« Und mit einer fast schon feierlichen Geste hob sie den Deckel vom Krauttopf.

Morgenstern beugte sich nach vorne, und was er sah, ließ ihm den Atem stocken: Auf einer Schicht wässrigen Sauerkrauts lag ein dickes, unförmiges, braun-schwarzes Etwas. Groß wie ein Kinderschuh, an beiden Seiten mit Schnur zugebunden.

»So, bitte schön, der Herr.« Walburga Zinsmeister lud erst Morgenstern und dann sich selbst eine große Portion Sauerkraut auf den Teller. Dann nahm sie ein Fleischermesser und eine Gabel und zerlegte die Blutwurst mit einem raschen Schnitt in zwei genau gleich große Teile.

Im Krautdampf war die Wurst, wie Morgenstern mit Bestürzung feststellte, durch viel zu langes Kochen zu beträchtlichen Teilen vom festen Aggregatzustand in den flüssigen übergegangen – eine dunkle, fast schwarze Masse, gespickt mit glänzenden Fettwürfelchen, verteilte sich im Topf. Mit einem Suppenlöffel schaufelte Walburga Zinsmeister Morgenstern exakt die Hälfte der Blutwurstmasse über seine Krautportion, den Rest nahm sie sich selbst. Dann ging sie zum Kühlschrank und kehrte mit einem Becher Discountermargarine zurück.

»Für die Salzkartoffeln«, erklärte sie. »Herrschaft, jetzt haben wir noch gar nichts zu trinken. Wollen Sie sich ein Bier mit mir teilen?«

»Gern«, brummte Morgenstern, auch wenn er sich keinerlei Hoffnungen machte, dass hier das örtliche, relativ hochpreisige Hofmühlbier kredenzt würde. So war es denn auch. Die alte Frau zauberte aus einem Küchenschrank eine Bierflasche aus Plastik, und als sie den Schraubverschluss abgedreht hatte, war Morgenstern froh, dass es sich nur um ein 0,33-Liter-Fläschchen handelte. Die Hälfte davon goss sie ihm in ein altes Senfglas: Das würde er wohl schaffen.

»Guten Appetit«, sagte sie und prostete ihm zu.

»Mahlzeit«, sagte Morgenstern und trank einen Schluck der lauwarmen Discounter-Eigenmarke »Brauerstolz«. Um ein Haar hätte er ihn wieder ausgespuckt.

»Was wollen Sie jetzt noch wissen?«, fragte Walburga Zinsmeister wenig später mit vollen Backen, während Morgenstern ratlos in seinem überquellenden Teller stocherte.

»Ich wüsste gern, warum Sie der Tod von Matthias Schreiber so stark beschäftigt. Ich habe den Eindruck, als wären Sie sogar erleichtert darüber. So ist es doch, nicht wahr? Sie sind froh darüber?«

»Ja, ich bin froh darüber«, sagte Walburga Zinsmeister schmatzend, und Morgenstern sah voll Ekel, wie sie schon wieder einen großen Löffel schwarzer Blutwurstpampe in den Mund schob.

Er dachte an die Anliegenbücher in der Walburgisgruft und die rätselhaften Einträge, die die alte Frau dort hinterlassen hatte. Er ging in die Offensive. »Ich weiß, dass Sie irgendwann im Krieg etwas Wertvolles verloren haben, etwas Unersetzliches, und dass Sie diesen Verlust nicht verwunden haben. Ich will wissen, was das ist. Und ich will wissen, was Schreiber damit zu tun hat.«

Walburga Zinsmeister deutete auf seinen vollen Teller. »Nun essen Sie doch, es wird ja alles kalt.«

Gehorsam schob sich Morgenstern eine Gabel Sauerkraut, gekrönt von einem Batzen verkochter Wurst, in den Mund. Er begann zu schwitzen. Das war das Scheußlichste, was er jemals gegessen hatte – mochten bayerische Metzgermeister sowie Feinschmecker in aller Welt die Blutwurst auch für eine Delikatesse halten. Mit Mühe schluckte er den Bissen hinunter – wenigstens konnte man sich bei dieser Konsistenz das Kauen sparen.

»Also, wie war das jetzt mit Schreiber?«, fragte er so souverän, wie ihm das unter den momentanen Umständen möglich war.

»Zwischen ihm und mir gab es eine alte Rechnung«, antwortete Walburga Zinsmeister fast bedrohlich leise. »Und er war sich so sicher, dass die Sache längst aus der Welt wäre.«

Morgenstern wurde hellhörig. »Eine alte Rechnung? Welche denn? Ging es um Geld?«

»Sie ziehen Ihre Schlüsse immer zu voreilig, junger Mann«, sagte Walburga Zinsmeister tadelnd. »Das habe ich eben schon bemerkt. Ich spreche von einer Wurst, und Sie denken an Bratwurst. Ich spreche von einer Rechnung, und Sie denken an Geld. – Nein. Nichts, was man mit Geld zurückbezahlen könnte. Er wusste nicht einmal, dass er in meiner Schuld stand. Er dachte, alles wäre vergessen.« Wieder wurde der Blick der Frau hart. »Alle, alle in dieser Stadt wollen immer nur vergessen. Ich nicht. Ich habe immer daran gedacht. An jedem einzelnen Tag.«

Erneut deutete sie auf Morgensterns fast vollen Teller, nun unverkennbar vorwurfsvoll. »Nun essen Sie doch, Herr Kommissar.«

Morgenstern nahm einen weiteren großen Bissen Wurst-Kraut-Gemisch und dann in einem Anflug von Verzweiflung gleich noch einen. Er spülte mit einem Schluck Plastikbier nach und spürte mit einem Mal, dass er ganz dicht an einem entscheidenden Gedanken war, den er nur erhaschen musste. Blutwurst, dachte er, Blutwurst. Plötzlich spürte er, wie sich seine Kehle zuschnürte, wie ihn etwas würgte – es war die Blutwurst, die in seinem Hals hochstieg und sich mit Gewalt Ausgang verschaffen wollte, unterstützt von dem viel zu stark gehopften, süßlichen, ungekühlten Billigbier. Morgenstern sprang von seinem Stuhl auf. »Ich brauche ganz schnell eine Toilette!«

»Was ist denn? Sie sind ja auf einmal ganz blass«, sagte Walburga Zinsmeister.

»Ihre Toilette? Das Klo?«, forderte Morgenstern.

»Ganz am Ende vom Gang die letzte Tür rechts«, sagte die alte Frau, und Morgenstern stürzte hinaus.

Kopfschüttelnd sah ihm Walburga Zinsmeister nach, dann aß sie mit ungebrochenem Appetit ihren Teller leer. »Die jungen Leut sind alle gleich. Die wissen halt nicht, was gut ist«, murmelte sie missbilligend, während sie Morgensterns Reste in den Krauttopf zurückleerte.

Zur gleichen Zeit kniete der Kommissar über der Toilettenschüssel und entledigte sich mit tränenden Augen seines Mageninhalts.

Die Toilette war eine handtuchschmale, lange Kammer, deren Boden nicht etwa gefliest war, sondern aus breiten, dunkelbraun lackierten Dielenbrettern bestand. Ganz am Ende des Raums stand – einsam wie ein Königsthron – die Porzellanschüssel. Ein Waschbecken fehlte.

Als er sich einigermaßen gefangen hatte, lehnte er sich an die Wand, die so kalkweiß war wie momentan sein Gesicht. Der Schweiß stand ihm auf der Stirn und im Nacken. Ihn fröstelte. Er setzte sich auf die heruntergeklappte Brille der WC-Schüssel und tupfte sich mit Toilettenpapier über das Gesicht. Dann wischte er die Finger der rechten Hand wütend mit dem Papier ab – hier gab es nirgendwo fließend Wasser. Unzufrieden mit dem Resultat wischte er noch heftiger und blickte missmutig auf die uralten Dielenbretter, die vor ihm bis zur Tür in drei Metern Entfernung verliefen.

Er scheuerte weiter an seinen Fingern, und mit einem Mal löste sich sein goldener Ehering, flog in einer geradezu eleganten Bahn bis zur Toilettentür, prallte zurück und kullerte wieder zu ihm zurück. Morgenstern beugte sich nach vorn, um den nun ins Trudeln geratenen Ring von der Diele aufzulesen. Doch das Schmuckstück hatte noch genug Schwung für eine fast aufreizend lässige Linkskurve, rollte auf die nächste Diele zu und verschwand vor Morgensterns Augen in einer breiten Ritze zwischen den beiden Holzbrettern.

Morgenstern sprang von seinem Sitz auf, warf zornig das Toilettenpapier auf den Boden und bückte sich dann zu den Dielen. Der Ring war verschwunden. Das »Zeichen meiner Liebe und Treue«, so hatte er in einem Nürnberger Trauzimmer dem Standesbeamten nachgesprochen, war ins Reich der Finsternis abgetaucht. Er fummelte mit seinem Hausschlüssel in der Ritze herum – der Ring war nicht zu ertasten.

Alles bloß wegen dieser verdammten Blutwurst, grollte er und machte sich daran, die Bodenbretter näher zu untersuchen. Das rechte Brett war, wie er rasch erkannte, mit gleichmäßig verteilten großen Nägeln an einer Balkenlage befestigt. Da würde er Hammer, Stemmeisen und Beißzange brauchen, um an den Ring zu kommen. Aber ehe er mit leeren Händen nach Hause ginge, würde er Walburga Zinsmeisters Häuschen in seine Einzelteile zerlegen.

»Wäre nicht schade um die Bruchbude«, knurrte er und trat, als würde er einen Käfer zertreten, mit dem Stiefelabsatz auf die Ritze zwischen die Dielen.

Zu seiner Überraschung hob sich das linke, schmalere Brett, das direkt neben der Mauer verlegt war, an der Außenseite um einige Millimeter nach oben. Er drückte noch einmal, diesmal mit seinem ganzen Gewicht, auf die Ritze. Tatsächlich: Das Brett bewegte sich. Morgenstern bückte sich, griff in den schmalen Schlitz zwischen dem aufklaffenden Brett und der Mauer und zog kräftig an. Er taumelte nach hinten, als sich das ganze lange Brett ruckartig löste.

»Uff«, stöhnte er erleichtert. Vor ihm glänzte sein Gold gewordenes Eheversprechen. Der Ring lag im Staub, zehn Zentimeter unterhalb des Dielenniveaus. Dankbar hob Morgenstern ihn auf und steckte ihn sich wieder an den Finger.

Er wollte das Brett gerade wieder einsetzen, als ihm eine dunkle

Blechdose auffiel, die in dem etwa einen Meter langen schmalen Hohlraum zwischen der Unterkonstruktion des Fußbodens lag. Morgenstern nahm die Dose und hob sie gegen das Licht. Auf den Blechdeckel war in Großbuchstaben eine Schrift geprägt. »Wehrmacht«, buchstabierte er. Der Deckel klemmte, aber nach einigen Versuchen sprang er schließlich doch auf. Morgenstern hatte instinktiv erwartet, einen alten Orden zu finden, ein Eisernes Kreuz oder Ähnliches. Doch stattdessen fanden sich zwei winzige Bürsten in der Schatulle, dazu eine dünne Kette und ein kleines Fläschchen. Er überlegte.

»Herr Kommissar, geht's Ihnen gut?« Walburga Zinsmeister klopfte mehrmals laut an die Tür. Natürlich, er war ja schon seit Ewigkeiten hier drin!

»Ich bin gleich fertig!«, rief Morgenstern und betätigte laut vernehmlich die Toilettenspülung. Während die uralte gusseiserne Spülkonstruktion der Marke »Niagara« noch wasserfallartig gurgelte, steckte er das schmale Dielenbrett zurück an seine angestammte Position und schob sich die Blechdose nach kurzem Zögern in die Hosentasche.

Mit einem gequälten Lächeln öffnete er die Tür, vor der die Hausherrin erstaunt wartete. »Hat ein bisschen länger gedauert. Probleme mit dem Magen.«

In der Küche stellte er erleichtert fest, dass sein Teller bereits abgeräumt war. Diese verdammte Blutwurst! Und jetzt durchzuckte ihn, als wäre er vom Geistesblitz getroffen, der Satz, nach dem er die ganze Zeit gesucht hatte: »Rache ist Blutwurst.«

Morgenstern hatte genug von Walburga Zinsmeister und ihrem muffigen Häuschen. Er wollte nur noch ins Freie, an die frische Luft. Aber er würde wiederkommen und weitere Fragen stellen, das kündigte er der alten Frau an, die gegen den abrupten Abgang des Kommissars keinerlei Einwände hatte. Jederzeit könne er vorbeisehen, und jetzt habe sie sowieso keine Zeit mehr.

»Der Seniorennachmittag«, sagte sie zur Erklärung.

»Seniorennachmittag? Wo?«

»Unten auf dem Volksfest. Ich fahre mit dem Stadtlinienbus hin. Alle Eichstätter über siebzig Jahre bekommen heute Nachmittag kostenlos eine Maß Bier, eine Scheibe Leberkäse und eine Breze.« Und so strahlend, wie Morgenstern sie bisher noch nie gesehen hatte, fügte sie hinzu: »Von der Wiesnkönigin persönlich oder vom Herrn Oberbürgermeister.«

Dann hätte sie sich die Blutwurst eigentlich sparen können, dachte Morgenstern grimmig, als er sich verabschiedete. Er selbst würde sich zu Hause ein bisschen hinlegen und über diesen sonderbaren Fall nachdenken. Nachdenken, und auch ein bisschen schlafen.

Beim Hinausgehen warf er noch einen Blick auf den grünen Küchenschrank, genauer auf die Fotos, die zwischen Rahmen und Glasscheibe steckten. Sie zeigten Walburga Zinsmeisters Sohn, den er bereits von dem großen Hochzeitsbild kannte, daneben aber auch, in düsterem Sepia, ein Baby, ein Kind mit Schultüte, eines mit Kommunionkerze sowie – neueren Datums – einen vielleicht fünfzehnjährigen Jugendlichen.

»Mein Enkel«, sagte Walburga Zinsmeister, als sie sah, wie Morgenstern das Foto studierte. Der Junge hatte sich wohl zu Ehren der Großmutter in ein Fotostudio begeben und blickte, gebürstet und gestriegelt, freundlich in die Welt. Irgendwie kam er Morgenstern bekannt vor. Aber woher sollte er ihn kennen? Nein, das Bild zeigte einfach einen typischen Teenager, wie so viele. Verwechselbar. Ein Junge, dessen Leben um Fußball, Pickel und Pubertät kreiste. Morgenstern drehte sich um und ging die steile Straße in die Stadt hinab.

***

Zu Hause erwartete Fiona ihn bereits.

»Mensch, wo bleibst du denn? Der Spargel hat schon zweimal angerufen, du hattest mal wieder dein Handy nicht dabei. Er braucht dich ganz dringend.«

»Handy vergessen, typisch«, brummte Morgenstern und wählte Hechts Privatnummer in Schrobenhausen.

Der Kollege war binnen Sekunden am Apparat. »Der Ballistiker aus München hat mich angerufen.«

»Dich?«

»Ja, mich. Zu Hause. Er hat wohl ein bisschen viel Arbeit zurzeit und ist deswegen auch samstags im Labor.«

»Aha. Und was hat er rausgefunden?«

»Es gibt Neues von der Waffe, mit der Schreiber erschossen wurde.« Hecht machte eine kurze Pause, zweifelsfrei um die Spannung zu erhöhen, dann sagte er: »Er ist sich sicher, dass es sich um ein uraltes Gewehr handelt. Um einen Wehrmachtskarabiner. Was sagst du nun?«

»Wehrmacht«, echote Morgenstern, und seine Gedanken schweiften zurück in die Waffensammlung der Bereitschaftspolizei. War ihm dort nicht schon ein ähnlicher Gedanke gekommen? Warum hatte er ihn nicht weiterverfolgt? Plötzlich spürte er, wie etwas in der rechten Hosentasche seiner engen Jeans drückte. Die Metallschatulle von Walburga Zinsmeisters. Mit einem Mal wurde ihm klar, was er da mit sich herumtrug. Ein original Waffenreinigungsset für Soldaten. Mit einen Fläschchen Waffenöl und zwei verschieden harten Bürsten, die an einer dünnen, feingliedrigen Kette durch einen Gewehrlauf gezogen werden konnten. »Wehrmacht«, wiederholte er noch einmal. »Da habe ich gerade was Spannendes gefunden. Peter, komm sofort rüber nach Eichstätt.«

»Und wohin in Eichstätt?«

»Wir beide gehen aufs Volksfest.«

Hecht stöhnte: »Nicht schon wieder!«

***

Behäbige Blasmusik tönte den beiden Kommissaren schon von Weitem entgegen, als sie um kurz nach vierzehn Uhr auf das Bierzelt zugingen. Der Nieselregen hatte inzwischen aufgehört, die Sonne war herausgekommen und brachte den Platz zum Dampfen.

»Ich bin mir ganz sicher: In diesem Klo war früher eine Wehrmachtswaffe versteckt«, sagte Morgenstern. »Wo das Putzzeug für ein Gewehr ist, wird die Waffe nicht weit sein. Und Walburga Zinsmeister kann uns sagen, wo sie ist. Da schwöre ich drauf.«

»Möglich«, gab Hecht nachdenklich zu. »Ein Gewehr aus dem Zweiten Weltkrieg ist die Tatwaffe, und Walburga Zinsmeister, die Frau mit dem merkwürdigen Blumenstrauß am Grab von Matthias Schreiber, besitzt vermutlich so eine Waffe. Ich frage mich nur, was unser Wilderer Erwin Zachinger damit zu tun hat.«

Diese Frage hatte sich Morgenstern auch schon gestellt und war zu dem beunruhigenden Ergebnis gekommen, dass Zachinger vielleicht die Wahrheit gesagt hatte und folglich zu Unrecht in Untersuchungshaft saß.

Das Bierzelt war besetzt von etwa fünfhundert Menschen. Alles Senioren, wie Morgenstern mit einem Blick in die Runde feststellte.

»Wie willst du Frau Zinsmeister hier befragen?«, fragte Hecht laut, um die bayrische Blasmusik der Kapelle zu übertönen. »Wir können uns schlecht an ihren Tisch setzen und fragen, ob sie ihre Notdurft bis vor ein paar Tagen direkt neben einem alten, gut versteckten Schießprügel verrichtet hat.«

»Weiß auch nicht«, schrie Morgenstern zurück. »Wir schauen erst einmal, wo sie überhaupt steckt.«

Wie von Walburga Zinsmeister angekündigt, waren die Wiesnkönigin mit ihrem Buchsbaumkrönchen und das Stadtoberhaupt vollauf damit beschäftigt, die Brotzeiten an ihre betagten Untertanen auszugeben. Es wurde gelacht und gescherzt, und überhaupt schien die ganze Veranstaltung für die alten Leute einer der Höhepunkte des Jahres zu sein. Wenn Morgenstern an die Qualität des Mittagsmahls im Hause Zinsmeister dachte, schien ihm das nur gerechtfertigt. Das Festbier kam hier jedenfalls nicht aus der Plastikflasche, sondern aus einem echten Holzfass. Nun ja, beinahe zumindest. Morgenstern hatte nämlich schon ganz zu Beginn des Volksfests festgestellt, dass das zünftig-nostalgische Fass durch eine dicke Leitung mit einem gut gekühlten, funktionalen Edelstahlcontainer verbunden war, der direkt hinter dem Festzelt auf einem Lastwagenanhänger der Brauerei stand.

Konzentriert hielt Morgenstern nach Walburga Zinsmeister Ausschau, was aber gar nicht so einfach war. Neben den Volksfestorganisatoren gingen noch etliche sonstige Helfer und außerdem ein Reporter der Lokalzeitung durch die Tischreihen. Offenbar waren beide Eichstätter Altersheime komplett mit Bussen zum Volksfest kutschiert worden. Selbst Rollstuhlfahrer hatte man irgendwie auf die Wiesn gebracht, und die Betreuer hatten ihre liebe Not, alle irgendwie zu platzieren und zu versorgen. Morgenstern sah, wie einer der greisen Rollstuhlfahrer, ein erstaunlich kräftiger alter Mann im Lodenjanker und mit quer über den Kopf gekämmtem strähnigen Haar, auf einen jungen Mann einschimpfte, der hinter ihm stand – einen jungen Mann mit Rastafrisur und einer grün-gelb-schwarzen Strickmütze, den Morgenstern auf Anhieb wiedererkannte. Es war Jonas, der Kletterkursleiter aus dem Irish Pub, heute unterwegs als Zivi des Heilig-Geist-Spitals, was ganz eindeutig keine beneidenswerte Aufgabe war.

»Den Jungen da drüben kenne ich«, sagte Morgenstern und deutete auf Jonas.

»Was denkst du, wie viele Leute ich in Schrobenhausen kenne«, gab Hecht trocken zurück. »So ist das in Kleinstädten, da kennt jeder jeden. Wenn du selbst eine Weile hier bist, kennt dich auch bald jeder. Dann gehörst du zum Inventar.«

»Abwarten«, sagte Morgenstern und beobachtete weiterhin den mürrischen Alten, dem »sein« Zivi offensichtlich nichts recht machen konnte. Vielleicht war es wirklich das Beste, wenn das Modell Zivildienst eines Tage genauso aus dem Verkehr gezogen würde wie die allgemeine Wehrpflicht, sinnierte Morgenstern. Mit solchen Typen wie diesem alten Knacker in Trachtenjacke konnte nur eine professionelle Oberpflegerin fertig werden, ausgestattet mit gusseiserner Autorität und – für den äußersten Notfall – mit einer friedenstiftenden Schlaftablette. Es gab einfach aggressive, egoistische Typen, denen mit blauäugigem Gutmenschentum nicht beizukommen war, dachte Morgenstern. Wenn er es sich genau überlegte, hatte er als Kriminalbeamter fast ausschließlich mit solchen Typen zu tun. Mit Menschen, die sich selbst für das unfehlbare Zentrum der Welt hielten – und dabei keinerlei Rücksicht auf andere nahmen. Es war wohl gut, dass er kein Altenpfleger geworden war.

Er wandte sich wieder der Suche nach Walburga Zinsmeister zu und scannte aufmerksam die Tischreihen. Hecht konnte ihm nicht helfen, denn der hatte die alten Frau bisher nur von der Ferne gesehen. Irgendwo musste sie doch sitzen, bloß wo?

Endlich entdeckte er sie und gab Hecht ein Zeichen. »Los, wir holen sie uns raus. Ich habe keine Lust mehr, mir noch länger diese Blasmusik anzuhören.«

»Mir gefällt's«, kommentierte Hecht und begann leise mitzusummen: »Schützenliesl, dreimal hat's gekracht, dam dam dam, Schützenliesl, du hast mir das Glück gebracht ...«

»Schnauze«, zischte Morgenstern. »Komm lieber mit.«

Mit gemessenen Schritten gingen sie zu dem Biertisch, an dem Walburga Zinsmeister und sechs weitere alte Damen saßen und sich angeregt unterhielten. Die Frauen blickten neugierig auf, als die beiden Kommissare an die Stirnseite des Tisches traten.

»Dürfen wir Ihnen kurz die Frau Zinsmeister entführen?«, flötete Morgenstern so charmant wie möglich in das Damenkränzchen.

Walburga Zinsmeister sah ihn erstaunt an. »Sie schon wieder?« Dann gab sie sich einen Ruck, nahm einen letzten großen Schluck aus ihrem Maßkrug, erhob sich und verließ mit den beiden Männern den Tisch. Augenblicklich setzte neugieriges Tuscheln unter den verbliebenen Seniorinnen ein.

»Wir müssen uns noch einmal mit Ihnen unterhalten, und hier im Zelt ist es zu laut«, sagte Morgenstern und deutete auf die Musikkapelle. »Lassen Sie uns ins Weinhäusl rübergehen«, schlug er vor. Bei seinen früheren Volksfestbesuchen war ihm auf der gegenüberliegenden Seite des Platzes ein großes, auf rustikal getrimmtes Gebäude aufgefallen, in dem abends vor allem Wein ausgeschenkt wurde, das am Nachmittag aber mit Kaffee und Kuchen aufwartete, das sogenannte Weinhäusl. »Darf ich übrigens vorstellen, das ist mein Kollege Oberkommissar Peter Hecht, der gemeinsam mit mir im Mordfall Matthias Schreiber ermittelt.« Er klopfte seinem Kollegen, der direkt neben ihm stand, auf die Schulter.

Langsam gingen sie durch die Budengasse, vorbei am Autoskooter, an der Losbude des Roten Kreuzes mit dem aufschneiderischen Schriftzug »Glückshafen«, an den Schiffschaukeln, einem Schnapsstand mit roten Stehtischen und einem Fahrgeschäft namens »Breakdance«, in dem jetzt am Nachmittag nur einige wenige Kinder und Jugendliche in schwindelerregender Geschwindigkeit im Kreis herumgewirbelt wurden.

»Kommen Sie, staunen Sie, ja hier geht es wieder rund. Bei uns geht die Post ab«, tönte eine ölig-samtene Stimme aus den Lautsprechern des Fahrgeschäfts. Die Stimme gehörte einer reiferen blondierten Dame, die im Kassenhäuschen des »Breakdance« saß und deren völlig teilnahmsloser Gesichtsausdruck in krassem Gegensatz zu den hingehauchten Ankündigungen vom »grenzenlosen Rausch der Geschwindigkeit« stand.

Walburga Zinsmeister hatte bisher noch kein Wort gesprochen, doch nun, kurz vor dem Weinhäusl, wandte sie sich Hecht zu. »Müssen wir unbedingt da rein? Ich wüsste einen Platz, der mir viel lieber wäre, wenn Sie sich schon mit mir unterhalten wollen.«

»So, welchen denn?«, fragte Hecht zurück.

Die alte Frau deutete auf das Riesenrad, das Wahrzeichen der

Eichstätter Wiesn, das sich direkt neben dem Weinhäusl gleichmäßig drehte und zu dieser Uhrzeit völlig leer war. Silbern glänzten die kleinen Metallgondeln in der Sonne.

»Das Riesenrad?«, fragte Hecht ungläubig und sah Morgenstern fragend an.

»Ich bin noch nie damit gefahren«, sagte Walburga Zinsmeister leise. »Ich war mein ganzes Leben lang sehr sparsam.«

Morgenstern zückte seinen Geldbeutel. »Der Wunsch lässt sich leicht erfüllen«, sagt er, ging über eine kleine Rampe zum Kassenhäuschen des »Orion« und kaufte drei Fahrscheine. »Ach, geben Sie mir besser gleich sechs, dann können wir, wenn wir wollen, gleich noch eine Runde dranhängen.«

An der Kasse hing ein Pappschild »Junger Mann zum Mitreisen gesucht«, und solch ein junger Mann, mit fettigem Haar, Zigarette im Mundwinkel und reich tätowierten Unterarmen, öffnete ihnen den kleinen Einstieg in die Gondel.

Die Kabine war winzig und im Wesentlichen ein hüfthoher runder Metalltopf mit einer umlaufenden Bank, gekrönt von einem bunten schirmartigen Dach, ebenfalls aus Metall. Morgenstern staunte, wie gering offenbar das Sicherheitsbedürfnis der meisten Menschen war. Ihm persönlich war die Außenwand der Gondel viel zu niedrig, und er musste sich zusammennehmen, um in seiner Fantasie nicht einen seiner zappeligen Buben aus dieser Gondel herauspurzeln zu sehen.

»Immer schön festhalten«, sagte er sicherheitshalber und erntete dafür sowohl von Hecht als auch von Walburga Zinsmeister erstaunte Blicke. Angetrieben von mehreren starken Motoren setzte sich das Rad in Bewegung, und in kurzer Zeit waren sie oben angekommen.

»Ist das nicht herrlich?« Walburga Zinsmeister deutete über den Festplatz und weit hinab ins Altmühltal, dann wandte sie sich in die andere Richtung, wo die Türme der Altstadt und in der Ferne ein Teil der Willibaldsburg zu erkennen waren.

Morgenstern räusperte sich. »Frau Zinsmeister. Wir haben vorhin eine wichtige Neuigkeit erfahren, etwas, das ich am Mittag bei meinem Besuch bei Ihnen noch nicht wusste. Deswegen habe ich Herrn Hecht nach Eichstätt gebeten, und deswegen müssen wir jetzt mit Ihnen sprechen.«

»Eine Neuigkeit, die so wichtig ist, dass Sie mich deswegen extra aus dem Festzelt holen?«, fragte Walburga Zinsmeister und wirkte beunruhigt. »Was ist das für eine Neuigkeit?«

»Wir wissen nun, mit welcher Art Waffe Matthias Schreiber erschossen wurde.« Er machte eine kurze Pause und sah Walburga Zinsmeister durchdringend an. »Sag du es ihr, Peter.«

Hecht fixierte Walburga Zinsmeister nun ebenfalls wie die Schlange das Kaninchen. »Es war ein alter Karabiner der Wehrmacht.«

»Aha«, sagte Walburga Zinsmeister unbeeindruckt. »Wehrmacht.« Sie wandte den Blick wieder ab und schaute hinüber zur Altstadt. »Und was hat das mit mir zu tun?«, fragte sie, ohne die Kommissare anzusehen.

»Ich habe heute in Ihrem Haus zufällig etwas gefunden, das sehr gut dazu passt«, antwortete Morgenstern vage. »Deswegen frage ich Sie: Besitzen Sie eine Waffe aus dem Zweiten Weltkrieg?« Hecht hatte seinen Notizblock auf die Knie gelegt und einen Kugelschreiber gezückt.

Walburga Zinsmeister schwieg, während die Gondel stetig sank und anschließend wieder in die Höhe stieg.

»Frau Zinsmeister, nun geben Sie es schon zu«, forderte Morgenstern unwirsch. »Oder soll ich Ihrer Erinnerung nachhelfen? Ich war heute Mittag auf Ihrer Toilette, mir war Ihre Blutwurst nicht recht bekommen. Eine sehr altmodische Toilette übrigens. Fast schon antik. Seit Jahrzehnten unverändert. Nie eine neue Spülung, nie ein neuer Boden, nie ein neues Dielenbrett. Das perfekte Versteck.«

Die alte Frau sah immer noch aus der Gondel, jetzt hinab auf die Buden und das Festzelt.

»Ich weiß nicht, wie Sie das herausgefunden haben. Es war wirklich ein guter Platz. Niemand hat ihn je entdeckt«, flüsterte sie schließlich. »Nicht einmal mein Sohn Gottfried weiß davon … dass ich ein Gewehr im Haus habe.«

»Donnerwetter«, entfuhr es Hecht. »Es stimmt also tatsächlich! Ich hätte es meinem Kollegen beinahe nicht geglaubt. Was ist das für ein Gewehr? Wo haben Sie es her?«

Walburga Zinsmeister schloss die Augen. »Wo ich es herhabe? Das ist eine lange Geschichte. Um sie zu erzählen, werden zwei Runden Riesenrad nicht reichen.«

»Wir verlängern, bis Sie fertig sind«, versprach Morgenstern. »Hier in der Gondel sind wir ungestört.«

»Also, was ist das für ein Gewehr?«, drängte Hecht und wedelte kurz mit seinem Block.

Und Walburga Zinsmeister begann mit geschlossenen Augen zu berichten, umgeben vom Lärmen der Musik aus den Fahrgeschäften, von den Klängen der Blasmusik, die gedämpft aus dem Festzelt tönte, eingehüllt in den Duft von Bratwürsten, Grillhähnchen und gebrannten Mandeln, der über den Platz wehte.

»Es war Anfang 1945, und allen bis auf ein paar Sturköpfen war klar, dass der Krieg verloren war. Ich arbeitete als Helferin in einem der Lazarette, die für die verwundeten Soldaten von allen Fronten in Eichstätt eingerichtet waren. Mein Lazarett war in der Jugendherberge am Burgberg. Kennen Sie die?«

Morgenstern nickte. »Das haben Sie mir heute Mittag schon erzählt.«

»Jeden Tag kamen neue Verwundete mit der Eisenbahn, und eines Vormittags, ich erinnere mich noch wie heute, brachten sie uns Henning. Er hatte an der Front in Italien einen Granatsplitter abbekommen. Sein rechtes Knie sah ziemlich übel aus, aber ansonsten ging es ihm gut. Er kam in voller Ausrüstung zu uns, wir sollten ihn zusammenflicken und dann wieder in den Krieg schicken. Henning.«

Sie schwieg eine Weile, während sich das weiß lackierte Eisengestänge des Riesenrads ungerührt weiter drehte. Wie das Rad der Welt, dachte Morgenstern, das Rad, das sich immer weiter dreht, ganz gleich, was mit den Menschen geschieht, die winzig wie Ameisen am Boden herumlaufen.

»Nach ein paar Wochen ging es ihm besser, aber ich gab ihm den Rat, sich das nicht anmerken zu lassen. Wir hatten uns angefreundet, müssen Sie wissen, und nach einer Weile wurde mehr daraus. Liebe. Wahre Liebe.« Sie lächelte vorsichtig.

»Henning kam aus dem Norden, aus Hamburg, und eines Tages erfuhr er, dass sein Elternhaus zerbombt worden war und seine Eltern dabei ums Leben gekommen waren. Erst war er wie von Sinnen und wollte sofort nach Hamburg, dann aber sagte er, er werde nie mehr in seine Heimatstadt zurückkehren. Wir beschlossen, zusammenzubleiben. Wir wollten gemeinsam ein neues Leben anfangen, hier in Eichstätt. Wenn nur erst dieser furchtbare, sinnlose, längst verlorene Krieg zu Ende wäre.«

»Es waren aber noch ein paar Wochen«, half Morgenstern.

»Ein paar Wochen erst, dann nur noch ein paar Tage, und es wurde immer klarer, dass Henning mit ein bisschen Glück nicht mehr an die Front musste. Eigentlich war er ein Invalide. Und die Ärzte hatten auch immer weniger Bedürfnis, ihren Patienten erst das Leben zu retten und sie danach direkt ins Feuer zu schicken. Jeder bereitete sich schon auf die Zeit nach dem Krieg vor.«

»Und Sie?«, fragte Morgenstern. »Wohnten Sie damals schon am Frauenberg?«

»Ja, zusammen mit meinen Eltern. Sie wussten nichts von Henning, und das aus gutem Grund. Sie hätten ihn nicht gemocht, uns nie ihren Segen gegeben. Ich sagte ja, dass er aus Hamburg kam.«

»Ja und?«, sagte Hecht. »Wir Bayern sind doch ein weltoffener Menschenschlag.«

»Er war evangelisch. Ein Lutherischer.«

Sie machte eine kurze Pause und blickte gedankenverloren zur Altstadt, zu den Doppeltürmen des Doms. »Wir hätten das schon hinbekommen, da bin ich mir ganz sicher. Es gibt genug Lutherische in Eichstätt, aber eine Ehe zwischen den Konfessionen war damals nicht üblich. Fast unmöglich. Ich habe daheim also sicherheitshalber meinen Mund gehalten. Und ansonsten haben wir es auch so geheim gehalten, wie es nur ging.«

»Henning musste also nicht mehr an die Front?«, fragte Hecht. »Auch nicht zum Volkssturm, zum letzten Aufgebot? Da mussten doch am Ende sogar die alten Männer und die Gymnasiasten noch zu den Waffen. Gibt's da nicht diesen Film: ›Die Brücke‹?«

Walburga Zinsmeister schüttelte den Kopf. »Nein, er schlüpfte irgendwie durch die Maschen, und das, obwohl er sich frei in der Stadt bewegte, wenn auch etwas hinkend wegen seines Knies. Und da hat er dann die anderen kennengelernt.«

Morgenstern wurde hellhörig. »Welche anderen?«

»Andere Soldaten, andere Männer. Er wollte raus aus dem Lazarett. Der Winter war vorbei. Es wurde Frühling. Und die Amerikaner waren ganz nahe. Es konnte sich nur noch um ein paar Tage handeln.« Sie schüttelte den Kopf. »Ich hätte ihn festhalten müssen. Einsperren. Von allem fernhalten. Das hätte ich tun müssen.«

»Männer lassen sich nicht einsperren«, gab Hecht sanft zu bedenken.

»Und ein Mann wie Henning erst recht nicht«, nickte die alte Frau. »Ich erinnere mich noch ganz genau an den Nachmittag, als er von einem seiner Spaziergänge zurückkam und erzählte, was er erfahren hatte. ›Stell dir vor‹, sagte er. ›Die SS will morgen früh die Brücke über die Altmühl sprengen, bevor die Amis kommen.‹ – ›Die Spitalbrücke?‹, fragte ich zurück. ›Ja, sie haben angeblich schon eine große Fliegerbombe neben den Pfeiler montiert. Morgen früh wird sie gezündet. Oder auch nicht.‹ Er hatte einen so sonderbaren Blick damals, so entschlossen, dass ich mich nicht zu fragen traute, was er mit diesem ›Oder auch nicht‹ meinte.« Sie hielt kurz inne, dann sagte sie tonlos: »Das habe ich erst erfahren, als es schon zu spät war.«

Ganz sanft und langsam bremste das gewaltige Fahrgeschäft ab und hielt schließlich an, als ihre Gondel den Boden erreicht hatte.

»Wir fahren noch weiter«, rief Morgenstern dem wartenden Mitarbeiter zu. »Ich zahle dann hinterher.«

Der junge Mann gab dem Chef an der Kasse einen kurzen Wink, und weil keine anderen Passagiere in Sicht waren, setzte sich das Riesenrad wieder in Bewegung.

»Was ist dann passiert?«, fragte Hecht und beugte sich dicht zu der alten Frau.

»Und woher stammt das Gewehr?«, setzte Morgenstern nach, doch Walburga Zinsmeister erzählte weiter, als hätte sie die Fragen nicht gehört.

»Er muss sich in der Nacht aus dem Lazarett geschlichen haben, heimlich, um sich mit seinen neuen Freunden zu treffen. Sie sind zur Brücke gegangen und haben die Sprengkabel durchgeschnitten, die zu dieser Bombe führten. Sie wollten nicht hinnehmen, dass mitten in der Stadt, direkt neben dem Dom, alles zerstört wurde in den letzten Tagen dieses Krieges.«

»Ziemlich gefährlich«, sagte Hecht.

»Lebensgefährlich«, bestätigte die alte Frau. »Verrückt, tollkühn, heldenhaft, ganz wie Sie wollen. Auf der Willibaldsburg wimmelte es von SS. Die hatten sich da oben eingenistet.«

Morgenstern erinnerte sich an das Gespräch mit der alten Nonne in St. Walburg. »Aber die Brücke ist doch gesprengt worden! Das hat mir eine alte Klosterschwester erst heute früh erzählt.«

»Richtig, sie ist gesprengt worden.« Die alte Frau machte wieder eine lange Pause und schaute dabei gedankenschwer auf das Bierzelt.

»Sie waren zu dritt. Mein Henning und noch zwei andere. Und sie waren so stolz auf das, was sie getan hatten, dass sie sich wenige Stunden nach ihrer waghalsigen Aktion in eine Wirtschaft setzten, um eine Halbe auf ihren Erfolg zu trinken. Bis dahin hatte noch niemand etwas bemerkt.«

Sie seufzte schwer. »Wäre er doch bei mir geblieben. Das war natürlich eine Riesendummheit. Sie wurden belauscht. Am Nachmittag, um drei Uhr, kam auf einmal ein SS-Kommando mit drei Mann zu uns ins Lazarett und fragte nach Henning. Er lag längst wieder in seinem Krankenbett, aber das scherte die Männer nicht. Sie müssten sich mit ihm unterhalten, sagten sie und nahmen ihn mit. Henning winkte mir kurz zu und sah mich so seltsam an. Er war ganz blass, aber ruhig. Und dann gingen sie.«

Morgenstern sah, dass ein Schauer die Frau durchfuhr. Sie kramte nach einem Taschentuch und wischte sich über die Augen.

»Er kam nicht wieder«, sagte sie leise und begann zu schluchzen.

»Wohin haben sie ihn gebracht?«, fragte Hecht.

»Hinauf auf die Burg, wo schon die anderen beiden waren. Und am Abend wurden sie aufgehängt, alle drei. Wegen Sabotage. Mitten in der Stadt, auf dem Leonrodplatz. An einem Baum.«

»Oh mein Gott«, entfuhr es Morgenstern.

»Ich selbst war nicht dabei. Ich habe die Kraft nicht aufgebracht. Aber andere haben zugesehen und es mir erzählt. Und ich habe so getan, als ginge mich das nichts an. Als wäre Henning nur ein ganz normaler Verwundeter gewesen. Man hat ihnen Pappschilder umgehängt, auf denen stand, dass sie Verräter seien. Dann durften sie noch eine Zigarette rauchen. Man hat sie unter einem Baum, einer großen Linde, auf Stühle gestellt, die Schlinge um den Hals, die Hände auf dem Rücken gefesselt, und die Stühle dann weggestoßen. Dann hing er da, mein Henning. In der Nacht ist die Spitalbrücke gesprengt worden. Und am nächsten Tag später sind die Amerikaner eingerückt.«

Walburga Zinsmeister brach in hemmungsloses Schluchzen aus und tupfte sich wieder und wieder die feuchten Augen mit ihrem Taschentuch.

Die beiden Kommissare schwiegen lange, während sich das Riesenrad drehte und drehte und die Gondel sich hob und senkte wie die Brust eines riesigen, gleichmäßig atmenden Tieres. Hecht war es schließlich, der die Stille durchbrach.

»Und dieses Gewehr, das war sein Karabiner, nicht wahr?«

»Ja. Seine Sachen waren im Lazarett, in einem Spind. Ich weiß selbst nicht, warum ich diese Waffe mit nach Hause genommen habe. Ich habe das Gewehr heimlich in unser Haus geschafft und versteckt, so gut, dass es meine Eltern nicht finden konnten. Erst auf dem Dachboden und später unter dem Fußboden in der Toilette. Niemand wusste davon.«

»Aber das Gewehr ist nicht mehr da«, sagte Morgenstern. »Unter der Diele lag nur noch Hennings Waffenputzzeug.«

»Nein, das Gewehr ist nicht mehr da«, bestätigte Walburga Zinsmeister und presste die Lippen zusammen, so als wolle sie den Kommissaren klarmachen, dass sie dazu nichts weiter sagen wollte.

Unten hatten sich nun neue Passagiere eingefunden. Das Riesenrad bremste, und ein junges Paar mit einem etwa fünfjährigen Kind, einem blond gelockten Jungen, stieg in eine der Gondeln ein. Der »Orion« nahm wieder Fahrt auf, und Morgenstern sah, wie der Junge begeistert nach unten auf das Gewimmel des Festplatzes deutete. Eine fröhliche, heile Familie, dachte er. Eine Familie ohne finstere, herzzerreißende Geheimnisse. Aber am Ende, so hatte ihn sein bisheriges Berufsleben gelehrt, hatte doch fast jede Familie ihre dunklen Flecken, ihre Tabus, über die höchstens hinter vorgehaltener Hand getuschelt werden durfte. Hatte nicht jede Verwandtschaft ihre »Leichen im Keller?« Gab es überhaupt so etwas wie eine heile Familie?

»Frau Zinsmeister«, sagte Morgenstern schließlich. »Sie haben einen Sohn. Sagen Sie mir bitte, wie alt er ist?«

Sie sah ihn an, und ihr Blick war trotz der vielen Tränen klar. »Ich sehe, Sie haben verstanden. Mein Sohn ist im Oktober 1945 auf die Welt gekommen. Hennig war sein Vater. Ich habe dem Kind den Namen Gottfried gegeben. Ich wollte mit diesem Namen wohl Gottes Frieden erbitten, für das Kind und auch für mich.«

»Und, haben Sie Frieden gefunden?«, fragte Morgenstern, obwohl er die Antwort schon aus den Anliegenbüchern aus der Gruft der heiligen Walburga kannte.

»Nein, für Menschen wie mich gibt es keinen Frieden. Erst den ewigen Frieden. Es fing schon mit Gottfrieds Taufe an. Ein uneheliches Kind! Außerdem wollte ich den Vater des Kindes nicht benennen. Der Pfarrer hat mich fast beschimpft und Gottfried ein Kind der Sünde genannt. Auch meine Eltern haben es mir nicht leicht gemacht, aber ich habe es durchgestanden.«

»Aber Sie hätten den Vater doch ohne Weiteres nennen können?«, wunderte sich Hecht. »Ihr Henning war doch jetzt ein Held.« Als er den sonderbaren, fast belustigten Blick von Walburga Zinsmeister sah, fragte er erstaunt: »Oder etwa nicht?«

»Ein Held!« Sie lachte bitter auf. »Nein. Sie wurden keine Helden. Auch später nicht. Niemand hat über sie gesprochen. Jahrzehntelang nicht. Sie galten immer noch als Saboteure. Als Verräter. So wie Deserteure, die ihre Waffe wegwerfen. Kennen Sie irgendwo in Deutschland ein Denkmal für Deserteure? Sehen Sie«, sagte die alte Frau, als Morgenstern und Hecht betreten schwiegen.

»Aber es gibt hier in der Stadt doch bestimmt eine Tafel, die an diese Sache erinnert?«, fragte Hecht.

Walburga Zinsmeister schüttelte den Kopf. »Ein einziges Mal, in den achtziger Jahren, wurde ein Antrag im Stadtrat gestellt. Sie haben ihn abgelehnt. Er kam wohl von der falschen Partei, von den Grünen.«

»Aber wieso? Dafür muss es doch eine Begründung gegeben haben«, forschte Morgenstern nach.

»Die Leute wollten einfach ihre Ruhe haben. Nicht immer diese alten Geschichten aufwärmen. Am Ende hieß es: ›Eigentlich waren wir alle Opfer.‹ Die Männer draußen an der Front, die Frauen, die in den Bombennächten im Keller saßen, die Flüchtlinge, die aus ihrer Heimat vertrieben worden waren … überall Opfer, überall Helden. Man wollte niemanden besonders hervorheben, wenn Sie verstehen.«

»Nein, ich verstehe nicht.« Morgenstern schüttelte energisch den Kopf. »Die Leute müssen das irgendwie missverstanden haben.«

»Da liegen Sie falsch, Herr Kommissar. Es ist überall dasselbe. Überall in Bayern, überall in Deutschland. Es gab vor dem Einmarsch der Amerikaner auch anderswo solche Vorgänge wie in Eichstätt. Männer, die die weiße Fahne aus dem Kirchturm gehängt haben, um ihre Ortschaften kampflos zu übergeben, und deswegen erschossen wurden. Soldaten, die die letzten uneinsichtigen Nazis ins Feuerwehrhaus gesperrt haben und dafür mit ihrem Leben bezahlten. Und erst jetzt, viele Jahrzehnte später, erinnert man sich ganz vereinzelt an diese Menschen. Und selbst das nicht überall.«

»Ich kapiere das immer noch nicht«, sagte Morgenstern. »Was hat man gegen diese Leute?«

»Sie erinnern die Menschen daran, was möglich gewesen wäre, wenn es mehr von ihrer Sorte gegeben hätte«, sagte Walburga Zinsmeister. »Aber es waren zu wenige. Und die Mehrheit zuckt bis heute mit den Schultern und sagt: selbst schuld. Es war halt Krieg, und im Krieg hält man den Kopf immer schön unten, sonst wird er einem weggeschossen.«

»Sie meinen, die Leute halten Zivilcourage für Dummheit?«, fragte Morgenstern.

»So ist es. Sehen Sie sich doch einmal um, gehen Sie noch mal rein ins Bierzelt und schauen Sie sich die Leute an. Die schweigende Mehrheit, die nur ihren Frieden will. Das sind alles Menschen, die ein gutes Gewissen und einen guten Schlaf haben.«

»Aber Sie, Frau Zinsmeister, Sie schlafen schlecht. Und Sie haben ein funktionstüchtiges Gewehr«, sagte Morgenstern leise. »Und Sie haben noch eine alte Rechnung offen, haben Sie mir gesagt. Was ist das für eine Rechnung?«

Es blieb lange still.

Schließlich brach Morgenstern das Schweigen. »Matthias Schreiber war damals zu jung, um in den Krieg zu ziehen. Er war noch ein Jugendlicher, ein halbwüchsiger Hitlerjunge. Ich kann ihn mir gut vorstellen, ein eifriger, neugieriger Bursche, der mit seinen Freunden in der Stadt herumstromert. Und der Dinge hört, die er nicht hören soll. War es vielleicht so, Frau Zinsmeister?«

Walburga Zinsmeister schwieg, dann nickte sie langsam.

Hecht blätterte in seinen Notizen, dann sagte er: »Sie haben vorhin etwas Interessantes gesagt. Sie haben von dem tödlichen Fehler, nennen wir es mal so, der drei Saboteure erzählt. Sie haben uns erzählt, dass sie belauscht wurden und dass dann die SS kam.« Er hielt kurz inne, dann fragte er: »Weiß man, wer die drei bei der SS hingehängt hat?« Erst zu spät fiel ihm offenbar auf, wie unpassend das Wort »hingehängt« in diesem Zusammenhang war, denn er verbesserte sich rasch: »Ich meine, wer sie verpfiffen hat?«

Hecht und Morgenstern wussten die Antwort bereits, und Walburga Zinsmeister sah ihnen an, dass sie es wussten.

»Sie liegen richtig«, sagte sie schließlich. »In einer kleinen Stadt wie der unsrigen können solche Dinge nicht geheim bleiben. Man wusste, wer zur gleichen Zeit im Wirtshaus war, man sah, wer zur Willibaldsburg hinauflief, wer bei der SS an die Tür klopfte. Wer Bescheid wissen wollte, der konnte es damals erfahren.«

»Matthias Schreiber hat Ihren Freund an die SS verraten«, fasste Morgenstern zusammen. »Und Sie haben es über die ganzen langen Jahre gewusst.«

»Ja, ich habe es gewusst, und ich habe gesehen, wie gut es ihm ergangen ist in all dieser Zeit. Wie er feist wurde und reich und angesehen. Ein erfolgreicher Geschäftsmann.«

»Haben Sie ihn jemals darauf angesprochen?«, fragte Morgenstern.

Walburga Zinsmeister schüttelte den Kopf. »Nein, was hätte das schon bewirkt? Er hätte alles abgestritten, hätte mich vielleicht wegen Verleumdung angezeigt. Er hätte mich zermalmt.«

»Wer außer Ihnen kannte den Verräter?«, fragte Hecht. »Haben Sie es jemals Ihrem Sohn Gottfried erzählt?«

Wieder schüttelte sie ihren grauhaarigen Kopf. »Nein. Gottfried weiß nicht einmal, wer sein Vater ist. Ich habe es nie über mich gebracht, es ihm zu erzählen. Und irgendwann hat er nicht mehr danach gefragt. Er hat sowieso nicht viel gefragt. Gottfried war immer sehr in sich gekehrt. Er ist noch heute so.«

Morgenstern konnte sich das gut vorstellen: Bei einer so verhärmten Mutter aufzuwachsen, in einem Haus ohne Freude und voller unausgesprochener, verdrängter Dinge, daraus konnte kein heiteres Gemüt entstehen. »Wusste Gottfried etwas von dem Gewehr? Hat er es irgendwann entdeckt und heimlich mitgenommen?«, fragte er.

»Nein.«

»Haben Sie es ihm gegeben, Frau Zinsmeister?«, beharrte Morgenstern. »Haben Sie ihm jetzt erst von seinem Vater erzählt? Jetzt, wo er schon ins Rentenalter gekommen ist? Er muss doch inzwischen über sechzig sein.«

»Nein. Er weiß nichts.«

»Frau Zinsmeister, wer hat Matthias Schreiber mit Ihrem Gewehr erschossen?«, fragte Hecht eindringlich. »Wer hat Ihren Henning so spät gerächt?«

Die alte Frau überlegte lange, und immer noch drehte sich das Riesenrad mit seinen schimmernden Gondeln, unerbittlich wie der Lauf der Zeit.

»Ich«, sagte sie schließlich zu Hecht gewandt und deutete auf seinen Notizblock. »Ich habe geschossen.«

»Sie!«, sagten Hecht und Morgenstern wie aus einem Mund.

»Ja, ich.« Als sie die ungläubigen Blicke der beiden Kommissare sah, fügte sie hinzu: »Glauben Sie nur nicht, dass ich das nicht könnte, dass ich zu alt dazu bin mit meinen fünfundachtzig Jahren. Ich habe Ihnen erzählt, dass ich lange im Staatsforst gearbeitet habe. Da kommt man ganz automatisch mit den Förstern in Kontakt. Ich kannte da einen, lange her, der mich immer wieder auf die Jagd mitgenommen hat. Er hatte sich ein bisschen in mich verguckt, und ich durfte ein paarmal mit seiner Waffe schießen. Ich treffe gut, so etwas verlernt man nicht.«

Unvermittelt stand Walburga Zinsmeister auf in der leicht schwankenden Gondel mit ihrer niedrigen Brüstung, zweiunddreißig Meter hoch über dem Volksfestplatz mit seinen fröhlichen, unbeschwerten Menschen, zu denen sie nie ganz gehört hatte mit ihrem einsamen Leid und ihrem hartnäckig geheim gehaltenen Schicksal. »Dann wissen Sie jetzt ja alles, was Sie wissen müssen«, sagte sie, und es klang wie ein Abschied in schwindelnder Höhe.

Morgenstern erkannte als Erster die Gefahr. Er sprang von der runden Sitzbank auf wie ein Schachtelteufel, sodass die kleine Gondel bedenklich ins Schaukeln kam, packte Walburga Zinsmeister an beiden Schultern und drückte sie auf ihren Platz zurück.

»Machen Sie das nicht«, sagte er beschwichtigend. »Alles wird wieder gut, glauben Sie mir«, setzte er unbeholfen hinzu.

»Lassen Sie mich los!«, sagte Walburga Zinsmeister barsch und atmete tief ein und aus.

Morgenstern setzte sich dicht neben sie und legte ihr den Arm um die Schulter, damit sie nicht noch einmal aufstehen konnte. Von der Ferne hätte man sie für Mutter und Sohn in liebevoller Umarmung halten können. Hecht signalisierte dem Helfer an der Rampe mit einer knappen Handbewegung, dass sie aussteigen wollten, und wenig später hielt der »Orion« sanft an.

Morgenstern war erleichtert, wieder festen Boden unter den Füßen zu haben. Mit weichen Knien ging er zum Kassenhäuschen, um die Rechnung zu begleichen.

»Ich hätte nie gedacht, dass jemand die Aussicht hier für so spannend hält«, sagte der Betreiber. »Schade, dass der Volksfestplatz nicht näher an der Altstadt liegt.«

»Es war quasi eine Dienstfahrt«, sagte Morgenstern ohne weitere Erläuterung und ließ sich eine Quittung ausstellen.

»Wenn Sie meinen«, brummte der Chef des »Orion« und reichte ihm den Zettel. »Bin mal gespannt, was Ihr Finanzamt dazu sagt. Machen Sie sich lieber keine allzu großen Hoffnungen.«

»Was machen wir jetzt mit Ihnen?«, fragte Morgenstern, als er wieder bei Walburga Zinsmeister und Hecht angekommen war. Er nahm es der alten Frau nicht ab, dass sie selbst so präzise geschossen hatte. Er glaubte nicht einmal, dass sie überhaupt mit einem Gewehr umgehen konnte. Und er sah seinem nachdenklich dreinblickenden Kollegen an, dass es ihm genauso ging.

»Wir bringen Sie zur Polizeiinspektion hier ganz in der Nähe«, entschied Hecht. »Und ich denke, wir sollten dringend Ihren Sohn informieren.«

Die alte Frau nickte geistesabwesend, dann ging sie erhobenen Hauptes, flankiert von den beiden Kriminalbeamten, durch die Budengasse mit ihren Bratwurst- und Pizzaständen, Losbuden und Fahrgeschäften quer über den Volksfestplatz. Sie kamen an einem Spiegellabyrinth vorbei, und Morgenstern sah, wie sich mehrere Kinder in den verwinkelten Gängen hoffnungslos verfransten. Einige lachten noch, ein Jugendlicher aber schien schon der Verzweiflung nahe, als er mit voller Wucht gegen eine der dicken Glasscheiben lief.

Kaum zu glauben, dass man sich auf ein paar Quadratmetern dermaßen verirren konnte, dachte Morgenstern. Es müsste doch ein Leichtes sein, mit ein bisschen Konzentration aus dem lächerlich kleinen Labyrinth herauszufinden. Man musste sich doch nur einprägen, welche Wege man schon gegangen war, welche Abzweigungen in eine Sackgasse führten. Am Schluss blieb dann automatisch die richtige Strecke zum Ziel übrig, oder etwa nicht? Oder stieß man sich immer dann, wenn die Route besonders klar schien, die Nase an einer blitzblanken Scheibe blutig?

»Manchmal komme ich mir vor wie die da drinnen«, sagte er leise zu Hecht und deutete auf das Labyrinth.

Hecht schüttelte den Kopf. »Du hast doch mich. Und Frau Zinsmeister. Wir sind ganz kurz vor dem Ausgang.«

Eines der Kinder zwischen den Spiegelwänden setzte sich auf den Boden und begann zu weinen.

***

Gottfried Zinsmeister war zu Hause in Landershofen, als Morgenstern ihn anrief und in die Inspektion bestellte.

Zehn Minuten später betrat ein etwa fünfundsechzigjähriger, leicht verschwitzter hochgewachsener Mann mit hageren Zügen und grauen Haaren die Inspektion. Morgenstern und Hecht brachten ihn in einen Besprechungsraum, um ihn ohne seine Mutter über die Erkenntnisse der letzten Stunde zu informieren.

»Das wird jetzt nicht leicht für Sie werden«, kündigte Morgenstern an, als Zinsmeister vor ihnen auf einem einfachen Stuhl Platz genommen hatte. Und für uns auch nicht, dachte er. Es kam ihm fast vor, als müsste er eine Todesnachricht überbringen. Und in gewissem Sinne war es ja auch so.

Gottfried Zinsmeister war fassungslos, als ihm erklärt wurde, wer sein Vater gewesen war, was mit ihm geschehen war und warum sich seine Mutter nun in der Polizeiinspektion befand. Blass und ernst saß er auf seinem Stuhl, dann verlangte und bekam er ein Glas Wasser.

»Das ist jetzt alles zu viel für mich«, murmelte er.

»Haben Sie denn nie Nachforschungen angestellt, wer Ihr Vater sein könnte?«, fragte Hecht.

Zinsmeister schüttelte den Kopf. »Meine Mutter wollte es mir nie sagen, und ich habe das irgendwann akzeptiert.«

»Können Sie sich vorstellen, dass Ihre Mutter mit einem alten Gewehr schießt, und zwar so gut, dass sie mit einem einzigen Schuss einen weit entfernten Mann tödlich trifft?«, fragte Hecht.

»Ich weiß es nicht«, antwortete Zinsmeister. »Sie hat wohl mehr Geheimnisse, als ich ahnte, und sie hat sie immer gut bewahrt. Ich frage mich, was ich überhaupt über sie weiß. Und ich kann mir nicht erklären, warum sie nicht einfach aus Eichstätt weggezogen ist, um anderswo ein neues Leben anzufangen. Wir wären überall glücklicher geworden als hier.« Er zögerte kurz. »Was wollen Sie jetzt mit meiner Mutter machen? Werden Sie sie einsperren?«

»Wir warten noch auf Anweisungen«, sagte Hecht vage. »Immerhin hat Ihre Mutter ein Geständnis abgelegt, das müssen wir überprüfen.«

Wenig später wurde er ans Telefon gerufen; als er zurückkam, sagte er: »Wir werden Ihre Mutter noch einmal gründlich vernehmen und sie dann nach Hause bringen. Es besteht keine Fluchtgefahr, außerdem ist das nächste Frauengefängnis in Aichach bei Augsburg. Wir werden sie aber nicht allein lassen. Alles Weitere wird am Montag entschieden.«

»Erst am Montag«, seufzte Morgenstern. »Die haben vielleicht Nerven. Wer bleibt bei Frau Zinsmeister?«

»Sie schicken zwei Polizeibeamtinnen raus. Sie sind schon unterwegs.«

Gottfried Zinsmeister durfte kurz zu seiner Mutter ins Vernehmungszimmer, wo sie stocksteif vor einer unberührten Tasse Kaffee saß. Morgenstern sah von der Tür aus zu, wie Zinsmeister sie unbeholfen in den Arm nahm und leise mit ihr sprach. Er weinte. Dann drehte er sich abrupt um und ging, ohne sich noch einmal umzusehen, aus dem Zimmer. Noch immer liefen ihm Tränen über die Wangen.

***

Walburga Zinsmeister präzisierte bei der Vernehmung ihre Angaben. Sie habe am Sonntagabend das Gewehr aus dem Versteck geholt, es mit Nähmaschinenöl gefettet, geladen und sei dann von ihrem Haus unbemerkt damit über den ganzen Frauenberg gelaufen, etwa zwei Kilometer bis zum Jägerstand von Matthias Schreiber. Dort habe sie sich im Gebüsch versteckt, auf ihn gewartet und ihn kurz nach der Ankunft erschossen.

»Wann war das genau?«, fragte Morgenstern.

»Etwa um einundzwanzig Uhr.«

»Sind Sie sicher?«

»Ja. Einundzwanzig Uhr«, wiederholte Walburga Zinsmeister. Morgenstern nickte Hecht wissend zu. Der notierte die Uhrzeit und schüttelte dabei leicht den Kopf. Matthias Schreiber war erst gegen dreiundzwanzig Uhr erschossen worden.

Und das Gewehr? Die alte Frau hatte lange überlegt und dann erklärt, das müsse sie wohl in der anschließenden Aufregung weggeworfen haben. Sie wisse nicht mehr, wo.

»Frau Zinsmeister, die Sache ist jetzt über sechzig Jahre her. Warum haben Sie Matthias Schreiber nicht schon vor vielen Jahren erschossen, warum nicht gleich nach dem Krieg?«, fragte Hecht.

»Ich habe nicht den Mut aufgebracht«, sagte die alte Frau. »Aber nun habe ich gespürt, dass die Zeit knapp wird. Ich hätte es nicht ertragen, dass Schreiber eines Tages friedlich in seinem Bett stirbt.«

Hecht und Morgenstern schickten sie mit den beiden inzwischen in Eichstätt angekommenen Polizeibeamtinnen nach Hause. »Ich schaue morgen früh bei Ihnen vorbei«, kündigte Morgenstern an. Den Bewacherinnen schärfte er ein, gut aufzupassen und ihn im Notfall sofort über Handy zu informieren.

»Wir können nicht ausschließen, dass sie sich etwas antut«, flüsterte er ihnen zu. »Auch wenn das nicht mit ihrem katholischen Glauben vereinbar ist. Also Augen auf!« Er stand schon in der Tür und wollte gerade gehen, da fiel ihm noch etwas ein. Mit erhobenem Finger wandte er sich an die Beamtinnen. »Noch etwas: Essen Sie auf keinen Fall die Blutwurst.«

Grübelnd machte sich Morgenstern auf den kurzen Weg nach Hause. Als er mit seinem Landrover über die Spitalbrücke fuhr, befiel ihn ein Unbehagen, wie er es lange schon nicht mehr gespürt hatte. Eine Mischung aus Bedrückung, Traurigkeit und sonderbarerweise auch Angst, und er trat aufs Gaspedal, um die gepflasterte Brücke und die Altmühl so schnell wie möglich hinter sich zu bringen. Im Rückspiegel sah er den Turm der Spitalkirche, der neben der Brücke hoch aufragte, und dahinter, in der Ferne, die Willibaldsburg. Immer noch mit überhöhter Geschwindigkeit umrundete er den riesigen Residenzplatz, ein barockes Wunderwerk der Architektur, dessen weite gepflasterte Fläche aber menschenleer war, weil es ringsum keine Cafés oder Restaurants gab, sondern hier nur Behörden ihren Sitz hatten. Unmittelbar im Anschluss kam der Leonrodplatz, geprägt von der gigantischen Prachtfassade der Schutzengelkirche mit ihrem nach hinten versetzten Turm. Der Leonrodplatz!

Der Platz, an dem Henning und die anderen als Saboteure gehängt worden waren.

Morgenstern trat auf die Bremse und bog so abrupt auf den Platz ein, dass ein nachfolgender Autofahrer wild hupte und gestikulierte. Hundertmal schon war er über diesen Platz gefahren oder gelaufen. Ein Brunnen mit einem großen rechteckigen Becken und zwei Fontänen plätscherte hier, direkt dahinter standen Bäume. Aber nach Walburga Zinsmeisters Schilderungen musste die Linde, an der die drei Männer aufgehängt worden waren, nahe der Pforte des Priesterseminars gestanden haben. Morgenstern stellte den Wagen direkt vor dem Portal der Schutzengelkirche ab, stieg aus und sah sich auf dem Platz um. Die Linde musste irgendwann gefällt worden sein. Er ließ seinen Blick weiterschweifen. Tatsächlich fand sich nirgendwo eine Erinnerungstafel, kein Hinweis. Nichts. Spiegelglatt und weißlich gelb leuchtete das Kalksteinpflaster; mehrere Marmorblöcke, schlicht und poliert wie steinerne Särge, säumten den Weg zum Eingang der Kirche.

Wo Henning wohl begraben worden war?, dachte Morgenstern.

»Ich hätte die alte Frau danach fragen sollen«, murmelte er.

Die seltsame Beklemmung in seiner Brust verstärkte sich. Es waren noch so viele Fragen offen. Und Morgenstern war sich nicht sicher, ob er wirklich auf all diese Fragen eine Antwort wollte. Aber eine Frage musste er von Berufs wegen zuverlässig klären: Hatte Walburga Zinsmeister den Denunzianten Matthias Schreiber tatsächlich erschossen? Es gab Zweifel, denn die von ihr genannte Tatzeit stimmte nicht.

Grübelnd stieg er in sein Auto und fuhr nach Hause. Im Moment gab es für ihn nichts zu tun; noch hielten sie die Geschichte unter Verschluss. Denn die Sache war heikel – eine fünfundachtzigjährige Großmutter unter dringendem Mordverdacht würde die gesamte deutsche Presse auf den Plan rufen. Die Bild-Zeitung, Fernsehteams aller Sender würden in Eichstätt einfallen und jeden Stein umdrehen. Er könnte es ihnen nicht einmal verübeln. Eine blutige Rache nach so vielen Jahrzehnten – noch dazu von einer Frau, die jeden Herz-Jesu-Freitag in der Walburgisgruft betete, das war der Stoff, auf den diese Burschen anschlugen wie der Drogenhund auf einen Koffer voll Marihuana.

Das Ganze musste sorgfältig vorbereitet sein, und dafür sollte es am Montag eine ausführliche Besprechung unter Leitung von Kriminaldirektor Adam Schneidt geben. Viel Arbeit stand in den nächsten Tagen an – da war es nicht einmal schlecht, dass Fiona mit den Kindern verreist sein würde und er sich voll auf den Job konzentrieren konnte. Mit einer sonderbaren Mischung aus Erleichterung und Sorge kam er zu Hause an.

»Nie im Leben«, sagte Fiona, als er ihr in der Küche die ganze Geschichte erzählt hatte. Entgegen sämtlichen Dienstvorschriften tauschte Morgenstern sich regelmäßig mit seiner Frau über seine Ermittlungen aus. Er wusste, dass er sich auf ihre Verschwiegenheit hundertprozentig verlassen konnte. Die Buben waren im Freibad, und Fiona hatte spontan eine Flasche Weißwein entkorkt. Erst hatte sie zu Morgensterns Überraschung ein paar Tränen verdrückt – »Mein Gott, wie tragisch« –, doch wenig später hatte sie ihre gewohnte Souveränität wiedergefunden. »Nie im Leben hat diese alte Frau den Schuss abgegeben. Mit fünfundachtzig Jahren kann sie das nicht mehr, glaub mir, Mike.«

»Sie behauptet aber, dass sie es kann. Ich habe allerdings auch meine Bedenken. Es passt einfach nicht.«

»Dann will sie eben vom wahren Täter ablenken.« Fiona nahm einen großen Schluck Weißwein. »Wenn du mich fragst: Ich denke, es war ihr Sohn, dieser … wie hieß er gleich wieder?«

»Gottfried.«

»Dieser Gottfried. Mal angenommen, er kommt hinter die ganze Geschichte, erfährt endlich, wer sein Vater war und was mit ihm passiert ist. Er weiß auf einmal, wer schuld daran ist, dass seine Kindheit und das Leben seiner Mutter verkorkst waren.«

»Und das Gewehr?«

»Sogar du hast das Versteck entdeckt, Mike«, sagte Fiona milde. »Dabei bist du gerade mal ein paar Minuten in diesem Klo gewesen. Glaubst du wirklich, du könntest hier bei uns im Haus etwas so gründlich vor mir und erst recht vor unseren Kindern verstecken, dass sie es nicht irgendwann durch Zufall finden? Denk mal an unsere Weihnachtsgeschenke. Ich bin immer heilfroh, wenn endlich der Heilige Abend kommt und die Jungs die Päckchen noch nicht aufgestöbert haben.«

Morgenstern dachte an den Stapel alter Playboy-Ausgaben, den er schon seit vielen Jahren mit schlechtem Gewissen in einem vermeintlich todsicheren Versteck aufbewahrte. Sogar den Umzug von Nürnberg nach Eichstätt hatten sie mitgemacht. Er war sich nicht sicher, was peinlicher wäre: wenn Fiona oder wenn die Kinder die Herrenmagazine entdeckten. Höchste Zeit, dass er sich dieser Altlast entledigte. Am besten gleich in der kommenden Woche, wenn seine Familie im Urlaub war.

»Gottfried Zinsmeister hat mir allerdings nicht den Eindruck gemacht, als ob er von seinem Vater gewusst hätte«, wandte Morgenstern ein. »Er hat Rotz und Wasser geheult.«

»Das heißt gar nichts«, sagte Fiona nüchtern. »Ich kenne Frauen, die auf Kommando weinen können und damit jeden von euch Männern um den Finger wickeln. Warum sollte das nicht auch mal ein Mann können, vor allem dann, wenn es für ihn um die Wurst geht?«

»Du meinst also, wir sollten Gottfried Zinsmeister in die Mangel nehmen?«

»Ich würde ihn gründlich beobachten. Wenn er es war, dann wird er schleunigst mit seiner Mutter Kontakt aufnehmen. Er wird mit ihr sprechen wollen, jetzt wo er weiß, dass sie sich für ihn opfert, meinst du nicht auch?«

»Stell dir mal vor, auf die Idee ist der Spargel auch schon gekommen, der alte Fuchs. Und was hat der schlaue Kerl deswegen organisiert? Eine hochoffizielle Telefonüberwachung. War gar kein Problem, schließlich hat sich die Frau eines Mordes bezichtigt. Der Apparat von Frau Zinsmeister wird schon seit einer Stunde abgehört. Falls Gottfried Zinsmeister seinem Herzen Luft macht, haben wir ihn.« Morgenstern klappte die Handflächen nach Art einer eisernen Falle zusammen. »Schnapp!«

SONNTAG

Das Handy auf dem Nachtkästchen klingelte. Schlaftrunken schaute Morgenstern auf den Wecker: zwei Uhr fünfzehn. Wer um alles in der Welt drangsalierte ihn zu dieser irrwitzigen Stunde?

»Was gibt's?«, muffelte er grußlos ins Telefon. Es war eine der jungen Polizeibeamtinnen, die bei Walburga Zinsmeister Dienst schob. Morgenstern war sofort hellwach.

»Es ist gerade etwas Komisches passiert. Frau Zinsmeister ist mitten in der Nacht aufgestanden. Sie hat gesagt, dass ihr kalt ist und dass sie ihren Küchenherd anschürt. Ich habe mir erst nichts dabei gedacht. Aber dann hab ich doch mal genauer nachgeschaut, was sie so treibt. Und da habe ich sie erwischt, wie sie versucht hat, ein Schreibheft zu verbrennen. Ist wohl ein Tagebuch oder so etwas in der Art.«

»Und?«, bellte Morgenstern ins Handy. »Haben Sie das Heft gerettet?«

»Es ist ein bisschen angekokelt, aber ansonsten heil geblieben. Ich konnte es zum Glück mit dem Schürhaken aus dem Ofenloch ziehen.«

»Und was sagt Frau Zinsmeister dazu?«

»Gar nichts. Sie sitzt in der Küche und starrt stumm vor sich hin.«

»Ich komme! In fünf Minuten bin ich da«, versprach Morgenstern und schlüpfte bereits in seine Jeans. »Und geben Sie das Heft auf keinen Fall mehr aus der Hand.«

Röhrend jagte der alte Landrover die steile, schmale Straße zum Frauenberg hoch. Es hatte am Abend noch einmal kurz geregnet; jetzt hing dünner Herbstnebel im Tal.

Die Stadt war um diese Uhrzeit wie ausgestorben. Nur ganz am Ende der Straße, im Erdgeschoss von Walburga Zinsmeisters Häuschen, brannte Licht. Es war ein kaltes, hartes, unbarmherziges Neonlicht, ausgestrahlt von einer kreisrunden Röhre, die über dem Küchentisch an der Decke hing. Als Morgenstern eintrat, saß Walburga Zinsmeister immer noch reglos auf ihrem Stuhl.

In der Küche roch es nach Rauch, vor dem Ofen lagen ein Häufchen Asche und angesengte zerknüllte Zeitungsseiten des Eichstätter Kurier. Zum Glück hatte die alte Frau anscheinend nichts für einen ordentlichen Kaminanzünder übrig. Altes Zeitungspapier taugte nicht als Brandbeschleuniger, das wusste Morgenstern von seinen Lagerfeuern.

»Gute Arbeit«, lobte er die beiden Kolleginnen und wandte sich Walburga Zinsmeister zu. »Dann wollen wir mal sehen, was hier gar so geheim ist, dass es niemand in die Finger bekommen darf. Offenbar hat unsere Gondelfahrt nicht lange genug gedauert, damit Sie uns die ganze Wahrheit sagen. Zur Not wäre ich auch noch ein paar Runden mehr gefahren.«

Walburga Zinsmeister schwieg.

»Sie müssen natürlich nichts sagen«, stellte Morgenstern klar. »Aber es würde Ihnen bestimmt guttun, Ihr Gewissen zu erleichtern.«

Es blieb beim frostigen Schweigen.

Die Polizistin reichte Morgenstern das Heft: ein Büchlein im DIN-A4-Format mit dunkelblauem Einband und linierten Seiten. Eng beschriebenen Seiten, nur durch Datumsangaben unterbrochen.

Morgenstern erkannte die Schrift wieder – erst gestern Vormittag hatte er ihr im Kloster nachgespürt, nur waren die Einträge dort verschlüsselt gewesen und das Unausgesprochene zwischen den Zeilen mehr zu ahnen als zu lesen gewesen.

Er blätterte durch die Seiten. »Mai 1945«, murmelte er. »Muss ich das jetzt alles durchlesen früh um drei Uhr? Weiß ich doch schon alles, was damals war.« Er las die Seiten quer auf der gezielten Suche nach …

»Matthias Schreiber, mhmm, da haben wir ihn ja schon«, sagte er und zeigte den Eintrag einer der Polizistinnen.

Die beugte sich nun ebenfalls über das Heft und las leise, wie für sich selbst, vor: »Habe heute Vormittag zufällig Matthias Schreiber und Anton Bruckmair gesehen. Gab mir einen Stich ins Herz. Zwei Verräter, die ungeschoren davonkommen. Aber mein ist die Rache.«

»Wie war das noch mal?«, fragte Morgenstern nach. »Matthias Schreiber und wer?«

»Matthias Schreiber und Anton Bruckmair«, wiederholte die Polizistin. »Gab mir einen Stich ins Herz.«

»Zwei Verräter«, wiederholte Morgenstern. »Das ist ja eine Überraschung! Es war nicht einer allein, es waren zwei. Frau Zinsmeister, wer ist dieser Anton Bruckmair? Lebt der noch?«

Walburga Zinsmeister schwieg.

»Jetzt ist mir klar, warum Sie das Heft schleunigst vernichten wollten. Sie wollten nicht, dass wir auf den zweiten Mann stoßen.« Morgenstern straffte sich. »Aber das haben wir gleich.«

Misstrauisch hörte Walburga Zinsmeister zu, wie Morgenstern mit der Auskunft telefonierte: »Bruckmair, mit ai und ohne e. – In Eichstätt, genau.« Er sah die alte Frau fragend an. »Stimmt doch? Wir sprechen von Eichstätt? Wer sich hier einmal niedergelassen hat, der zieht nicht mehr weg, das habe ich schon mitgekriegt.« Er wandte sich wieder der Auskunft zu. »Ah, Sie haben einen Bruckmair Anton jr. Danke, der reicht mir.«

Wie praktisch, dass die Väter hier ihre Vornamen mit Vorliebe an den Erstgeborenen weitervererbten, dachte er. Nach einem kurzen Blick auf die Uhr tippte er die Telefonnummer ins Handy. Beliebt würde er sich mit diesem Weckruf bestimmt nicht machen. Aber um Beliebtheit ging es ihm nicht. Er wollte Gewissheit.

Er ließ das Telefon über eine Minute läuten, dann meldete sich eine schlaftrunkene Frauenstimme: »Ja bitte?«

»Sind Sie Frau Bruckmair?«

»Wer ist denn da?«

»Mein Name ist Morgenstern, Oberkommissar von der Kriminalpolizei in Ingolstadt.«

»Soll das ein Telefonstreich werden?«, erregte sich die Frau. »Oder belästigen Sie öfter nachts Frauen am Telefon?«

»Nein, ich bin wirklich von der Kripo, und wir müssen dringend eine Frage klären.«

»In der Nacht um drei Uhr«, stöhnte die Frau. »Also gut, worum geht es denn?«

»Lebt Ihr Schwiegervater noch? Anton Bruckmair senior?«

Auf der anderen Seite der Leitung herrschte einen Moment lang Schweigen, dann kam die Antwort: »Das will ich wohl meinen. Warum fragen Sie?«

»Lebt er bei Ihnen im Haus?«

»Nein. Er ist im Altersheim. Er hat vor zwei Jahren einen Schlaganfall gehabt. Seitdem sitzt er im Rollstuhl. Er lebt im Heilig-Geist-Spital. Da geht es ihm gut, da wird er liebevoll betreut. Soweit ich weiß, war er gestern mit dem Spital sogar beim Seniorennachmittag auf der Wiesn.«

»Auf der Wiesn«, wiederholte Morgenstern. »Im Rollstuhl.«

»Ja.«

»Ihr Schwiegervater ist etwa achtzig Jahre alt, er trägt gerne eine Lodenjacke, ist kräftig, und er hat die Haare seitlich über den Kopf gekämmt«, sagte Morgenstern langsam.

Er wollte noch hinzufügen, dass der Alte ziemlich griesgrämig sei, aber die Schwiegertochter unterbrach ihn: »Woher wissen Sie das alles? Ich dachte, Sie kennen Ihn nicht? Ich halte das alles für ziemlich sonderbar. Ist ihm etwas passiert? Nun reden Sie schon!«

»Ich erkläre es Ihnen später, Frau Bruckmair, versprochen«, sagte Morgenstern.« Und damit legte er auf.

Walburga Zinsmeister hatte wachsam zugehört. »Woher kennen Sie den Bruckmair?«, fragte sie verwundert.

»Ich habe ihn heute beobachtet, auf dem Volksfest, als ich nach Ihnen gesucht habe.«

»Ach so?«, fragte die Alte erstaunt. »Sie haben wohl ein fotografisches Gedächtnis.«

»Schön wär's. Nein, ich hatte eigentlich ein Auge auf den jungen Mann, der sich mit diesem alten Grantler herumplagen musste. Auf einen jungen Zivildienstleistenden mit einer auffälligen Frisur.«

Morgenstern ging zu dem grünen Küchenschrank und betrachtete die Bilder, die in den Rahmen der Glasscheiben steckten. Er nahm eines, das einen nachdenklichen, braven Schüler mit kurzen Haaren zeigte, und hielt es der alten Frau unter die Nase. »Jonas«, sagte er. »Ist er Ihr einziger Enkel?«

»Ja.«

»Haben Sie auch ein halbwegs aktuelles Bild von ihm?«, fragte Morgenstern. Als Walburga Zinsmeister nicht antwortete, wandte er sich wieder dem Küchenschrank zu und öffnete auf gut Glück eines der Glastürchen, hinter dem Tassen und Gläser standen. Ein Bündel Briefe und Ansichtskarten, an die Rückseite der Vitrine gesteckt, hatte seine Aufmerksamkeit geweckt. Und hier fand Morgenstern nach kurzem Stöbern ein gerahmtes Foto des Zinsmeister-

Sprösslings. Arm in Arm mit einem etwa gleichaltrigen, gut aussehenden Mädchen mit auffälligen Grübchen in den Wangen, langen braunen Haaren und einer neckisch in die Stirn geschobenen Strickmütze in Gelb-Schwarz-Grün.

Morgenstern nickte. »Jonas Zinsmeister. Er ist groß geworden. Mit seiner Rastafrisur kann man ihn sich leicht merken.«

Plötzlich fügten sich die Puzzleteile zusammen. Und wie von selbst fielen Morgenstern nun die weiteren Fragen ein. »Ist er oft bei Ihnen, hier im Haus?«

»Ja.«

»Und Sie haben eine sehr enge Beziehung, so eng, wie sie nur sein kann zwischen einem Enkel und seiner einsamen Großmutter.«

»Ja.«

»Frau Zinsmeister, Sie haben Jonas die Geschichte seines Großvaters erzählt. Seinem Vater haben Sie sie verschwiegen, aber ihm haben Sie alles gesagt. Liege ich richtig?«

Die alte Frau nickte.

»Warum?«, fragte Morgenstern, ohne ernsthaft damit zu rechnen, eine Antwort auf diese Frage zu bekommen. Aber Walburga Zinsmeister überraschte ihn.

»Setzen Sie sich bitte auf den Stuhl«, wies sie ihn an, und Morgenstern nahm gehorsam am Küchentisch Platz.

Walburga Zinsmeister straffte die Schultern, dann begann sie zu erzählen. »Jonas und sein Vater sind nie sehr gut miteinander ausgekommen. Gottfried hat spät geheiratet und war schon recht alt, als Jonas auf die Welt kam. Gottfried freute sich über seinen Buben, gar kein Zweifel. Aber er fühlte sich überfordert, und er war es auch. Seine Frau, Gabriele ... na, lassen wir das. Jedenfalls haben die beiden Jonas sehr oft zu mir gebracht. Er hat oben sogar ein eigenes kleines Zimmer, in dem er, sooft er will, übernachten kann.«

»Warum haben Sie es ihm erzählt?«, beharrte Morgenstern.

»Ich wollte eigentlich nicht, dass er es weiß, aber es ging nicht anders. Jonas hat im Mai hier am Gymnasium sein Abitur gemacht, und als sein Einberufungsbescheid kam, war er wirklich entschlossen, zur Bundeswehr zu gehen, als Wehrpflichtiger, mit dem Gewehr in der Hand.«

»Ja und?«, fragte Morgenstern.

»Ich war fest davon überzeugt, dass er den Wehrdienst verweigern würde, das machen doch heute viele. Stattdessen hat er mich in endlose Diskussionen verwickelt, warum er am liebsten nach Afghanistan gehen würde. ›Deutschlands Freiheit wird am Hindukusch verteidigt‹, hat er behauptet. Er war nicht umzustimmen. ›Sie werden dir deine Haare abschneiden‹, habe ich ihm gesagt, aber das nahm er in Kauf.«

Morgenstern atmete tief durch. Er konnte sich lebhaft vorstellen, wie Walburga Zinsmeister, deren Leben vom Krieg zerstört worden war, an diesem Küchentisch mit dem Abiturienten stritt, wie sie vergeblich versuchte, ihn vom Wehrdienst abzuhalten.

»Und Ihr Gottfried, der musste seinerzeit nicht zur Bundeswehr?«, fragte Morgenstern.

»Nein, sie haben ihn damals ausgemustert. Ich weiß nicht, ob Ihnen aufgefallen ist, dass er hinkt? Das linke Bein ist kürzer als das rechte. Schon von Geburt an.«

»Ah so. Aber bei Jonas wäre es nun so weit gekommen, dass er fürs Vaterland die Waffe in die Hand genommen hätte.«

»Ja. Und so habe ich ihm eines Abends erzählt, was Krieg wirklich bedeutet. Wie grausam er manche Menschen macht. Wie wenig Spielraum er dem Einzelnen für freie Entscheidungen lässt. Und ich habe ihm erzählt, wie es seinem Großvater erging, der ein tapferer Soldat war, dem am Ende niemand dankte. Niemand.« Sie machte eine lange Pause. Morgenstern hörte das leise Ticken der Küchenuhr. Über ihnen surrte die kreisrunde Neonlampe.

»Und dann hat er den Antrag auf Kriegsdienstverweigerung gestellt«, sagte die alte Frau schließlich. »Er hat mir versprochen: Kein Mitglied der Familie Zinsmeister wird mehr für Volk und Vaterland kämpfen.«

»Haben Sie ihm die Namen der beiden Verräter gesagt, Frau Zinsmeister?«

»Ja. Er wollte sie unbedingt erfahren, und ich hielt es für richtig, sie nicht für mich zu behalten.« Sie schwieg eine Weile, dann sagte sie: »Jonas ist ein kluger Junge, er hat viel von Henning. Er hatte über die beiden Mörder seines Großvaters schnell allerhand herausgebracht.«

Morgenstern schüttelte ungläubig den Kopf. »*Sie* haben ihm den Karabiner seines Großvaters gegeben. Und es ist auch kein Zufall, dass Jonas seinen Zivildienst im Heilig-Geist-Spital macht, nicht wahr? Er wollte ganz nah an Anton Bruckmair herankommen.«

Die alte Frau deutete ein Lächeln an.

»Haben Sie ihn heute Nachmittag getroffen, auf dem Volksfest?«, fragte Morgenstern.

»Selbstverständlich. Ein fleißiger Junge. Er sammelt Überstunden, damit er viel Zeit hat, um nach Jamaika zu fliegen. Er hilft sogar beim Nachtdienst mit.«

»Jamaika«, wiederholte Morgenstern. »Er hat mir davon erzählt. Wissen Sie, wo er jetzt im Moment ist?«

Walburga Zinsmeister nickte stumm.

»Ist er im Spital?«

Doch die alte Frau legte drei Finger der rechten Hand an die Lippen und machte eine Drehbewegung, als würde sie ihren Mund mit einem imaginären Schlüssel für immer versperren.

»Wenn Sie nicht mehr mit mir reden wollen, Frau Zinsmeister, dann ist das Ihre Entscheidung. Ich weiß, was ich wissen muss, ab hier übernimmt der Staatsanwalt«, sagte Morgenstern ruhig. »Aber eine allerletzte Frage habe ich noch. Es geht um den Blumenstrauß, den Sie ins Grab von Matthias Schreiber geworfen haben. Wir haben ihn herausholen lassen. Seither frage ich mich, was dieser große Strauß eigentlich sollte.«

»Wenn's recht ist, gehe ich jetzt ins Bett«, entgegnete Walburga Zinsmeister, ohne auf seine Frage einzugehen. »Es war ein langer Tag für mich. Ein sehr langer Tag.«

Sie stand auf und ging durch den Gang ins rückwärts gelegene Schlafzimmer. Bevor sie die Tür öffnete, drehte sie sich noch einmal um. »Die Schnur für die Blumen ... das Seil ... Sie hätten es im Grab lassen sollen. Ich habe damals einen amerikanischen Offizier darum gebeten, und er hat es mir gebracht. Ich habe es zerschnitten. Die andere Hälfte habe ich noch.« Damit verschwand sie in ihrer Kammer.

Auf ein Zeichen von Morgenstern nahm eine der Polizistinnen einen Stuhl und postierte sich auf dem Gang.

»Zum Frühstück bin ich wieder da. Ich bringe Semmeln mit«, versprach Morgenstern, dann trat er hinaus in die neblige Nacht und stieg in seinen Wagen. Tief unter ihm lag die Stadt in tiefem Schlaf. Der Schlaf der Gerechten, dachte Morgenstern.

Nacheinander schlugen mehrere Glocken die Stunde: Halb vier, meldete erst der Rathausturm, dann der Kirchturm von St. Walburg, anschließend der Dom und zuletzt die Spitalkirche. Morgenstern hatte, als er nach Eichstätt gekommen war, eine Weile gebraucht, bis er sich an das ständige Glockenschlagen und unablässige Läuten gewöhnt hatte. Es gab Touristen, so hatte er sich sagen lassen, die sich dadurch in ihrer Nachtruhe gestört fühlten. Das, dachte er, waren wohl dieselben Leute, die gegen krähende Hähne auf Bauerndörfern prozessierten oder gegen quakende Frösche im Teich des Nachbarn.

Morgenstern traf eine Entscheidung. Vom Handy aus rief er seinen Kollegen Peter Hecht in Schrobenhausen an, informierte ihn über die neuesten Erkenntnisse und beorderte ihn nach Eichstätt.

»Jetzt, mitten in der Nacht!«, zeigte sich Hecht einigermaßen fassungslos.

»Ich habe irgendwie ein ungutes Gefühl. Ich muss das sofort klären«, erwiderte Morgenstern. »Noch etwas: Bring dieses Seilstück mit, das wir aus dem Grab gefischt haben.«

Dann fuhr er die steile Straße hinab. Dunkel erhob sich vor ihm der Turm der Spitalkirche wie ein mahnender Finger.

Das städtische Alten- und Pflegeheim lag zwischen der Bundesstraße 13 und der Altmühl. Seine Wurzeln reichten bis ins 14. Jahrhundert zurück, und schon seit dieser Zeit gehörte zu dem großen, immer wieder erweiterten Gebäudekomplex eine stattliche Kirche, die nahtlos in den eigentlichen Wohnbereich überging. Das Seniorenheim war vor einiger Zeit durch einen großen, orange gestrichenen Neubau ergänzt worden, und die Raumaufteilung hatte man in der Stadt lebhaft diskutiert. Die Fenster der Seniorenzimmer wandten sich nämlich nicht etwa dem idyllischen, ruhigen Altmühlufer zu, sondern der Bundesstraße mit ihrem unablässig dröhnenden Verkehr. Die Bewohner, so hatten die Architekten erklärt, wollten beim Blick aus dem Fenster reges Treiben sehen – und sei es auch nur der Dauerstau auf der B 13. Gegen den Unterhaltungswert eines täglichen Verkehrsinfernos kämen ein paar Enten, Schwäne und Kanufahrer auf der Altmühl nicht an.

Morgenstern stellte den Landrover hinter einer Mauer neben der Bundesstraße ab und läutete am Haupteingang. Es dauerte lange, bis eine Altenpflegerin öffnete. Ohne große Umstände präsentierte Morgenstern ihr seinen Dienstausweis, den sie sorgfältig studierte. Dann bestätigte sie Morgensterns Vermutung: »Jonas Zinsmeister ist bei uns im Haus. Ich bringe Sie zu ihm.« Als sie durch die dämmrigen Flure liefen, gurrte die Pflegerin ungefragt: »Sie werden sehen, der ist richtig goldig. Wir haben ihn hier alle ins Herz geschlossen, und er hat sich in den paar Monaten, die er bei uns ist, schon fast unentbehrlich gemacht.«

Morgenstern wurde unruhig. Die Schwester schwärmte weiter:

»Es ist eigentlich nicht vorgesehen, dass ein Zivi im Nachtdienst mithilft, aber beim Jonas ist das etwas anderes. Der ist so hilfsbereit und lernt so schnell. Und wenn einer am Wochenende freiwillig mithelfen will, dann hat da keiner was dagegen. Er will selbst mal Krankenpfleger werden, hat er gesagt. Da kann er bei uns vorab schon viel lernen.«

»Hmmm«, erwiderte Morgenstern.

Es ging über breite Flure und zwei Treppen nach oben, dann waren sie in der richtigen Station.

»Pssst!«, bedeutete die Pflegerin Morgenstern. »Die meisten unserer Bewohner haben einen leichten Schlaf. Wir wollen sie nicht wecken.« Sie gingen einen langen schummrigen Gang entlang, in dem nur durch die Notbeleuchtung eingeschaltet war. Bloß ganz hinten brannte Licht.

»Das Schwesternzimmer«, flüsterte die Pflegerin. »Da hat heute Schwester Annegret Dienst. Und unser Jonas hilft ihr.«

Im Vorbeigehen studierte Morgenstern die Namensschilder an den Türen, und in der Mitte des Flurs fand er, wonach er gesucht hatte.

»Bruckmair A.«, las er halblaut und blieb abrupt stehen. Er zupfte die Pflegerin am Ärmel. »Warten Sie einen Moment, ich will einen Blick in dieses Zimmer werfen.«

Die Frau starrte ihn misstrauisch an. »Sie haben doch gesagt, Sie müssten mit Jonas sprechen.«

»Nur ein kurzer Blick, ob alles in Ordnung ist.«

»Wenn Sie unseren Herrn Bruckmair aufwecken, dann können Sie sich auf ein Donnerwetter gefasst machen. Nicht von mir, sondern von ihm.«

»Das nehm ich auf meine Kappe«, versprach Morgenstern und drückte sachte die Türklinke.

In der Dunkelheit waren zunächst nur die Umrisse der Möbel zu erkennen: ein Einbauschrank, ein kleiner Tisch mit zwei Stühlen, Familienfotos an einer Wand. Der Rollstuhl stand neben dem Fenster. Anton Bruckmair lag auf dem Rücken in einem Pflegebett, die Decke hatte er bis ans Kinn hochgezogen. Morgenstern lauschte.

»Sehen Sie, er schläft«, flüsterte die Pflegerin, die sich neben ihn gestellt hatte. »Wecken Sie ihn nicht!«

Auf Zehenspitzen schlich Morgenstern bis zum Bett, schaute dem alten Mann ins Gesicht, dann drehte er sich um, ging zur Tür und schaltete das Licht an.

»Sind Sie verrückt?«, protestierte die Pflegerin, doch Morgenstern deutete auf Anton Bruckmair und fragte zurück: »Seit wann schlafen alte Menschen mit offenen Augen?«

Über den Flur näheren sich Schritte. Eine kleine braunhaarige Schwester im weißen Kittel erschien in der Tür, offenbar Schwester Annegret, die Stationsleiterin.

»Was geht hier vor?«, fragte sie ärgerlich und schaute erst Morgenstern, dann ihre Kollegin an. »Elvira, was macht ihr denn hier?«

»Das erkläre ich Ihnen später«, antwortete Morgenstern barsch. »Ich bin von der Kriminalpolizei, und ich will, dass Sie sich sofort um diesen Mann hier kümmern. Es geht um Leben und Tod.«

Schwester Elvira trat ans Bett, nahm Bruckmairs linke Hand, die unter der Bettdecke hervorlugte, und tastete prüfend das Handgelenk ab.

»Kein Puls!«, rief sie ihrer Kollegin zu, dann stürzte sie aus dem Zimmer. »Der Bruckmair atmet nicht mehr! Und jemand von der Polizei ist da!«, hörte Morgenstern sie rufen. Offenbar wandte sie sich an Jonas Zinsmeister. Das Hauptlicht im Gang ging an.

Morgenstern trat genau in dem Moment aus Anton Bruckmairs Tür, als Jonas Zinsmeister seinerseits aus der Tür des Schwesternzimmers schaute. Einen Augenblick lang blickten sich die beiden über die Entfernung von fünfzehn Metern an.

»Jonas, ich bin deinetwegen gekommen. Ich bin bei der Kriminalpolizei. Ich muss mit dir reden«, sagte Morgenstern ruhig und ging dann ganz langsam auf das Schwesternzimmer zu. Der junge Mann brauchte eine Weile, bis er Morgenstern, seinen freundlichen Tresennachbarn aus dem Irish Pub, mit Morgenstern, dem Mordfahnder der Ingolstädter Kripo, in Einklang brachte. Er schien mit sich zu ringen.

»Ein Bulle«, sagte er schließlich. »Du bist ein dreckiger Bulle! Und ich Idiot habe mit dir gequatscht wie mit einem Freund.«

Abrupt drehte er sich um und ging den Flur in die entgegengesetzte Richtung entlang davon. Morgenstern folgte ihm, zunächst im Schritttempo, dann entschloss er sich zum Laufschritt. Der Flur mündete nach einer Biegung im Treppenhaus. Er hörte, wie Jonas mit schnellen Schritten, eher schon Sprüngen, nach oben hetzte.

»Warum schaffe ich es nie, jemanden einfach an Ort und Stelle festzunehmen?«, schimpfte Morgenstern und rannte mit laut hallenden Stiefelschritten hinterher.

Jonas kannte sich im Spital bestens aus, das stand außer Zweifel. Aber Morgenstern hatte eine Waffe, auch wenn er sie unter keinen Umständen zum Einsatz bringen wollte. Nicht gegen diesen verwirrten jungen Mann, der Haken schlagend wie ein Hase durch die Gänge floh, treppauf, treppab, von einem Gebäudetrakt zum anderen.

»Stehen bleiben, Polizei!«, rief Morgenstern mehrmals. Vergeblich. Wäre es nicht besser, Jonas einfach laufen zu lassen? Wo konnte er schon hin? Über kurz oder lang würde man ihn fassen, dachte Morgenstern im Laufen, doch dann nahm die Anstrengung seine ganze Konzentration in Anspruch, und ein Aufgeben kam für ihn nicht mehr in Frage. Der »dreckige Bulle« in ihm sah rot.

Doch Jonas' Vorsprung verringerte sich nicht, im Gegenteil. Der durchtrainierte junge Kletterer hatte eine Fitness, von der Morgenstern nur träumen konnte. Außerdem trug er Turnschuhe, während Morgenstern mit seinen Stiefeln über die Gänge und Stiegen trampelte wie ein Stier in der Arena, von etlichen Schlitterpartien gar nicht zu reden.

Die nächste Treppe stieß auf eine schlichte, grau gestrichene Metalltür. Eine massive Brandschutztür, die wohl in einen abgetrennten Bereich des Spitalkomplexes führte. Die Tür war verschlossen, doch der Schlüssel hing direkt daneben in einem roten Metallkästchen.

Kurz entschlossen schlug der junge Mann mit dem Ellbogen die kleine Glasscheibe ein, nahm den Schlüssel vom Haken, steckte ihn hektisch ins Schloss und drehte ihn um. Morgenstern hatte ihn nun fast eingeholt.

»Bleib stehen, Jonas«, rief er schwer atmend. Doch Jonas warf ihm einen angsterfüllten Blick zu, schlüpfte durch die Tür und schlug sie hinter sich zu. Morgenstern war allerdings schon zu nahe, als dass der junge Mann noch Zeit gehabt hätte, die Tür wieder hinter sich abzusperren.

Mit aller Kraft stieß Morgenstern die Tür auf – und fand sich in einem düsteren, muffigen Raum wieder, der nur durch einige wenige schräge Fensterchen Licht erhielt. Wo waren sie?

Die Antwort auf diese Frage kam prompt. Vor ihm, hoch über einem spitzen Giebel, schlug eine Glocke viermal. Sie waren ins Dachgeschoss der Spitalkirche gelangt.

Morgensterns Augen gewöhnten sich an die Dunkelheit, und er sah, dass auf dem Dachboden etliches ausrangiertes Mobiliar gelagert wurde: Kniebänke, düstere Heiligenbilder, alte Betten, Nachtkästchen und vieles andere, das den Verantwortlichen für Altenheim und Kirche zu schade fürs Wegwerfen erschienen war, aber nie wieder den Weg ins echte Leben zurückgefunden hatte. Doch jetzt erfüllten Kunst und Krempel einen nie geahnten Zweck: Sie dienten dem flüchtigen Jonas Zinsmeister als perfektes Versteck.

Angestrengt lauschte Morgenstern, ob sich der junge Mann durch ein Geräusch verraten würde. Aber alles blieb still. Er hörte nur seinen eigenen schweren Atem und ein schnelles, gleichmäßiges Pochen: sein Herz.

Schlagartig kam ihm ein Gedanke. Er wandte sich zur Eisentür um, zog den außen steckenden Schlüssel ab und sperrte die Tür von innen ab. Den Schlüssel steckte er in die Tasche. Die Falle war zu, stellte er mit Genugtuung fest.

»Jonas, komm raus. Ich habe die Tür zugesperrt. Für dich gibt es nur einen Weg hier heraus, und der führt über mich«, rief er ins Dunkel. »Und versuch nicht, mich noch einmal auszutricksen. Ich habe eine Pistole. Ich meine es ernst.«

Demonstrativ zog er seine Dienstpistole und hielt sie in die Höhe, in der Hoffnung, dass sie irgendwie zu erkennen sein würde. »Komm raus, und es passiert dir nichts. Wir beide gehen gemeinsam nach unten, und dann kannst du alles erklären. Ich bleibe an der Tür. Ich warte hier auf dich.«

Morgenstern lauschte wieder. Bleierne Stille lag über dem Speicher. Dann war mit einem Mal Jonas' Stimme zu hören. Sie drang hinter mehreren großformatigen Ölbildern hervor, die mitten im Raum an einen alten Holzschrank gelehnt waren und ihrer Restaurierung harrten.

»Also gut, ich rede mit dir, aber nur, wenn du bleibst, wo du bist.«

Gott sei Dank, dachte Morgenstern, und versprach laut: »In Ordnung.«

»Du weißt alles über meinen Großvater, sonst wärst du nicht hier«, sagte Jonas, und es klang mehr nach einer Feststellung als nach einer Frage.

»Deine Oma hat mir einiges über ihn erzählt«, sagte Morgenstern. »Ich finde das alles sehr tragisch. Wirklich.«

»Blödes Gelaber«, sagte Jonas grob und äffte Morgenstern nach: »Tragisch, sehr tragisch. Das sagen die Politiker in ihren Sonntagsreden auch immer, wenn es um die Nazis geht. Das sagen sie am Volkstrauertag, wenn sie am Kriegerdenkmal stehen. Tragisch – weißt du, was das bedeutet? Tragisch heißt höhere Gewalt. Tragisch heißt, dass niemand etwas dagegen tun kann. Tragisch heißt: shit happens. Du hast einfach Pech gehabt. Du bist ein Loser.«

»Hör zu, Jonas. Wir sind uns viel näher, als du glauben willst«, hielt Morgenstern dagegen. »Die Männer, die deinen Opa an die SS ausgeliefert haben, haben Schuld auf sich geladen, das ist meine feste Überzeugung.«

»Mörder sind sie«, präzisierte Jonas jenseits seiner Ölbilderbarrikade. »Und Mord verjährt nicht.«

Morgenstern entgegnete: »Aber du bist kein Richter. Wir leben in einem Rechtsstaat, und da hat niemand die Erlaubnis, das Recht in seine eigenen Hände zu nehmen.«

Scharf kam die Antwort aus dem Dunkel: »Siehst du eigentlich nicht fern? Liest du keine Zeitungen? Sogar die schlimmsten Verbrecher aus den Konzentrationslagern kommen mit heiler Haut davon. Mit kleinen Strafen, weil sie schon so alt sind und Mitleid verdienen. Menschen, die selbst früher niemals Gnade gezeigt haben, bekommen heute mildernde Umstände und verhöhnen noch nachträglich ihre Opfer. Das kann nicht gerecht sein.«

Mit dumpfem Gepolter fiel in Jonas' Nähe etwas um. Morgenstern zuckte zusammen. Doch sofort wurde es wieder still. Still und unheimlich.

Morgenstern dachte nach. Wie oft schon hatte er selbst Menschen mühsam eines Verbrechens überführt, und vor Gericht waren seine hieb- und stichfesten Beweise von den Anwälten zerpflückt worden. Zu seinen Taten zu stehen, aufrichtige Reue zu zeigen, das war vor Gericht nicht üblich. Die meisten Angeklagten zeigten, wenn sie überhaupt eine Aussage machten, weinerlich auf alle anderen in ihrer Umgebung, die mit schuld gewesen seien: geschiedene Eltern, trinkende Väter, falsche Freunde, widrige Umstände. Doch hier, in diesem Fall, kam noch die fadenscheinigste aller Entschuldigungen hinzu: die lange Zeit, die seit der Tat vergangen war.

Und war es überhaupt eine »Tat« gewesen? Gab es Beweise? Morgenstern wurde klar, dass kein Gericht der Welt aufgrund eines Gerüchtes aus dem Jahr 1945 heute jemanden verurteilen würde. Die mageren Informationen, die Walburga Zinsmeister hatte, würden nicht einmal für eine Anklage reichen. Im Gegenteil: Der Gegenschlag würde nicht lange auf sich warten lassen – eine Anzeige gegen die alte Frau wegen Verleumdung, übler Nachrede und Ähnlichem. Dafür würde sich dann allerdings sicher ein Richter finden, dachte Morgenstern bitter.

»Hör mir zu, Jonas«, sagte er. »Deine Oma behauptet, dass sie selbst auf Matthias Schreiber geschossen hat. Das stimmt doch nicht. Das warst du, nicht wahr?«

»Meine Oma war es nicht!«, rief Jonas mit empörter Stimme. »Glaub ihr nicht!«

»Dann hat sie dir den Karabiner gegeben?«, fragte Morgenstern. »Ausgerechnet die Frau, die dir die Bundeswehr ausgeredet hat, drückt dir ein Gewehr in die Hand?«

»Sie hat mir von dem Gewehr erzählt, wollte es mir aber erst nicht geben. Aber ich habe nicht locker gelassen, bis sie mir vor einem Monat das Versteck gezeigt hat. Das Gewehr war erstklassig aufbewahrt, eingewickelt in ein Öltuch. Leider ohne Munition.« Leise fügte Jonas hinzu: »Ich bin mir nicht sicher, ob sie das alles so gewollt hat.«

»Es gab keine Munition. Die hast du dir dann selbst besorgt«, sagte Morgenstern, und wieder klärte sich ein Rätsel. »Du hast Schreiber eine Weile im Wald beschattet und dann aus seinem Auto, das er nie absperrte, Gewehrmunition gestohlen. Kaliber 7.92. Schreiber ist mit seiner eigenen Jagdmunition erschossen worden.«

»Woher weißt du das?«, fragte der junge Mann erstaunt.

»Ich bin bei der Polizei«, gab Morgenstern trocken zurück.

»Dann wird es wohl so gewesen sein«, presste Jonas hervor.

»Wie konntest du dir sicher sein, dass du Matthias Schreiber tödlich treffen wirst? Wo hast du das Schießen trainiert, doch wohl kaum im Schützenverein?« Morgenstern konnte sich nicht vorstellen, wo ein junger Mann mitten in Bayern heimlich seine Treffsicherheit testen konnte, ohne dass ihm im Nu die Polizei auf der Spur war.

»Eigentlich wollte ich tatsächlich zum Schützenverein, aber dann ist das alles viel einfacher gegangen. Da kommst du nie drauf: Ich habe auf dem Volksfest geübt. Ganz unauffällig, als wäre es ein Riesenspaß.«

Morgenstern sparte sich einen Kommentar.

»Die alten Luftgewehre am Volksfest sind den Wehrmachtskarabinern ziemlich ähnlich«, erklärte Jonas weiter.

Morgenstern konnte immer besser sehen, sei es, weil sich seine Augen an das Dunkel gewöhnt hatten, sei es, weil draußen allmählich der neue Tag anbrach und sein erstes diesiges Licht durch die kleinen Dachluken sendete. »Was mich noch interessieren würde: Was hast du heute Nacht mit dem alten Anton Bruckmair angestellt?«

Eine halbe Minute lang blieb es still. Dann sagte Jonas mit leiser Stimme: »E 605. Ein altes Pflanzenschutzmittel. Das ist längst verboten. Aber meine sparsame Oma hat noch fast einen ganzen Kanister davon in ihrem Gartenschuppen hinterm Haus. Sie verwendet das Zeug immer noch, wenn ihre Rosen im Garten Blattläuse haben. Sehr effektiv. Ich habe ihr ein paarmal dabei geholfen. Sie wollte es auch immer bei ihrem Kopfsalat anwenden, aber das habe ich ihr ausgeredet.«

»Wusste sie, dass du dir von diesem giftigen Zeug etwas abgezweigt hast?«

»Sie musste ja nicht alles wissen, sonst hätte sie sich nur unnötig Sorgen gemacht. Nein, das war allein mein Ding. Auch wenn sie sich vielleicht ihren Teil gedacht hat, als ich mich für die Zivistelle im Spital beworben habe.«

In diesem Moment läutete Morgensterns Handy. Mühsam fummelte er es aus der engen Brusttasche seiner Jeansjacke; dabei fiel ein kleiner Zettel mit heraus. Morgenstern erkannte im Zwielicht den Gebetszettel, den er zusammen mit dem Fläschchen Walburgisöl im Kloster bekommen hatte. Er bückte sich, hob den Zettel auf und knüllte ihn ungnädig in die Hosentasche.

»Was ist?«, brummelte er ins Handy.

»Ich bin's, Peter. Wo steckst du denn?«

»Ich bin im Speicher der Spitalkirche, zusammen mit Jonas Zinsmeister. Er ist voll geständig. Komm zu mir rauf, ich warte an der Tür auf dich. Lass dir den Weg von einer Pflegerin zeigen.« Er wollte schon auflegen, dann dachte er an den vergifteten Anton Bruckmair: »Da unten ist ein bewusstloser alter Mann. Er hat E 605 abbekommen, hast du mich verstanden. E 605! Sag das dem Arzt. Und beeil dich.«

Morgenstern legte auf. Er musste sich jetzt um Jonas kümmern und ihn zur Tür dirigieren.

»Ich denke, wir haben lange genug Verstecken gespielt«, sagte er in Richtung der Ölbilder. Wie er mittlerweile erkannt hatte, handelte es sich um Darstellungen verschiedener Heiliger, gemalt in kitschig-süßlichem Stil.

»Komm endlich raus«, sagte er zum Bild eines fast nackten, an einen Pfahl gefesselten jungen Mannes, der von mehreren Pfeilen durchbohrt fromm die Augen gen Himmel richtete. Als alles still blieb, schlich Morgenstern ganz langsam in Richtung der Bilder. Vorsichtig umrundete er den Schrank, die Pistole in der rechten Hand.

Jonas war verschwunden.

Verwirrt sah Morgenstern sich in alle Richtungen um. Ein lautes Quietschen ließ ihn herumfahren, und jetzt sah er ihn: Jonas Zinsmeister hatte sich lautlos zu einer der Luken im Kirchendach bewegt und sie nun mit einem entschlossenen Griff geöffnet. Entsetzt sah Morgenstern, wie der junge Mann sich mit einem souveränen Klimmzug durch das schmale Fenster schwang und nach einem kurzen Moment des Zögerns ins Freie verschwand.

Wie alle Kirchendächer war auch das Dach der Spitalkirche extrem steil. Die Fenster befanden sich etwa zwei Meter über der Dachrinne, und als Morgenstern endlich mit Hilfe eines alten Nachtkästchens seinen Oberkörper ins Freie schieben konnte, sah er im trüben Nebel der Morgendämmerung, wie Jonas Zinsmeister, der geübte und völlig schwindelfreie Kletterer, in der Regenrinne an der Traufe des Dachs entlangbalancierte, die Arme weit vom Körper gespreizt. Unter ihm, wohl fünfzehn Meter tiefer, floss dunkel die Altmühl in ihrem Bett, von der Kirchenmauer nur durch einen fünf Meter schmalen Gartenstreifen getrennt.

»Spinnst du!«, schrie Morgenstern panisch, doch Jonas drehte sich nicht einmal um, sondern ging Schritt für Schritt weiter auf den Altersheimtrakt zu, der etwas tiefer lag. Morgenstern wagte sich nicht hinaus. Aber hatte er nicht erst vor wenigen Tagen einen Verdächtigen entkommen lassen? Er rang mit sich und nahm dann all seinen Mut zusammen. Es war wohl so etwas wie Berufsehre, was ihn dazu zwang, sich ebenfalls aus dem Fenster zu wuchten, sich mit größter Vorsicht bis zur Dachrinne hinabzuhangeln und dann, sich mit beiden Händen an den Dachziegeln abstützend, vorsichtig und ohne jede Eleganz die Verfolgung aufzunehmen.

Bei einem Blick zurück sah er, dass auf der Spitalbrücke bereits ein Autofahrer angehalten und die Warnblinkanlage eingeschaltet hatte. Weitere Autos stoppten. Die Fahrer stiegen aus und starrten zu Jonas und ihm nach oben. Morgenstern spürte, wie sich seine Waden verkrampften, seine Oberschenkel wurden hart wie Stein und begannen unkontrollierbar zu zittern, und nur mit äußerster Anstrengung schaffte er es, sich in der Dachrinne umzudrehen und mit dem Rücken an das steile, vom Nebel feuchte Satteldach zu lehnen. Er würde keinen Schritt mehr vor oder zurück zustande bringen, da war er sich nun sicher.

»Verdammt!«, sagte er leise, dann rief er, nach kurzer Bedenkzeit, vernehmlicher: »Hilfe!«

Drinnen, so glaubte er zumindest, hörte er laute Schläge gegen die Brandschutztür. Er hatte vergessen, sie aufzusperren, und nun stand Spargel vor dem Eingang und hatte keine Chance, in den Speicher zu kommen.

Jonas, der Kletterer, war inzwischen fast schon am Ende des Kirchendachs angelangt. Morgenstern sah, wie er sich vorbeugte, um seinen weiteren Weg zu wählen. Die Regenrinne endete in einem Fallrohr, das sich jedoch von der Traufe erst einen halben Meter nach innen zur Kirchenwand bog. Er vergaß für einen Augenblick seine grenzenlose Angst und hielt den Atem an. Ganz langsam ging Jonas in die Knie, hielt sich dann mit beiden Händen an der Regenrinne fest, ließ sich nach unten gleiten und hing frei schwebend parallel zur Mauer der Spitalkirche.

Der ist völlig verrückt, dachte Morgenstern unwillkürlich. Der ist doch nicht Spiderman!

Jonas war offenbar anderer Meinung. Er begann, hin und her zu schwingen, um mit den Füßen das Fallrohr erreichen zu können, und er hatte es fast schon erreicht, als Morgenstern ein Geräusch hörte, das ihm durch Mark und Bein ging: ein grässliches Knirschen und Knarzen.

»Die Dachrinne!«, schrie Morgenstern, ohne zu wissen, wen er überhaupt warnen wollte. Mit einem Ruck löste sich die Regenrinne aus ihren Verankerungshaken, erst aus dem einen, dann wie bei einem Dominospiel aus den nachfolgenden. Jedes Mal wenn sich einer der Ankerhaken vom Dachbalken löste, ertönte ein dumpfes »Plopp«, und Jonas Zinsmeister sank mitsamt der sich immer weiter nach unten knickenden Dachrinne in die Tiefe.

Morgenstern wagte es nicht, sich nach vorne zu beugen und zu sehen, was mit dem jungen Mann geschehen würde. Es gab keinen Zweifel: Jonas würde auf den schmalen gepflasterten Streifen zwischen Kirche und Altmühl fallen. Zitternd presste Morgenstern sich gegen das Kirchendach und schloss die Augen. Er hörte einen kurzen Schrei, gefolgt vom Brechen von Zweigen und Ästen, dann einen dumpfen Aufprall. Danach war alles still.

»Hilfe!«, rief Morgenstern jetzt, so laut er nur konnte. »Holt mich hier runter!« Er sah, dass die Menschen unten auf der Spitalbrücke gestikulierten.

Ein Mann brüllte zu ihm herauf: »Halten Sie durch, die Feuerwehr kommt mit der Drehleiter. Nur noch ein paar Minuten!«

Morgenstern wusste, dass das Eichstätter Feuerwehrhaus in unmittelbarer Nähe war, und wenig später hörte er bereits ein gellendes Martinshorn. Mit rasender Geschwindigkeit bog der Löschzug vom Residenzplatz auf die Spitalbrücke ein.

Ganz großes Kino heute, dachte Morgenstern bitter und verfluchte sich dafür, dass er Jonas nicht einfach hatte entwischen lassen. Er, Morgenstern, hatte mit seinem Ehrgeiz eine Katastrophe ausgelöst – und sie war noch nicht zu Ende. Angstvoll blickte er auf die Dachrinne. Nur noch drei Halterungen neben ihm saßen fest, alle anderen waren ausgerissen.

Es grenzte an ein Wunder, dass die Anker neben ihm gehalten hatten. Ein Wunder, dachte er, und mit einem Mal hatte er das sonderbare Gefühl, als könnte er durch die Hosentasche die winzige Glasampulle fühlen, die ihm die Äbtissin am Vormittag zugesteckt hatte. Morgenstern wandte den Blick von der Dachrinne ab und schaute in die andere Richtung, hinüber zur Kirche St. Walburg, deren Silhouette sich auch im Nebel deutlich abzeichnete. Der Kirchturm hatte keine Spitze, sondern eine riesige Kupferkugel als Abschluss; darauf thronte eine Statue der heiligen Walburga und blickte – wie es Morgenstern schien – zu ihm herüber.

Eine Sekunde hörte er ein Knirschen, das er bereits kannte. Der entfernteste der drei Ankerhaken löste sich vom Dachbalken. Was mache ich bloß?, dachte Morgenstern verzweifelt.

Mit einem Geräusch, das sich wie ein Seufzen anhörte, verlor der zweite Haken den Halt. Himmel, hilf!, dachte Morgenstern, doch einen winzigen Moment darauf gab auch das Eisen direkt unter seinen Füßen nach. Morgenstern blickte noch einmal zum Kirchturm von St. Walburg. Dann stieß er sich mit aller Kraft, die seine verkrampften, bleiernen Beine aufbringen konnte, vom Rand des Daches ab und stürzte in die Tiefe.

***

»Sie haben mehr Glück als Verstand«, sagte der vollbärtige Mann, der sich zu ihm hinabbeugte.

Morgenstern saß in einem Rettungswagen des Roten Kreuzes, der mit eingeschaltetem Blaulicht auf der inzwischen gesperrten Spitalbrücke stand. Er war klitschnass und zitterte am ganzen Körper, aber er weigerte sich beharrlich, sich auf die Rettungstrage zu legen.

»Mir geht's gut«, murmelte er immer wieder. »Mir geht's gut. Aber was ist mit dem anderen?«

Der bärtige Sanitäter schüttelte den Kopf. »Sie bringen ihn mit dem Hubschrauber weg. Aber Sie sollten jetzt erst einmal an sich selbst denken.« Er schaute Morgenstern bewundernd an.

»Was ich immer noch nicht verstehe, ist, wie Sie es geschafft haben, bis hinüber in die Altmühl zu springen. Das müssen über fünf Meter sein. »Und es sieht so aus, als ob Sie eine optimale Landung gehabt hätten. Die Zuschauer haben uns gesagt, Sie hätten den Sturz irgendwie mit ausgebreiteten Armen gesteuert und erst am Ende die Knie ganz fest angezogen. Das war ein perfekter Sprung.«

Morgenstern konnte sich an nichts erinnern. Das Ganze kam ihm wie ein Traum vor. Ein fürchterlicher Alptraum. Er schlug die Hände vors Gesicht, während ihm der Sanitäter eine grobe graue Wolldecke um die Schultern legte.

»Ehrlich gesagt, ich hätte nicht geglaubt, dass jemand einen solchen Sprung überleben kann«, redete der Sanitäter weiter, vermutlich als Versuch, keine beklemmende Stille im Wagen aufkommen zu lassen. »Wussten Sie, dass die Altmühl neben der Spitalbrücke nur eineinhalb Meter tief ist?« Morgenstern schüttelte den Kopf. »Die meisten Leute denken ja, sie wäre hier viel tiefer. Das Wasser ist so trüb, dass man das nicht erkennen kann.«

Morgenstern stöhnte leise. »Warum bin ich dann unverletzt?«, fragte er flüsternd. »Ich hätte mir mindestens die Beine brechen müssen. Ich könnte querschnittsgelähmt sein.«

»Das fragen sich alle da draußen«, antwortete der Sanitäter und deutete aus dem Rettungswagen, um den sich Feuerwehrler, Polizeibeamte und – mit kleinem Abstand – Schaulustige geschart hatten. »Aber es scheint eine Antwort auf dieses Rätsel zu geben. Es gibt eine tiefere Stelle in der Altmühl, gleich neben der Brücke.«

»Eine tiefere Stelle?«, fragte Morgenstern ungläubig.

»Ja, so eine Art Gumpen, ein Loch sozusagen.«

»Ein Loch, ausgerechnet da, wo ich aufgekommen bin?« Morgenstern war fassungslos. »Das kann doch nicht wahr sein.«

»Ich denke schon, dass es stimmt. Ein alter Anwohner drüben von der Pfahlstraße sagt, dass es diese tiefere Stelle schon seit dem Krieg gibt. Seit damals, als die alte Brücke gesprengt wurde. Deswegen gibt es hier neben der Spitalkirche den Rest eines kleinen Bombentrichters. Eigentlich mehr eine Kuhle. Aber das hat anscheinend ausgereicht, um Ihnen das Leben zu retten.« Der Sanitäter sah Morgenstern an. »Sie haben wirklich einen erstklassigen Schutzengel, wissen Sie das?«

»Scheint so«, flüsterte Morgenstern.

Auch mit Engelszungen war es den Sanitätern nicht gelungen, Morgenstern zu einer Fahrt in die Eichstätter Klinik zu bewegen. »Nur zur Beobachtung. Vielleicht haben Sie einen Schock«, hatte der Notarzt gedrängt, aber Morgenstern wollte nur noch nach Hause. Mit Fiona sprechen, seine Kinder in den Arm nehmen. Begleitet von seinem Kollegen Hecht machte er sich mit hängenden Schultern auf den Weg.

Noch einmal blickte er sich um, sah das Spital mit der riesigen Kirche, die beiden Krankenwagen, das Feuerwehrfahrzeug und die Menschentraube, die nun noch größer geworden war. Am Rand der Menge entdeckte er, begleitet von den beiden Polizeibeamtinnen, Walburga Zinsmeister. Sie sah zu ihm herüber, doch als sie bemerkte, dass er sie erkannt hatte, wandte sie sich abrupt ab und drehte ihm den Rücken zu. Morgensterns Gesicht versteinerte.

»Was ist eigentlich mit dem alten Anton Bruckmair?«, fragte Morgenstern nach einiger Zeit, in der sie schweigend nebeneinander hergegangen waren.

»Du hast ihn gerade noch rechtzeitig gefunden. Und Gott sei Dank hast du mir noch am Handy gesagt, dass es dieses E 605 war. Sie haben ihn wiederbelebt und ihm ein Gegenmittel gegeben. Atropin oder so ähnlich. Er wird schon durchkommen. Sie haben ihn eben vorhin mit dem Rettungshubschrauber nach München geflogen. Ihn und diesen jungen Burschen. Der kommt nach Murnau in die Unfallklinik. Aber für ihn sieht es gar nicht gut aus, hieß es vorhin. Ich habe mit dem Arzt gesprochen.«

»Was hat er gesagt?«, drängte Morgenstern.

»Nichts, was du hören willst. Dass du den Sturz überlebt hast, ist ein Wunder, ein echtes Wunder. Etwas, um das man lange beten muss. So etwas gibt es nur einmal.«

Morgenstern schüttelte fassungslos den Kopf. »Ich bin schuld, wenn der Junge stirbt«, flüsterte er.

Hecht legte für einen kurzen Moment den Arm um Morgensterns Schultern. »Nein, du kannst nichts dafür. So etwas darfst du nicht denken.«

Schweigend gingen sie weiter, Hecht mit einer Plastiktüte in der Hand, in der Morgensterns klatschnasse Kleidung, Stiefel und Pistole steckten. Morgenstern selbst hatte die Ersatzkleidung des vollbärtigen Sanitäters angezogen, die im Rettungswagen gelegen war.

Nach einer Weile blieb Hecht stehen und fummelte umständlich in seiner Jackentasche herum. Langsam zog er ein Stück Schnur heraus. Die Blumenschnur vom Friedhof, ein dünnes, aber stabiles Hanfseil.

»Du wolltest, dass ich die Schnur mit nach Eichstätt bringe. Weißt du jetzt, was es mit diesem Ding auf sich hat?«

Morgenstern nickte. »Das ist eine Hälfte des Stricks, mit dem die SS den Geliebten von Walburga Zinsmeister aufgehängt hat. Sie hat ihn sich von den Amerikanern geben lassen und über all die Jahrzehnte aufbewahrt. Sie hat sich immer gewünscht, den Denunzianten dieses Seil mit ins Jenseits zu geben.«

Hecht starrte den dünnen Strick in seinen Händen an, als könnte es ihn mit einer tödlichen Krankheit infizieren. Doch dann rollte er ihn sorgfältig zusammen und steckte ihn in seine Jackentasche zurück.

»Das kommt dann wohl in die Asservatenkammer. Und wo ist die andere Hälfte?«

»Ich denke, Frau Zinsmeister hat sie noch irgendwo zu Hause. Die wird sie eines Tages ins Grab von Anton Bruckmair werfen. Falls sie ihn überlebt.«

Schweigend gingen sie weiter.

»Ich werde noch heute Nachmittag im Präsidium sein und meinen umfassenden Bericht abgeben«, sagte Morgenstern plötzlich. »Und wenn ich die ganze Nacht schreiben muss: Morgen früh bin ich fertig und fliege mit Fiona in Urlaub. In einer Woche bin ich wieder da, so lange musst du für uns beide sprechen.«

Hecht runzelte die Stirn. »Das gestattet dir Adam Schneidt nie. Wenn der dich morgen in die Türkei entlässt, glaub mir, das wäre ein …« Er sah Morgenstern in seiner Sanitäterkleidung seltsam von der Seite an und beendete dann den Satz: »Das wäre ein Wunder. Aber ab heute traue ich dir alles zu.«

***

»Die Kinder wollen den Volksfestumzug sehen«, sagte Fiona nach dem Mittagessen. »Du musst aber nicht mitkommen, Mike. Ruh dich noch ein bisschen aus, bevor du ins Präsidium fährst.«

»Ich komme mit«, sagte Morgenstern kurz entschlossen. »Ich kann mich momentan sowieso nicht entspannen, da kann ich genauso gut mit euch kommen. Was ist das überhaupt für ein Umzug?«

»Ach, nichts Besonderes: Ein Haufen Vereine marschiert durch die Stadt zum Volksfestplatz, es spielen Blaskapellen, ein paar Pferdefuhrwerke traben vorbei, und dann gibt es angeblich auch noch lustige Wägen, wie bei einem Faschingsumzug. In einer halben Stunde geht es los.«

»Das sehen wir uns gemeinsam an«, entschied Morgenstern und erhob sich schwerfällig vom Sofa. »Apropos sehen, Fiona. Hast du irgendwo meine neue Brille gesehen? Die müsste in meiner Jacke gesteckt sein.«

»Nein, tut mir leid. Da war sie nicht. Bloß so ein kleines Glasfläschchen und ein total durchweichter Zettel. Aber keine Brille.«

»Verdammt, dann liegt das Ding in der Altmühl. Kaum zu glauben: Ich hab die Brille höchstens eine Minute lang getragen.«

Fiona meinte: »Kontaktlinsen sind für dich ohnehin besser. Und jetzt gehen wir zum Volksfestumzug.«

»Fasching im Sommer.« Morgenstern schüttelte den Kopf. »Was diesen Eichstättern nicht alles einfällt.«

Schon von Weitem hörten sie das dumpfe Dröhnen von Trommeln, das sich langsam aus der Westenstraße auf den Marktplatz zubewegte. In Dreierreihen standen die Zuschauer entlang der Straße; die Morgenstern-Söhne hatten sich ganz vorne postiert, nachdem sie von anderen Kindern erfahren hatten, dass von einigen der Wagen Süßigkeiten ins Volk geworfen werden würden. Morgenstern hielt sich im Hintergrund. Jonas Zinsmeister ging ihm nicht aus dem Kopf, während er für Anton Bruckmair fast keinen Gedanken übrig hatte. Er musste daran denken, dass Jonas Zinsmeister mit seiner Freundin nach Jamaika fliegen wollte. Karibik!, dachte er und musste bitter auflachen. Stattdessen, so stellte er sich vor, kämpften die Mediziner in der Unfallklinik in Murnau um Jonas' Leben.

Er hätte ihn nicht verfolgen sollen, dachte er, während die Honoratioren des Volksfestes zu Fuß und in Pferdewagen an ihm vorbeizogen. Oberbürgermeister, Landrat, Minister und Wiesenkönigin saßen gemeinsam in einer Kutsche und winkten ins Volk. Dann kamen die Abordnungen der Vereine mit ihren Fahnen. Aus allen Dörfern der Umgebung waren sie in die Stadt gekommen, um sich zu präsentieren.

»Das sind ja fast nur Schützenvereine«, sagte Morgenstern nach einiger Zeit zu seiner Frau. »Und es nimmt überhaupt kein Ende.« Hunderte von Männern und Frauen in Schützenanzug und Dirndl marschierten durch die Straße. Vornweg jeweils ein Kind mit einer fein geschnitzten und bemalten Holztafel, auf der der Name und die Ortschaft des Vereins zu lesen war. »Falke Nassenfels« entzifferte Morgenstern und »Limesschützen Petersbuch«. Die Fahnenträger, kräftige Männer, schwenkten mit sichtlicher Anstrengung die schweren bestickten Vereinsbanner, dahinter schritt stolz der jeweilige Schützenkönig, behängt mit einer klimpernden Kette aus Silbermünzen und Medaillen.

»Nicht besonders prickelnd«, stellte auch Fiona fest. »Wer will denn so etwas sehen?«

»Alle außer uns«, sagte Morgenstern und deutete auf die Zuschauer in der unmittelbaren Umgebung, die begeistert klatschten und einzelnen Umzugsteilnehmern irgendetwas zuriefen. »Da kennt wieder jeder jeden. Das ist der ganze Witz an der Sache.«

»Bloß wir kennen wie immer niemanden. Hoffentlich kommen bald diese Faschingswägen«, sagte Fiona.

Morgenstern war gerade in Versuchung, sich mit seinen Gedanken schon wieder im Speicher der Spitalkirche zu verirren, als er in einiger Entfernung eine Art Triumphbogen bemerkte. Ein Schützenverein hatte Holzstangen zusammengezimmert und mit Buchsgirlanden und Blumen verziert. »Jessica Grasbauer: Unsere Bayerische Meisterin« stand in altdeutscher Schrift auf einem Schild, das in der Mitte des Bogens befestigt war. Der Bogen wurde von zwei jungen Burschen in Lederhosen getragen. Doch Morgenstern nahm sie gar nicht wahr. Wie gebannt starrte er auf die junge Frau, fast noch ein Mädchen, die unter diesem Schild zum Takt der Marschmusik lief. In einem teuren Dirndl, die langen braunen Haare kunstvoll frisiert und nach oben gesteckt. Hübsch gemacht für den großen Auftritt vor mehreren tausend Zuschauern.

Morgenstern drängte sich rücksichtslos nach vorne, um die junge Frau genau zu sehen. »Unsere Bayerische Meisterin«, murmelte er leise, und es fiel ihm ein, dass er darüber vor längerer Zeit etwas im Eichstätter Kurier gelesen hatte. Dass der Schützengau Eichstätt einer der erfolgreichsten in ganz Deutschland sei und dort schon seit Jahren die Frauen die größten Erfolge feierten und sogar schon deutsche Meisterschaften gewonnen hätten. »Auf Goldmedaillen abonniert« oder so ähnlich hatte die Überschrift gelautet. Morgenstern hatte den Artikel damals nicht zu Ende gelesen.

»Jessica – Jessica Grasbauer«, las er noch einmal, wie um ganz sicherzugehen. Und mit einem Mal wusste er, dass er dieses blasse Mädchen mit den hübschen Grübchen in den Wangen schon einmal gesehen hatte: in Walburga Zinsmeisters Küche, auf einem Foto, Arm in Arm mit Jonas Zinsmeister. Und mit einem Mal fiel ihm auch die Gruppe Jugendlicher ein, die am Samstagabend an der Hubertus-Halle so viel besser getroffen hatte als Morgenstern. Eine Gruppe, die ein Mädchen mit langen braunen Haaren angefeuert hatte. Ein Mädchen, das immer getroffen hatte und als Preis einen kleinen grauen Plüschelefanten bekommen hatte.

»Jessica – du bist die Freundin von Jonas. Du wolltest mit ihm nach Jamaika«, murmelte er. »Du kannst schießen, so viel steht fest.«

Und er sah vor sich, wie Jessica und Jonas, zwei junge Menschen, nachts gemeinsam am Waldrand auf den Verräter Matthias Schreiber warteten. Jonas, idealistisch und verblendet, und Jessica, idealistisch und verliebt. Und Morgenstern war sich sicher, wer von den beiden den Schuss mit dieser unglaublich tödlichen Präzision abgefeuert hatte.

Langsam schob sich der Schützenverein an ihm vorbei, und die junge Frau sah Morgenstern nicht an. Warum auch? Sie kannte ihn nicht. Doch Morgenstern hatte das Gefühl, dass sie auch sonst niemanden ansah. Dass sie ging wie in Trance. Wie in Ketten, mit einer dicken schwarzen Eisenkugel an den Beinen.

Morgenstern fasste seinen Entschluss. Er wandte sich ab, ging langsam zu Fiona zurück und legte den Arm um ihre Schultern.

»Ich warte diese lustigen Wagen nicht mehr ab«, sagte er. »Ich fahre jetzt nach Ingolstadt und schreibe meinen Bericht. Jonas hat mir da oben auf dem Kirchendachboden alles gestanden. Er war es ganz allein. Das ist alles plausibel und nachprüfbar. Da gibt es nichts mehr zu tun. Das wird auch Adam Schneidt so sehen.«

DONNERSTAG

Seit drei Tagen saß die Familie Morgenstern Tag für Tag von früh bis spät am Strand von Antalya. Hinter sich eine Bettenburg, wie sie sich Morgenstern in seinen schlimmsten Urlaubsalpträumen nicht hätte ausmalen können, vor sich das spiegelblanke türkisfarbene Mittelmeer. Das Wasser hatte sich im Laufe des Sommers auf sechsundzwanzig Grad aufgeheizt, »bieselwarm«, wie Morgenstern zuerst missmutig geurteilt hatte. Doch er hatte bald gemerkt, dass die Unterkunft mit Vollpension zum jetzigen Zeitpunkt unschätzbare Vorzüge gegenüber seinem gewohnten Campingurlaub hatte. Am warmen Büfett des Hotels flogen ihm die gebratenen Tauben geradezu in den Mund, während er sich sonst mühsam am Gaskocher mit Tomatensoßen-Spaghetti gemüht hatte. Der Tischwein, den ihr Hotelbunker zur Verfügung stellte, traf ebenfalls seinen Geschmack. Und selbst die Algenplage, vor der Morgenstern noch im Flugzeug unermüdlich gewarnt hatte, hatte wohl einen Bogen um Antalya gemacht.

»Aber man kann kein Lagerfeuer machen« war der letzte Kritikpunkt, der vom Familienvorstand ein ums andere Mal gegen den türkischen Pauschalurlaub ins Feld geführt wurde. Fiona hörte sich das Gemäkel klaglos an, und Bastian und Marius grinsten, wenn die Rede mal wieder aufs fehlende Outdoor-Gefühl kam. Die beiden Jungs hatten sich in kürzester Zeit mit anderen deutschen Kindern angefreundet, mit denen sie unablässig am Strand herumstromerten. Alle spürten, dass es für Morgenstern keine bessere Möglichkeit gab, die dramatischen Ereignisse der vergangenen Woche zu verarbeiten. Und es gelang ihm von Tag zu Tag besser, abzuschalten.

»Ganz schlecht ist es hier nicht«, gestand Morgenstern eines Nachmittags großmütig ein, als er neben Fiona auf einer Liege am Strand lag, neben sich eine gut gekühlte Dose Heineken-Bier, den Bauch mit der Bild-Zeitung bedeckt. Es war, soweit er sich erinnern konnte, das erste Mal, dass er sich im Urlaub die Bild gekauft hatte, aber der Kiosk neben dem Hotelblock hatte jetzt, in der beginnenden Nachsaison, alle anderen deutschen Zeitungen mangels Nachfrage bereits aus dem Sortiment genommen. Ein türkischer Junge ging am Strand entlang und balancierte auf dem Kopf ein riesiges Messingtablett voller Sesamkringel. Morgenstern kaufte drei Stück, aß sie nacheinander auf, spülte kräftig mit Bier nach und legte sich dann wieder wohlig aufs Ohr.

Fiona schüttelte den Kopf. »Ich habe den Eindruck, dass du dich mit dem Thema Pauschalurlaub arrangiert hast. Sogar ein bisschen zu sehr, wenn ich das mal sagen darf.«

»Wenn schon, denn schon«, grunzte Morgenstern, und es dauerte nur noch wenige Minuten, bis Fiona ein gleichmäßiges, sonores Schnarchen zu hören bekam.

»Träum was Schönes«, flüsterte sie ihm zu. Dann packte sie alle Wertsachen, auch Morgensterns Hotelschlüssel und Geldbeutel, in ihre Strandtasche und ging zum Hotel.

Als Morgenstern aufwachte, waren über drei Stunden vergangen. Die Sonne stand tief, und die meisten Badegäste hatten den Strand schon verlassen. Von Fiona und den Kindern fehlte jede Spur. Brummend richtete er sich auf, griff sich die halbvolle Bierdose und nahm einen großen Schluck. Augenblicklich spuckte er die warme bittere Brühe in den Sand.

»Widerliches Zeug!«, schimpfte er und goss den Rest der Dose ebenfalls aus. Er zog sich sein T-Shirt über, schlüpfte in die Badeschlappen und stopfte die zerlesene Bild-Zeitung in eine nahe stehende Mülltonne. Er hatte Hunger, bestimmt war es schon Zeit zum Abendessen.

Seltsam, dass Fiona ihn allein zurückgelassen hatte. Ihr Buch – sie hatte eine halbe Bibliothek mit in die Türkei geschleppt – hätte sie doch genauso gut am Strand lesen können. Mit einem Mal machte sich in Morgenstern ein mulmiges Gefühl breit. Was, wenn alle weg wären? Da stünde er nun, mutterseelenallein in einem fremden Land, ohne Auto, ohne Wertsachen, mit nichts als Shorts und Plastiklatschen am Körper. Dafür mit Sonnenbrand. Und Kopfschmerzen. Hämmernden Kopfschmerzen. Morgensterns Sorge wuchs sich schleichend zur Paranoia aus. Was, wenn die Familie gekidnappt war, entführt in irgendeinen Schurkenstaat? Fiona in den Klauen der Taliban! Morgenstern fasste sich an den dröhnenden Kopf, ihm war schwindlig.

»Mein Gott, was mach ich bloß«, stöhnte er. Dann lief er, so schnell er konnte, zum Hotel zurück, schwankend wie ein betrunkener Seemann.

Das Zimmer der Familie Morgenstern befand sich im siebten Stock. Der Portier hob kaum den Kopf, als Morgenstern zum Aufzug wankte. Er war es gewohnt, dass Pauschaltouristen zu viel Alkohol und zu viel Sonne tankten und hinterher krebsrot in ihre Behausung krochen.

»Immer diese Engländer«, seufzte er nur, als Morgenstern in den Fahrstuhl stieg und die Nummer 7 drückte.

Es dauerte eine gefühlte Ewigkeit, bis die Kabine endlich zum Stehen kam, und Morgenstern hatte Angst, seine Beine würden ihn nicht mehr bis zum Zimmer mit der Nummer 713 tragen. Siebter Stock, Zimmer dreizehn, ausgerechnet die Unglückszahl dreizehn! Mit letzter Kraft erreichte er die Tür und klopfte dreimal, so hart, dass seine Knöchel schmerzten.

»Fiona, bist du da?«, fragte er durch die Tür.

Von der anderen Seite waren ein Rascheln und Klappern und dann hektische Schritte zu vernehmen. Morgenstern klopfte erneut, diesmal sogar noch lauter. Endlich hörte er eine Stimme – Fionas Stimme.

»Einen kleinen Moment, ich komme gleich.« Gott sei Dank, Fiona war da! Aber warum machte sie nicht auf? Morgensterns Gedanken schlugen Purzelbäume. Warum hatte sie ihn so lange allein gelassen? Das hatte sie sonst im Urlaub nie getan. Wenn nur diese Kopfschmerzen nicht wären.

Es dauerte noch einmal eine halbe Minute, bis der Schlüssel im Schloss gedreht und die Tür geöffnet wurde.

»Mein Gott, wie siehst du denn aus?«, war Fionas erste Frage, noch ehe Morgenstern etwas sagen konnte. »Du bist ja kalkweiß im Gesicht.« Sie befühlte seine Stirn. »Du hast einen Sonnenstich. Komm schnell herein.« Sie zog ihn in das geräumige Zimmer und drückte ihn aufs breite Bett. »Bleib ganz ruhig liegen, ich hole dir schnell einen kalten Waschlappen.«

»Sonnenstich«, murmelte Morgenstern, und ihn durchströmte ein Gefühl der Dankbarkeit dafür, dass er plötzlich eine Erklärung für seine mentale Geisterbahnfahrt hatte. Um ihn herum drehte sich nun alles, aber was war das schon gegen die Ängste, die ihn bis vor einem Augenblick noch heimgesucht hatten? Fiona kehrte zurück und betupfte seine Stirn mit einem angefeuchteten Handtuch, dann holte sie eine kleine Flasche Orangensaft aus der Minibar und flößte ihm behutsam einige Schlucke ein.

»Ich hätte dich nicht so lange allein lassen dürfen«, sagte sie liebevoll. »Ich war so in Gedanken versunken, dass ich dich glatt da unten vergessen habe.«

»Super, vielen Dank auch«, gab Morgenstern zurück. Jetzt erst sah er, dass vor dem Bett ein kleines Metallgestell stand, ähnlich wie ein Notenständer, über das ein Laken gehängt war. Das Ding hatte er bisher übersehen.

»Was issn das da?«, fragte er und deutete mit der freien Hand auf die verhüllte Stellage.

Fiona lächelte. Ein rätselhaftes Lächeln, fand Morgenstern. Ein Sphinx-Lächeln.

»Nun sag schon!«, drängte er. »Was soll der olle Notenständer? Den kenne ich doch von zu Hause. Machst du jetzt hier Hausmusik?«

Fiona lächelte immer noch. Dann umrundete sie das Bett, trat neben das Gestell, bückte sich hinab zum Zipfel des Lakens, hob es ganz langsam nach oben und schlug es schließlich in hohem Bogen zurück. Morgenstern schluckte.

Auf dem Notenständer stand eine Holztafel, eine bunt mit Ölfarben bemalte Holztafel. Und Morgenstern erkannte trotz des Schummerlichts auf den ersten Blick, was es war. Vergeblich suchte er nach einem witzigen, zumindest ironischen Kommentar zu dem, was er sah, doch ihm fehlten in jeder Hinsicht die Worte. Schweigend blickte er ein ums andere Mal auf das Bild und dann wieder auf Fiona, deren Lächeln ihr mittlerweile ins Gesicht gemeißelt schien. Schließlich ergriff sie das Wort.

»Das habe ich gemalt, als du am Strand geschnarcht hast. Vorsicht, die Farbe ist noch feucht.«

»Ähmmmm«, brummte Morgenstern.

»Es ist das erste Mal, dass ich meine Malsachen mit in den Urlaub genommen habe. Aber das war mir einfach wichtig. Gefällt es dir?«

»Doch, doch. Schon.«

»Sei ganz ehrlich!«

»Klar gefällt es mir. Ich mag alle deine Bilder, das weißt du doch.«

Morgenstern presste sich das nasse Handtuch noch etwas fester an die Stirn. »Es kommt nur ein bisschen überraschend.« Er stockte und rang dann mit den Worten. »Ich glaube nicht, dass es eine gute Idee wäre, wenn du das da aufhängen würdest, wo ich denke, dass du es aufhängen willst«, sagte er schließlich gedrechselt.

»Du solltest nicht so viel denken, lieber Mike. Dass du die Sache heil überstanden hast, ist ein echtes Wunder. Das haben alle gesagt, und es ist sogar im Eichstätter Kurier gestanden, in der Montagsausgabe. Deswegen musst du noch lange nicht jeden Sonntag in die Messe gehen.«

»Das wäre ja auch noch schöner«, protestierte Morgenstern matt. Seine Kopfschmerzen wurden wieder heftiger. »Könntest du mir ein Aspirin geben?«, bat er Fiona.

»Erst wenn du sagst, dass wir es aufhängen.«

»Das ist Erpressung«, ächzte Morgenstern. »Aber gut: Wir hängen es auf.« Er wusste, dass Fiona ihren Kopf so oder so am Ende durchsetzen würde.

Wenig später leerte er mit langsamen Schlucken das Glas Wasser mit der aufgelösten Kopfschmerztablette. Es dauerte noch einige Minuten, dann wich der Druck, der bis dahin auf seinen Hirnwindungen gelastet hatte. Morgenstern rappelte sich auf, ging ganz nahe an das Bild auf dem Holzbrett heran.

Das Bild zeigte die Eichstätter Spitalkirche, von deren Dach ein Mensch kopfüber in die Altmühl stürzte. Darüber stand in Großbuchstaben: »Walburga hat geholfen!« Morgenstern blieb stumm.

»Und, was sagst du dazu?«, fragte Fiona erwartungsvoll.

Morgenstern dachte eine Weile nach.

»Nun sag schon!«, drängte Fiona.

Morgenstern räusperte sich kurz, dann nuschelte er: »Schwein gehabt!«

NACHWORT

Am Abend des 24. April 1945 mussten zwei mutige Männer in Eichstätt ihre Zivilcourage mit dem Leben büßen: Valentin Kriegl und Ludwig Lamour hatten versucht, die Sprengung der Spitalbrücke, die in der Stadtmitte über die Altmühl führte, zu verhindern, indem sie heimlich die Sprengkabel durchschnitten. Die beiden wurden im Laufe des Vormittags an die SS verraten, festgenommen und öffentlich an Bäumen auf dem Leonrodplatz aufgehängt. Die Spitalbrücke wurde noch in derselben Nacht gesprengt. Am nächsten Vormittag, am 25. April 1945, rückte die amerikanische Armee in Eichstätt ein.

Die Erinnerung an dieses schreckliche Ereignis war in Eichstätt jahrzehntelang verschüttet, scheinbar behaftet mit dem hässlichen Etikett von Sabotage und Verrat. 1985 wurde ein Antrag der Grünen im Eichstätter Stadtrat, den beiden Männern eine Gedenktafel am Leonrodplatz zu widmen, mehrheitlich abgelehnt. Zum 50. Jahrestag des Kriegsendes 1995 befragte der Lokalredakteur des Eichstätter Kurier, mein langjähriger Kollege und Freund Josef Ettle, Zeitzeugen. Die Ergebnisse seiner umfangreichen Recherchen über das Kriegsende in Eichstätt sind im Buch »Die weiße Fahne«, erschienen im Malepartus Verlag, nachzulesen. Auch andere Heimatforscher gehen seit wenigen Jahren offen und ungezwungen mit diesem Thema um.

In »Walburgisöl« wurde diese Geschichte weitergesponnen und – als schriftstellerischer Kunstgriff – um einen dritten Mann erweitert, um die Geschichte der beiden authentischen Opfer nicht zu verfälschen. Wer die beiden am Vormittag des 24. April 1945 an die SS verraten hat, wurde nie bekannt.

Richard Auer